Wie jedes Jahr verbringt die erfolgreiche Galeristin Renée Weiß ihren Geburtstag in Paris. In einem Trödelladen entdeckt neben Silberschmuck und billigen Imitaten einen goldenen Armreif und macht ihn sich selbst zum Geburtstagsgeschenk – nicht ahnend, daß dieser Kauf ihr Leben verändern wird.

Sie lässt den Wert des Schmuckstücks schätzen und erfährt, daß es sich um eine Arbeit des Goldschmieds Johann Lux handelt, der im Jahr 1989 spurlos verschwand. Eine Gravur auf der Innenseite des Reifs gibt Rätsel auf: die ineinander geschlungenen Buchstaben N und J und das Datum 13.01.1990. Also hat Lux das Stück erst nach seinem Verschwinden angefertigt, aber wo und für wen? Und was bedeutet das Monogramm? Reneé beschließt, dem Geheimnis des Armreifs nachzugehen.

Sabine Brandenburg, geboren 1957 in Pforzheim, absolvierte nach dem Abitur eine Goldschmiedelehre und studierte Schmuckdesign und Literaturwissenschaft. Sie lebt als freie Designerin in Staufen bei Freiburg.

Sabine Brandenburg

Der Goldschmied

Roman

Bibliografische Information der Deutschen Nationalbibliothek: Die Deutsche Nationalbibliothek verzeichnet diese Publikation in der deutschen Nationalbibliografie; detaillierte bibliografische Informationen sind im Internet unter http://dnb.dnb.de abrufbar.

Herstellung und Verlag:
BoD – Books on Demand, Norderstedt

ISBN: 9783735779991

Für Egon

Der Armreif

Renée streifte den Armreif über die Hand und trat ans Fenster, um ihn zu betrachten. Das warme Licht des frühen Abends fing sich zwischen den goldenen Lamellen, die in einer Endlosspirale ineinander zurückliefen, einander durchdrangen und ein Ornament kleiner Räume bildeten, die von innen her zu glühen schienen. Lichtpunkte liefen über die polierten Kanten, folgten einander und bildeten ein bewegliches Geflecht goldener Linien. Jede Bewegung ihrer Hand löste kleine Lichtkaskaden aus, welche die verschlungenen Spiralen in Bewegung setzten. Sie meinte, ein feines Pulsieren im Innern des Reifs zu spüren, nahm ihn und umfasste ihn mit beiden Händen, wie man einen Vogel hält, der fortfliegen will. Behutsam legte Renée den Reif zurück in sein Etui. Sie hatte ihn in einem Trödelladen am Montmartre gefunden, an ihrem Geburtstag. Es war ein für Mitte März ungewöhnlich warmer Tag gewesen, die Straßen voller Menschen in Sommerkleidung, Eistüten in der Hand, junge Paare Arm in Arm, Familien mit Kindern, die es genossen, aus der winterlichen Enge ihrer Wohnungen befreit zu sein.

Plötzlich fiel ihr auf, dass sie als einzige allein unterwegs war. Allein und alt war sie, und die Welt um sie herum gehörte den Jungen, Schönen, gut Gelaunten. Sie flüchtete in das Dunkel eines Ladens, dessen Tür einen Spalt weit offenstand, und befand sich in einem fensterlosen, bis zur Decke mit Gerümpel vollgestellten Raum. An der gegenüberliegenden Wand saß hinter einem kolossalen Schreibtisch ein Mann, vielleicht ebenso alt wie sie selbst, mit ungepflegten langen grauen Haaren und einer altertümlichen Brille auf der Nase. Er sah kurz von seinem Buch auf, nickte ihr zu und fuhr dann fort zu lesen. Als ihre Augen sich an das Halbdunkel gewöhnt hatten, betrachtete sie die Dinge, die sich im Lauf von vielen Jahren angesammelt hatten.

Es gab von allem etwas, Möbel, Spielzeug, alte Fahrräder, Mikroskope, Bilder, Kerzenhalter und vor allem Lampen in allen möglichen Formen und aus jeder Epoche, Stehlampen, Schreibtischlampen, Deckenlüster, Wandlampen – es schien die besondere Vorliebe des Inhabers zu sein. Nur ein paar davon brannten, ihr Licht mischte sich mit dem schmalen Sonnenstrahl, der durch den Türspalt hereinfiel, zu gelblicher Dämmerung. In einer Ecke entdeckte Renée eine Tischvitrine mit Schmuck, Ketten, Armbänder, Ringe achtlos durcheinandergeworfen, dunkel angelaufenes Silber und glanzlose, abgenutzte Vergoldung. Mitten in dem Plunder lag ein Armreif, der alles Licht, das in dem Raum war, anzuziehen und in sich zu versammeln schien. Renée beugte sich über die Glasscheibe, um ihn genauer zu sehen, aber man konnte nicht erkennen, wie er gearbeitet war. Einer plötzlichen Eingebung folgend ging sie zum Schreibtisch, unterbrach den Ladeninhaber in seiner Lektüre und bat ihn, ihr den Armreif zu zeigen. Missmutig legte er das Buch weg, schlurfte zur Vitrine, öffnete das Steckschloss, das die Scheibe sicherte, und legte ihr den Reif in die Hand.

Sie war erstaunt über sein Gewicht und ging zur Tür, um ihn bei etwas mehr Licht anzuschauen. Auf einmal erwachte er zum Leben, Glanzlichter tanzten auf den Rändern der unzähligen Schichten dünn geschmiedeten Goldes, aus denen er bestand. Sie streifte ihn über, und er schien sich an ihrem Handgelenk zu drehen, als wollte er sich losmachen und durch die offene Tür auf die Straße rollen. Sie fragte nach dem Preis – schließlich war heute ihr Geburtstag – und begann nach allen Regeln der Kunst zu handeln, was ihrem Gegenüber zu gefallen schien. Nach langem Hin und Her einigten sie sich auf einen ihr angemessen scheinenden Betrag, und

8

zum Abschied servierte der nun ganz sympathisch wirkende Mann seiner hartnäckigen Kundin ein Glas Rotwein.

Vor achtzehn Jahren hatte Reneé zum ersten Mal ihren Geburtstag in Paris gefeiert – ihren Vierzigsten – und war seitdem jedes Jahr wiedergekommen, hatte stets im Hotel le Abbaye in der Rue Cassette für eine Woche ihr Lieblingszimmer bewohnt, mit kleinem Balkon und Blick auf die schmale, ruhige Gasse drunten. Damals hatte die kurze, heftige Affäre mit einem jungen Maler, den sie protegierte und zu dessen Ausstellung sie nach Paris gekommen war, ihr das Gefühl gegeben, jung und begehrenswert zu sein. Zufällig fand die Vernissage am Abend ihres Geburtstages statt. Heimlich verließen sie die Veranstaltung, Hand in Hand, um den reichen Kunstbanausen zu entkommen, die den schüchternen Jan belagerten – ein paar Jahre später beherrschte er die Kunst, mit den potentiellen Käufern seiner Bilder umzugehen, mindestens ebenso gut wie das Malen. Der vielversprechende Künstler aus Deutschland wurde in Paris herumgereicht, im Oktober stellte er dann in der wichtigsten Pariser Galerie aus. Renée war zur Vernissage angereist, und sie hatte diesen Abend bis heute in unangenehmer Erinnerung. Jan begrüßte sie kurz und ließ sie dann stehen, unterhielt sich angeregt mit einer attraktiven, teuer gekleideten Blondine, einer reichen Kunst-Mäzenin, wie sie später erfuhr. Irgendwann verschwand er mit ihr. Wie wir beide damals, kam es ihr in den Sinn, und die Erinnerung schmerzte sie mehr, als sie sich eingestehen mochte.

Später ging Jan nach New York und machte dort Anfang der Neunziger eine steile Karriere. Einige Zeit begegnete Renée seinen Bildern noch auf Auktionen und in Galerien, aber dann war Jan plötzlich von der Bildfläche verschwunden, sie hörte nie mehr etwas von

9

ihm. Wahrscheinlich hatte er das Malen aufgegeben, weil er vom verdienten Geld gut leben konnte. Schade, seine Bilder hatten sie damals sehr berührt, für ihn war Farbe etwas Reines, beinahe Transzendentes gewesen, er konnte ein ungemischtes Rot oder Blau zum Leuchten bringen, als käme es aus einer anderen Welt. Aber wahrscheinlich war sie nur auf seine Masche hereingefallen und seine Malweise war im Grunde nichts als Effekthascherei gewesen.

Als sie sich begegneten, war sie auf dem Höhepunkt ihres beruflichen Erfolgs, ihre Galerie in der Düsseldorfer Altstadt hatte sich zu einer der besten Adressen für neue Malerei entwickelt. In einer Zeit, als sich der Kunstmarkt nur noch für Videoinstallationen und Performances interessierte, blieb sie den Malern treu und stellte Bilder junger Künstler aus, die an der Düsseldorfer Akademie studierten oder nach ihrem Abschluss versuchten, auf eigenen Füßen zu stehen.
Reneé hatte selbst zwei Semester an der Akademie studiert und dann von einem Tag auf den anderen ihr Studium abgebrochen. Im Nachhinein hatte sie diese Entscheidung, in einem Augenblick tiefster Verletztheit und aus kindlichem Trotz gegen eine ihr ungerecht erscheinende Kritik getroffen, als Ausdruck von Reife zu interpretieren versucht, als Ergebnis einer realistischen Einschätzung ihres mangelnden Talents. Ihre Semesterarbeit war durchgefallen, sie hatte beim Professor und einigen Kommilitonen Hohn und Spott geerntet – oder war es ihr in ihrem verletzten Stolz nur so erschienen? – sie hatte die Schule verlassen und nie wieder einen Zeichenstift angerührt.
Nach einem Jahr Auszeit mit Jobs in Kneipen und einer Lebensweise, die ihr wohl damals exzentrisch und ausschweifend erschienen war, hatte sie angefangen, Wirtschaft und Kunstgeschichte zu studieren, eine zu jener

Zeit noch ungewöhnliche Kombination, die sich als höchst erfolgreich erweisen sollte. Kunst-Management nennt man das heute. Ihre Eltern waren vermögend und finanzierten dem einzigen Kind nach dem Examen eine Galerie in bester Lage. Renée nutzte die nie ganz abgebrochene Verbindung zur Akademie. Ihr ehemaliger Professor schätzte ihr Engagement und unterstützte sie, indem er seine begabtesten Schüler an sie weiterreichte und mit seinem berühmten Namen für die junge Galeristin warb – einmal stellte er sogar in ihrer Galerie aus und verhalf ihr damit zum Durchbruch. Vielleicht tat er es aus dem Gefühl, etwas gutmachen zu müssen. So konnte sie in der Welt leben, die ihr als die einzig wirkliche erschien, die Welt der Kunst, ohne sich dem Kampf um künstlerische Anerkennung auszusetzen und – was viel schlimmer war - den Selbstzweifel ertragen zu müssen, der jede Arbeit begleitet und die Spontaneität erstickt, den innerlich vorweggenommenen Verriss, der einem Projekt den Boden entzieht und die Schaffenskraft lähmt. Ihr Vertrauen in die eigenen Fähigkeiten hätte nicht ausgereicht, um sich durchzusetzen – war das nicht Beweis genug, dass ihr die Begabung fehlte und mit ihr die Gewissheit, dass es gut und notwendig war, was sie tat?

Aber wozu stellte sie sich diese Frage, es war zu spät, sie hatte unwiderruflich auf den Versuch verzichtet, Karriere als Künstlerin zu machen. Statt dessen hatte sie Künstler gemacht, Karrieren ermöglicht und gefördert. War das nicht ebenso viel wert?

Und doch: die Namen von Galeristen, seien sie auch zu ihrer Zeit wichtig und einflussreich gewesen, kannte kaum mehr jemand, aber ein Maler, von dem auch nur ein einziges Bild in einem der berühmten Museen hing, war unsterblich.

Renée schloss das Fenster und begann, ihre Sachen einzupacken, morgen früh um neun Uhr ging ihr Flieger zurück nach Düsseldorf. Diese Woche war anders gewesen als in den Jahren zuvor. Stets hatte sie beglückende Tage hier verbracht, war interessanten Menschen begegnet, hatte ganze Nächte lang über Kunst diskutiert oder war allein durch die Stadt und die Museen gewandert. Es erschien ihr wie das Justieren eines inneren Kompass, immer wieder dieselben Kunstwerke zu betrachten, die Impressionisten im Jeu de Paume, später dann im Museé d'Orsay, die Figuren in Rodins Garten, die alten Meister im Louvre. Aber dieses Mal wartete sie vergeblich auf die vertraute Empfindung, auf das immer wieder neue Glück der Betrachtung. Es war, als hätten die Dinge, die in ihrem Leben Bedeutung besaßen und es über das Gewöhnliche hinauswachsen ließen, nichts mehr mit ihr zu tun, als hätten sie sich von ihr abgewandt. Anfangs schob sie es auf Überarbeitung, sie hatte zusammen mit ihrer Mitarbeiterin Agnes zwei große Ausstellungen über die Bühne gebracht, für deren Installation sie jedes Mal die Galerie vollständig umgestalten mussten.

Aber es war nicht Erschöpfung, was sie fühlte, nicht dieses mit Befriedigung verbundene Erschlaffen nach getaner Arbeit, sondern etwas anderes, Beängstigendes, eine Art von Betäubung. Ziellos war sie im Louvre umhergewandert, hatte sich von der Menge mitziehen lassen, weil ihr alles gleichgültig war, was sie sah, und plötzlich wusste sie, warum die Leute vor der Mona Lisa stehen bleiben, einem Bild, mit dem sie nie etwas hatte anfangen können und um das sie stets einen Bogen machte, nicht nur, weil es ununterbrochen von Menschen belagert war. Nun blieb sie ebenfalls stehen und ließ sich Schritt für Schritt nach vorn schieben, bis sie dem Portrait für einen kurzen Moment Auge in Auge gegenüberstand. Da wurde ihr klar, es ging nicht darum, das Bild zu betrachten, sondern sich für ein paar Sekunden dem unsterblichen Blick der Gioconda auszusetzen.

Nächstes Jahr würde sie anderswohin reisen, möglichst weit weg, an einen Ort, der sie an nichts erinnerte. Vielleicht war es das Alter, vielleicht wurde ihre Fähigkeit, sich von der Schönheit der Bilder hinreißen zu lassen, mit den Jahren schwächer, und sie würde irgendwann lernen müssen, mit dieser inneren Öde zu leben.

Wütend warf Renée ihren Koffer aufs Bett. Eigentlich hatte sie sich in dieser Woche erholen wollen und ein bisschen auftanken, statt dessen gab sie sich nun am letzten Abend trüben Gedanken hin. Es war höchste Zeit, dass sie nach Hause kam, zu ihrer Arbeit. Die Kunst bestand schließlich nicht nur aus schönen Gefühlen, sondern sie war auch – oder vor allem – ein Geschäft, und zwar kein schlechtes.

So sah es jedenfalls Agnes. An Sylvester hatte Renée ihr in einer plötzlichen Anwandlung von Sympathie angeboten, Teilhaberin der Galerie zu werden. Agnes war einen Moment sprachlos gewesen über den unerwarteten Vertrauensbeweis ihrer sonst eher reservierten Chefin, hatte aber gleich am Neujahrsmorgen telefonisch zugesagt, wohl um zu verhindern, dass dieses aus der guten Stimmung geborene Angebot wieder zurückgenommen wurde. Nun hatte sie also einen Kompagnon, und allmählich konnte sie sich vorstellen, irgendwann aufzuhören und einer jungen, ehrgeizigen Nachfolgerin das Feld zu überlassen.

Koffer und Tasche standen fertig gepackt an der Tür, und Renée war hungrig. Im Hotel gab es kein Restaurant, also musste sie noch einmal hinaus. Sie suchte ihre Handtasche und fand sie auf dem Schreibtisch, daneben stand das Etui mit dem Armreif, sie hatte vergessen, es einzupacken. Sollte sie es im Koffer verstauen? Sicher war es nicht verboten, ein Schmuckstück mit in die

Flugzeugkabine zu nehmen, also entschied sie sich fürs Handgepäck. Die Erinnerung an das Gespräch mit dem Trödelhändler rief ein Lächeln auf Renées Gesicht hervor. Auf einmal war sie wieder guter Laune, und wenn sie es sich recht überlegte, war es doch eine ganz schöne Woche in Paris gewesen. Ohne den Reif noch einmal anzusehen, verstaute sie das Etui in der Reisetasche, sicher geborgen zwischen Unterwäsche und T-Shirts. Dann verließ sie das Hotel, um in einer Brasserie an der Ecke zu Abend zu essen.

„Das ist aber ein besonders schönes Stück. In einem Trödelladen in Paris haben Sie ihn entdeckt, sagten Sie? Erstaunlich!" Der Inhaber des Juweliergeschäfts an der Düsseldorfer Königsallee, ein freundlicher Herr um die Sechzig, Goldschmiedemeister, wie eine goldgerahmte Urkunde hinter der Ladentheke bestätigte, klemmte eine Uhrmacherlupe vor das rechte Auge und betrachtete den Armreif eingehend. Dann nickte er, als hätte sich eine Vermutung bestätigt. „Ich dachte es mir. Sehen Sie hier!" Er gab Renée die Lupe und wies auf ein kleines Zeichen. Zuerst hatte sie Schwierigkeiten, die richtige Entfernung zwischen Auge und Linse zu finden, aber dann konnte sie eine in das Gold geprägte winzige Schlangenlinie erkennen, die in einen kleinen Schnörkel auslief.

„Die Punzierung von Johann Lux. Da sind Sie wirklich auf ein ganz außergewöhnliches Schmuckstück gestoßen, eines der wenigen, die noch von Lux in Umlauf sind, und überdies das schönste und aufwendigste, das ich bis jetzt von ihm gesehen habe.

Vor Jahren haben wir seine Kollektion hier im Geschäft geführt, er war ein virtuoser Goldschmied, fast möchte ich sagen genial. Ihm gelang, was nur wenige seines Faches beherrschen: das Gold so zu bearbeiten, dass es von innen heraus zu leuchten scheint. Allerdings war er ein schwieriger Mensch, arrogant, starrköpfig. Nie wäre er auf den Wunsch eines Kunden eingegangen, der seinem ästhetischen Empfinden zuwiderlief, lieber verzichtete er auf das Geschäft – bewundernswert auch irgendwie, aber kompliziert, wenn man seine Sachen verkaufen wollte. Ich bin selbst Goldschmied und habe seine Arbeit bewundert. Eines Tages bin ich nach Pforzheim gefahren, um seine Werkstatt zu sehen, er besaß schon damals die neuesten technischen Errungenschaften, sogar ein Laserschweißgerät. Aber zuletzt hat er völlig den Boden unter den Füßen verloren.

Ja, wann war das noch, der Konkurs der Firma Lux, lassen Sie mich überlegen – 1989 glaube ich, im Sommer 89. Es wurde viel geredet darüber in der Branche. Seine kleine Tochter war im Jahr davor tödlich verunglückt, und kurz nach seiner Pleite ist er spurlos aus Pforzheim verschwunden."

Er gab Renée den Reif zurück. „Dieses Stück – es ist seltsam, ich kannte seine ganze Kollektion, ein solcher Reif war nicht dabei. Entweder war es eine Einzelanfertigung für einen Kunden, oder er ist erst später entstanden, nach dem Konkurs. Vielleicht hat Lux ja irgendwo weitergearbeitet."

Renée packte den Armreif wieder ein. „Pforzheim?", fragte sie. „Ja, die ‚Goldstadt', ein großer Teil des Schmucks, der in Deutschland hergestellt wird, kommt von dort."

„Ich interessiere mich für die Geschichte dieses Johann Lux. Kann man in Pforzheim etwas über ihn erfahren?"

„Sicher gibt es dort Viele, die ihn gekannt haben, aber für jemanden, der nicht zur Schmuckbranche gehört, ist es nicht ganz einfach, an die richtigen Leute zu kommen. Ich habe eine bessere Idee: im April findet die Weltmesse für Uhren und Schmuck in Basel statt, Lux hat dort selbst viele Jahre lang ausgestellt, und außerdem sind viele Pforzheimer Firmen vertreten, da finden

Sie bestimmt jemanden, der Ihnen das Eine oder Andere über ihn erzählen kann. Sagen Sie mir Bescheid, wenn Sie etwas über ihn erfahren, es interessiert mich, was aus ihm geworden ist."

Drei Wochen später stand Reneé in der Eingangshalle der Schmuck- und Uhrenmesse, um sie herum Herren in edlem Zwirn neben Damen, an deren Händen Brillantringe funkelten, und versuchte, sich zu orientieren. Sie kannte die Hallen von der Art Basel, aber ein größerer Gegensatz zur Kunstmesse war kaum vorstellbar. Mochten sich auch die umgesetzten Geldbeträge gleichen, so vermied man es dort nach Kräften, den Eindruck von Kostspieligkeit zu erwecken, die Stände sahen gewollt provisorisch aus, rüde zusammengezimmert teilweise, und auch manche Kunstwerke gefielen sich in der Anmutung zufällig zusammengewürfelter Abfallstücke. Hier dagegen herrschte die gediegene Atmosphäre des Reichtums. Ein dicker Teppichboden verschluckte die Geräusche, das Licht war gedimmt wie in der Lounge eines Luxushotels und der Blumenschmuck stammte vermutlich vom teuersten Floristen der Schweiz.

Renée befand sich in der Halle, in der die großen Uhrenfirmen ausstellen, genauer gesagt: in der Eingangshalle des Uhrenkomplexes, von dessen Ausdehnung sie auch nach einer Stunde intensiven Erkundens immer noch eine ziemlich undeutliche Vorstellung hatte. Endlos folgten die Prachtbauten der Stände aufeinander, mehrstöckige Gebäude, holzvertäfelt, mit Naturstein verkleidet, strahlendweiß oder tiefschwarz, klassizistisch von Säulen umgeben oder futuristisch mit Stahlseilen verspannt. Vor einem tempelähnlichen Bau aus ockerfarbenen Steinquadern blieb sie stehen und beobachtete, wie eine Gruppe teuer gekleideter Einkäufer die geschwungene Brücke betrat, die über einen künstlichen Bachlauf zum Eingang führte, an der Tür von zwei Hostessen empfangen wurde und im Innern des Heiligtums verschwand. Sie war bereits erschöpft und doch noch nicht einmal in die Nähe dessen gelangt, wonach sie suchte, die Aussteller aus der Schmuckstadt Pforzheim. An einem Informationsstand ließ sie sich den Weg zu den Schmuckhallen beschreiben.

Der dreistöckige Hallenkomplex, der die Schmuckfirmen beherbergte, war um einen Innenhof herum angeordnet, in den Ecken verbanden stählerne Wendeltreppen die Stockwerke, darunter plätscherten Springbrunnen in niedrigen Wasserbecken. Über eine Brücke gelangte Renée in die mittlere Ebene und tauchte in das Halbdunkel der Gänge zwischen den Ausstellungstempeln der großen Juwelenhersteller. Die Fenster zum Innenhof waren von schwarzen Samtvorhängen verdeckt, statt des Tageslichtes fiel helles Licht aus den Vitrinenfenstern, vervielfacht durch die Reflexion des Goldes und der edlen Steine. Wieviel Geldwert mochte wohl auf dieser Messe versammelt sein? Renée blieb an einem kleinen, mit weißem Samt ausgelegten Fenster stehen, das so grell erleuchtet war, dass sie das Glitzern der Brillanten, die dicht an dicht das ausgestellte Collier bedeckten, in den Augen schmerzte und sie sich geblendet abwandte. Die Orientierung in den abgedunkelten Hallen fiel ihr nicht leicht, und sie war froh, eine der vier von Tageslicht erfüllten Zwischenhallen zu erreichen. Statt die Rolltreppe nach unten zu nehmen, trat sie auf die Brüstung zum Innenhof hinaus, um ein wenig Luft zu schnappen, und schaute hinunter. Ein Imbissstand hatte Plastikstühle aufgestellt, die Leute genossen die Sonne und erholten sich von der Geschäftigkeit, die im Innern der Hallen herrschte. Es war so ruhig, dass man zwischen Gesprächsfetzen die Springbrunnen plätschern hörte. Wie im Auge des Hurrikans, dachte

Renée. Sie ging die Wendeltreppe hinunter und betrat die Hallen im Parterre.

Hier war die Atmosphäre weniger künstlich, Tageslicht mischte sich mit der Beleuchtung der Vitrinen, die Stände waren schlichter und die Leute wirkten weniger angespannt. Aussteller standen vor ihren Ständen und unterhielten sich, man schien einander zu kennen. An einigen Ständen war der Name Pforzheim zu lesen, also war sie endlich in der richtigen Halle angekommen. Was nun? Sie nahm den Armreif aus der Handtasche und streifte ihn über. Bis jetzt hatte sie ihn noch nie getragen, aus irgendeinem Grund scheute sie sich davor. Während sie die Auslagen betrachtete, warf sie verstohlene Blicke ins Innere der Stände, um zu sehen, ob gerade Kunden bedient wurden oder ob man eventuell Zeit hatte, ihr Auskunft zu geben.

Dann stand sie vor einem Fenster und stutzte. Die Schmuckstücke unterschieden sich von den meisten, die sie bis jetzt gesehen hatte, sie waren durchweg in mattem Gold gearbeitet und die Formen ähnelten ihrem Reif. Sie trat zurück und las den Firmennamen: eine Manufaktur aus Pforzheim. Anscheinend hatte man drinnen ihr Interesse bemerkt, denn nun kam ein Mann aus der Tür und fragte mit einem Blick auf die Karte an ihrem Revers in ausgeprägtem Dialekt: „Möchte Se net reinkomme? Mir zeige Ihne gern die Kollektion." Einen Moment war sie unsicher, wie sie reagieren sollte, dann winkte sie freundlich ab.

„Nein, vielen Dank, ich bin heute den ersten Tag auf der Messe und möchte mich zuerst einmal orientieren. Aber vielleicht könnten Sie mir Ihre Karte geben?" Er zog eine Visitenkarte aus der Jackentasche und notierte Halle und Standnummer auf der Rückseite. „Damit Se uns wieder finde."

Renée nahm die Karte entgegen und bedankte sich. Während sie die Hand ausstreckte, bemerkte sie, wie ihr

Gegenüber den Armreif fixierte, und ohne zu überlegen fragte sie: „Kennen Sie zufällig die Firma Lux? Johann Lux, feine Goldwaren, aus Pforzheim?" Tiefe Röte stieg in das Gesicht des Mannes. „Lux? Hab ich noch nie g'hört", gab er schroff zurück und verschwand in seinem Stand.

Da habe ich wohl einen wunden Punkt getroffen, dachte Renée amüsiert im Weitergehen und stieß beinahe mit einer jungen Frau zusammen, die zum gegenüberliegenden Stand gehörte und anscheinend die Szene beobachtet hatte.

„Entschuldigen Sie, wenn ich Sie anspreche, ich habe gehört, dass Sie nach der Firma Lux gefragt haben."

Renée wandte sich der sympathisch und offen wirkenden Frau zu. „Ja, das habe ich, aber Ihr Standnachbar war nicht sehr begeistert über diese Frage." Die Frau lachte.

„Kein Wunder. Wenn sie mögen, erzähle ich Ihnen etwas von Johann Lux, wir haben grade keinen Kunden, da kann ich mir etwas Zeit nehmen. Kommen Sie herein." Renée folgte ihr nach drinnen. „Nehmen Sie doch Platz. Darf ich Ihnen einen Kaffee machen?" Sie nahm dankend an und merkte beim Hinsetzen, wie müde sie war und wie sehr ihre Füße schmerzten.

„Wie kommen Sie auf Lux?" fragte Frau Lorenz, die mit ihrem Mann in Pforzheim eine kleine Schmuckproduktion betrieb, stellte zwei Tassen Kaffee auf den Tisch und setzte sich zu Renée, die statt einer Antwort den Armreif abnahm und ihn ihr in die Hand legte. Sie erzählte, wo sie ihn gekauft und was sie inzwischen über Johann Lux erfahren hatte. „Schatz, kommst du mal eben?" Hinter dem Vorhang, der die kleine Teeküche verdeckte, erschien ein kräftiger, untersetzter Mann, dem man den Handwerker ansah. Prüfend wog er den

Reif in der Hand. Dann nahm er eine Lupe und betrachtete ihn eingehend.

„Der ist von Lux, ich sehe es am Stempel. Aber es ist keins von den Stücken, die wir damals angefertigt haben. Ich hab so einen Armreif von ihm noch nie gesehen. Moment, da ist noch was ...“ Er hielt das Stück nah ans Auge. „Hier ist eine Gravur, ganz klein, auf der Innenfläche, sehen Sie?“ Er gab Renée die Lupe, aber sie sah nur ein paar kleine Kratzer auf dem Gold. „Es sieht aus wie ein Monogramm“, mutmaßte Herr Lorenz, „Lux war nicht sehr geschickt mit dem Stichel, wenn es etwas zu gravieren gab, musste das immer Herr Stein machen, der Werkstattmeister. Doch, jetzt erkenne ich es: ein N und ein J ineinander verschlungen, und das Datum 13.01.90. Dann ist der Reif tatsächlich erst nach Lux' Verschwinden entstanden. Er hat also irgendwo wieder gearbeitet.“ Er gab Renée den Reif zurück.

„Mein Mann war Lehrling bei Lux zu der Zeit, als der Konkurs passierte“, erzählte Frau Lorenz. „Zum Glück hat Frau Simon, die Buchhalterin, ihm eine andere Lehrstelle besorgt, Lux hat sich ja um nichts gekümmert ... Es gab viel böses Blut in der Stadt damals. Einigen Leuten schuldete er Geld, und dann einfach zu verschwinden – andererseits - “ sie sah Renée an, als überlegte sie, wie weit sie mit ihrer Erzählung gehen sollte. „Warum interessiert Sie denn überhaupt diese alte Geschichte? Das ist ja alles schon so lange her, achtzehn Jahre, vielleicht lebt Johann Lux überhaupt nicht mehr.“

Renée schwieg einen Moment. An diese Möglichkeit hatte sie auch schon gedacht. Und wenn er noch lebte und sich seit damals nie mehr bei irgend jemandem gemeldet hatte, dann hatte er sicher kein Interesse, an seine Vergangenheit erinnert zu werden. Warum sollte sie sich in die Angelegenheiten fremder Leute einmischen? Genügte es nicht, den Armreif zu besitzen, sich an seiner Schönheit zu freuen und alles andere auf sich beruhen zu lassen? Aber etwas an der Geschichte ließ sie nicht los, und nun war sie noch geheimnisvoller geworden. Wo konnte Lux nach seinem Verschwinden aus Pforzheim ein solches Stück gearbeitet haben? Für wen war es bestimmt gewesen? Was bedeuteten die Buchstaben? Und auf welchen seltsamen Wegen war der Reif zuletzt in diesem Trödelladen am Montmartre gelandet?

„Die ganze Geschichte geht mich sicherlich nichts an," antwortete sie schließlich, „und wenn ich an die Reaktion Ihres Mitbewerbers von gegenüber denke, dann sollte ich wohl am besten nicht daran rühren. Aber – sehen Sie?" Sie hielt den Armreif ins Licht, und er begann zu leben. „Dieser Reif ist etwas Besonderes, es steckt ein Geheimnis in ihm, und – ich habe irgendwie das Gefühl, er will, dass ich es herausfinde!"

Frau Lorenz nickte, anscheinend verstand sie, was Renée meinte. „Vielleicht ist es am sinnvollsten, wenn Sie einmal nach Pforzheim kommen und der Sache an Ort und Stelle nachgehen. Ich schreibe Ihnen unsere private Telefonnummer auf, bitte sagen Sie ein paar Tage vorher Bescheid, dann besorge ich Ihnen ein Hotelzimmer. Bis dahin werde ich versuchen, etwas für Sie in Erfahrung zu bringen, schließlich bin ich eine waschechte Pforzheimerin, wenn mer's auch net so deutlich hört," setzte sie lächelnd hinzu. „Was übrigens unseren Standnachbarn angeht, so gehört er zu den Leuten, die gegen Lux intrigiert und sich nachher ungeniert bei seinen Entwürfen bedient haben."

Sie gab Renée ihre Karte, die sich dankend verabschiedete und versprach, in den nächsten Wochen anzurufen. Beschwingt verließ sie die Messe. Sie hatte mehr erreicht, als sie erwartet hatte: die Bekanntschaft einer Pforzheimerin zu machen, die Stadt und Leute kannte

21

und sie bei ihrer Suche unterstützen wollte, besser konnte es gar nicht gehen!

„Ein schönes Haus, nicht wahr?", rief Frau Lorenz schon von weitem, als sie Renée auf dem Fußweg vor dem Schmuckmuseum stehen sah. „Es ist das moderne Wahrzeichen unserer Stadt."
Die beiden Frauen begrüßten sich freundschaftlich. Renée war etwas zu früh gekommen, hatte einen kleinen Spaziergang durch den weitläufigen Park gemacht und die ungewöhnliche Architektur bewundert, eine Gruppe kubischer Baukörper aus Glas, Beton und Sandstein, die sich harmonisch in die Natur einfügten.
„Wir setzen uns am besten ins Café des Schmuckmuseums", hatte Frau Lorenz vorgeschlagen, als Renée sie eine Woche zuvor von Düsseldorf aus angerufen hatte, um ein Treffen zu vereinbaren. „Das ist der angemessene Ort, um sich über einen Goldschmied zu unterhalten." Sie führte die Besucherin durch das Gebäude und zeigte ihr die außergewöhnliche Sammlung von Schmuckstücken. Ägyptische Siegelringe, Ohrgehänge aus Troja, ein Schlangenarmband aus hellenistischer Zeit, ein Reliquiar aus dem mittelalterlichen Burgund, als aufklappbarer Altar mit Figurengruppe gestaltet, an einer Kette um den Hals zu tragen – Renée konnte sich vom Anblick dieser kleinen Kunstwerke nicht losreißen. Besonders die Ringe faszinierten sie, Miniaturen von großem künstlerischen Ausdruck, Figuren, Tiere, Pflanzenornamente in Gold ziseliert, in Stein geschnitten, in Emaille gebrannt. Wer mochte sie vor Zeiten am Finger getragen haben?
In einem kleinen Raum waren Goldschmiedewerkzeuge ausgestellt. Renée wunderte sich über die Menge unterschiedlich geformter Hammer, Feilen, Zangen, Punzen, Stichel – „braucht man so viele verschiedene Werkzeuge? Da kann sich ja kein Mensch auskennen!"

"Das lernt man schnell", entgegnete ihre Begleiterin lachend, „Sie können gerne ein paar Tage in unsere Werkstatt kommen und es ausprobieren. So, hier sind wir nun in der modernen Abteilung."

Die beiden befanden sich in dem langgestreckten Gebäudeflügel, dessen Zentrum eine Vitrinen-Galerie bildete. „Schmuck ist für die meisten Leute ausschließlich Luxus- und Konsumartikel", erklärte Frau Lorenz, während sie langsam an den Vitrinen entlanggingen und ab und zu einen Blick hineinwarfen. „Mit Kunst hat das, was man im Juweliergeschäft kaufen kann, im Allgemeinen nichts zu tun. Als Kunstwerk gilt ein Schmuckstück erst dann, wenn es von einem bekannten Künstler sozusagen als Nebenprodukt seiner Arbeit geschaffen wurde. Aber spätestens seit den sechziger Jahren gibt es eine höchst lebendige Schmuck-Kunst-Szene, die Tendenzen zeitgenössischer Kunst aufnimmt."

Am Beispiel einiger moderner Schmuckkünstler zeigte sie Reneé, wie sich deren Arbeiten allmählich vom Ornament zum eigenständigen Objekt entwickelten. Als sie am Ende der Vitrinen-Reihe angekommen waren, meinte Reneé: „Nun habe ich so viel Schmuck gesehen und so viel darüber erfahren wie noch nie. Sie haben recht, der Schmuck wird von der Kunstszene wenig wahrgenommen und als Kunstform wohl auch nicht ganz ernst genommen."

Sie gingen durch den Museumsshop hinüber ins Café. Die Tische waren leer, hinter der Theke vertrieb sich eine junge Frau die Zeit, indem sie Gläser polierte, und begrüßte erfreut die unerwarteten Gäste.

„Setzen wir uns doch ans Fenster", schlug Frau Lorenz vor. „Ich habe einiges über Lux in Erfahrung bringen können!" Sie nahm eine Mappe aus ihrer Tasche und legte sie auf den Tisch, während die Kellnerin die Bestellung aufnahm.

„Wo würden sie denn Johann Lux als Schmuckmacher einordnen?" wollte Renée wissen. „Ich habe mich das die ganze Zeit gefragt, während wir die Arbeiten der zeitgenössischen Künstler angesehen haben."

„Das ist nicht leicht zu beantworten. Ich habe herausgefunden, dass er vor seiner Meisterprüfung ein Jahr lang an der Fachhochschule für Gestaltung in Pforzheim als Gasthörer eingeschrieben war, in der Klasse von Reinhold Reiling, dessen Arbeiten wir gerade gesehen haben. Aber Lux hat nie zur Schmuckkunst-Szene gehört. Es war nicht sein Ehrgeiz, sich als Künstler zu profilieren, er wollte Karriere machen, Geld verdienen, den Pforzheimern zeigen, dass er Erfolg hatte. Zumindest eine Zeit lang scheint das sein Motiv gewesen zu sein. Aber es gab auch eine andere Seite, seine Suche nach der vollkommenen Form, dem Stück, das die Grenzen des Machbaren überschreitet – in diesem Sinn war er Künstler, und als solcher vielleicht kompromissloser als Andere. Aber ich will von vorne anfangen.

Die Eltern von Johann Lux kamen 1947 mit den ersten Flüchtlingen nach Pforzheim. Die Familien wurden in neu gebaute Wohnungen einquartiert, einige erhielten Arbeit in der allmählich wieder in Gang kommenden Schmuckindustrie. Hartmut Lux, Johanns Vater, war von Beruf Werkzeugmacher und bekam eine Stelle in einer großen Juwelenfirma. Neben der Arbeit lernte er das Goldschmiedehandwerk, wurde Geselle und legte schon zwei Jahre später die Meisterprüfung ab, wofür eine Sondergenehmigung der Handwerkskammer nötig war, also muss er ein ungewöhnlich begabter Goldschmied gewesen sein. Kaum hatte er den Meisterbrief in der Hand, machte er sich selbständig und erhielt Aufträge von verschiedenen Pforzheimer Firmen.

Hartmut Lux scheint der Spezialist für schwierige Anfertigungen gewesen zu sein, alles, womit man in der eigenen Werkstatt nicht zurecht kam, gab man ihm, keine Steinfassung, keine Verschluss-Mechanik, keine Bewegungstechnik war ihm zu kompliziert, für jedes Problem fand er eine Lösung. Sein Geschäft entwickelte sich gut, im Jahr 1954 bezog er mit seiner Frau und dem kleinen Sohn ein Haus in einer nahe gelegenen Ortschaft. Johann war damals vier Jahre alt.

Alles schien bestens zu laufen, die Familie hatte ihr Auskommen, der Sohn tat sich bald als guter Schüler hervor. Aber 1959 ging die kleine Firma aus für mich nicht nachvollziehbaren Gründen in Konkurs, das Haus musste verkauft werden, Schulden blieben übrig, die Familie zog in eine enge Wohnung hinter dem Bahnhof, und Hartmut Lux arbeitete fortan als angestellter Goldschmied bei einem seiner früheren Kunden. Nebenbei machte er weiterhin für ein paar andere Firmen Anfertigungen, um die Schulden abzutragen. 1969 starb er mit nicht einmal vierzig Jahren an einem Herzinfarkt. Sein Sohn Johann war gerade fünfzehn. Nach dem Tod des Vaters scheint er sich plötzlich entschlossen zu haben, die Arbeit seines Vaters fortzuführen, er brach die Schule ab und wurde Goldschmied.

Ich habe den Werdegang von Johann Lux anhand dessen verfolgt, was sich über ihn in der Fachpresse und in den Pforzheimer Zeitungen finden ließ – in der Zeit seines größten Erfolgs konnte man fast jede Woche etwas über ihn lesen – und Einiges weiß auch mein Mann noch aus den zwei Jahren, die er in seiner Werkstatt verbracht hat. Sein Aufstieg war bemerkenswert, er war international bekannt und angesehen, hat seinen Schmuck in der ganzen Welt verkauft; einmal trat er sogar in einer Talk-Show im Fernsehen auf, sozusagen als Vorzeige-Unternehmer. Sie können alles in den Unterlagen nachlesen, die ich für Sie gesammelt habe, auch ein paar Fotos sind dabei, sehen Sie, hier bei einem Empfang der IHK für junge Unternehmer 1978, und dieses Bild wurde nach der Talk-Show aufgenommen, neben ihm steht seine Frau Margot, das war 1984."

Renée betrachtete die Fotografien und war erstaunt, dass sie dem Bild glichen, das sie sich von Lux gemacht hatte, ein Gesicht mit scharf geschnittenen Zügen und hellen Augen, die aufmerksam in die Kamera blickten. Man konnte sich diesen Mann kaum unbeschwert lachend vorstellen. Seine Frau war das genaue Gegenteil, das Bild zeigte eine attraktive Blondine mit hinreißendem Lächeln, jung, verwöhnt und lebenshungrig.

„Die ganze Zeit, während ich mich mit dem Leben von Johann Lux beschäftigt habe, wurde ich das Gefühl nicht los, dass er das Scheitern seines Vaters kompensieren wollte. Sein Aufstieg erschien mir wie die Wiedergutmachung für dessen frühen Tod, der zweifellos eine Folge des beruflichen Absturzes gewesen war. Ich glaube, dass Lux das gesellschaftliche Umfeld verantwortlich machte für das Schicksal seines Vaters. Die Pforzheimer Fabrikanten bedienten sich seiner Fähigkeiten, aber sie nahmen ihn nicht in ihre Kreise auf. Wahrscheinlich hat Lux auch bestimmte Leute verdächtigt, den Konkurs seines Vaters verursacht zu haben. Jedenfalls setzte er alles daran, erfolgreich zu sein, Geld zu verdienen, in die gute Gesellschaft aufzusteigen. Seine Frau stammt aus einer bekannten Pforzheimer Familie, ihre Eltern haben ihn nie als Schwiegersohn akzeptiert, obwohl er alles tat, um den Ansprüchen, die sie für ihre Tochter hatten, zu genügen. In den ersten Jahren muss er Tag und Nacht gearbeitet haben, machte alles selbst, den Schmuck, den Verkauf, die Buchhaltung – dann kam der Erfolg, die ersten Messeauftritte, Kontakte ins Ausland, die ersehnte Anerkennung und schließlich das Geld.

Wenn es auch auf den ersten Blick nicht so aussieht, aber Geld war Johann Lux im Grunde gleichgültig. Er gab es mit vollen Händen aus, lebte privat und geschäftlich über seine Verhältnisse, baute ein viel zu großes und teures Haus in der besten Gegend der Stadt, nur um Allen zu zeigen, dass er es sich leisten konnte. Mein Mann erinnert sich, dass in der Werkstatt eines der ersten, damals noch sehr kostspieligen Laserschweißgeräte stand, die für die Schmuckbranche entwickelt worden waren, Lux musste diese neue Technik unter allen Umständen ausprobieren.

Nach dem Tod seiner Tochter Laura warf er dann vollends alle Rücksicht auf Wirtschaftlichkeit über Bord und folgte nur noch seinen Vorstellungen, entwarf Schmuckstücke, die nicht mehr verkäuflich waren, und stieß die Kunden mit seinem Eigensinn vor den Kopf. Seinen Konkurs hat er also letztlich selbst verschuldet. Wahr ist aber auch: die Pforzheimer mochten ihn nicht, er galt als arrogant, und Vielen war sein Erfolg ein Dorn im Auge. Einige Leute legten ihm auch bewusst Steine in den Weg; so wurde er trotz seines Erfolgs nie zum täglichen Frühschoppen im besten Hotel der Stadt eingeladen, bei dem die eingesessenen Unternehmer Neuigkeiten austauschten und die aus aller Welt angereisten Einkäufer in Empfang nahmen – das heißt, deren Budgets unter sich aufteilten.

Was seine Kreativität und sein künstlerisches Talent angeht, war Lux sicher eine Ausnahmeerscheinung, darin unterschied er sich von seinem Vater, einem Tüftler und ausgefuchsten Techniker ohne eigene Ideen. Aber Lux verstand es nicht, sich Freunde zu machen, und er hat lange Zeit seine Energie und seine Fähigkeiten in einem aussichtslosen Kampf um Anerkennung vergeudet."

Frau Lorenz klappte die Mappe zu und schob sie zu Renée hinüber. „Das ist alles, was ich herausfinden konnte. Kein Hinweis darauf, wohin Lux sich im Juni 1989 geflüchtet hat und was aus ihm wurde. Seit achtzehn Jahren ist er spurlos verschwunden. Ich habe die Adressen seiner geschiedenen Frau und der Buchhalterin Frau Simon in die Mappe gelegt, wenn Sie wollen, können Sie zu den beiden Kontakt aufnehmen. Vielleicht haben Sie mehr Glück bei Ihrer Suche. Es würde mich freuen, von Ihnen zu hören, wenn sich etwas Neues ergeben hat, und im Übrigen steht mein Angebot, dass Sie sich unsere Firma ansehen und sich einmal im Goldschmieden versuchen!"

Im Hotelzimmer legte Renée sich eine Weile aufs Bett, der Kopf schwirrte ihr noch von allem, was sie gesehen und gehört hatte. Sie fragte sich, ob ihr dieser seltsame Johann Lux eigentlich sympathisch war. Er schien ja kein sehr umgänglicher Zeitgenosse gewesen zu sein. Auch ließen sich die beiden Seiten seiner Persönlichkeit nicht recht miteinander vereinbaren, der Geschäftsmann, der mit Geld und Erfolg auftrumpft, und der Künstler, den die Suche nach Perfektion antreibt und der sich zuletzt ruiniert bei dem Versuch, gegen den Geschmack der Leute das vollkommene Schmuckstück zu schaffen. War er mit dem Armreif, den sie besaß – sie hatte ihn in einem Bankschließfach in Düsseldorf deponiert – an seinem Ziel angekommen, war dies das Stück, das ihm vorschwebte, die Quintessenz seines Schaffens? Und vor allem: wo und für wen hatte er diesen Reif gearbeitet?
Sie beschloss, Margot Lux und Frau Simon anzurufen und sich mit ihnen zu treffen. Vielleicht ergab sich im Gespräch irgendein Hinweis auf die Fortsetzung der Geschichte, deren Anfang sie nun kannte. Trotz der Müdigkeit, die sich plötzlich bleischwer auf ihre Au-

genlider legte, stand sie auf, öffnete die Mappe, die Frau Lorenz ihr gegeben hatte, und wählte die erste Nummer. Am anderen Ende der Leitung meldete sich leise eine weibliche Stimme: „Lux?"

Zwei Stunden später trafen sie sich in der Hotelhalle. Margot Lux war nicht mehr die attraktive, selbstbewusste Frau, die Renée auf dem Foto gesehen hatte. Mit belegter Stimme erzählte sie vom Tod ihres Kindes, als wäre es gestern gewesen, von einem Fest in ihrem Garten, dem neuen Schwimmbad, den Lichtern auf dem Wasser, den vielen Gästen, die alle nicht gesehen hatten, wie es passierte – nur bruchstückhaft erfasste Renée, was damals geschehen war. Dann die Trennung von ihrem Mann, der Konkurs der Firma. Ihre Stimme wurde lebhafter. „Er hat sich mit Absicht ruiniert, keiner konnte es verstehen. Nur noch unverkäufliche Stücke hat er gemacht, schreckliches Zeug, das niemand haben wollte. Es war abzusehen, dass das nicht gutgehen würde. Auf niemanden hat er gehört, und keine Rücksicht genommen – schließlich steckte ja auch mein Geld in der Firma! Und dann einfach verschwinden und mich mit den Schulden sitzenlassen."
Geduldig hörte Renée sich an, was Johann Lux seiner Frau zugemutet hatte, die Zwangsversteigerung des Hauses, die Gläubiger, die sie belästigt hatten, das Gerede in der Stadt. Zuletzt hatte sie sich ganz zurückgezogen, einen Job bei Bekannten ihrer Eltern angenommen und mit niemandem mehr etwas zu tun haben wollen. Renée unterbrach sie nicht, bis sie ihr Herz ausgeschüttet hatte. Dann fragte sie vorsichtig, ob sie eine Vermutung habe, wohin ihr geschiedener Mann damals geflohen sei. Sie schüttelte den Kopf. „Ich habe ihn damals sogar als vermisst gemeldet, aber man hat ihn nicht gefunden."

Eine Weile saßen sie schweigend nebeneinander, anscheinend gab es nichts mehr zu sagen, und so verabschiedeten sie sich förmlich, in dem Bewusstsein, dass sie einander nie mehr begegnen würden.

Frau Simon meldete sich mit resoluter Stimme. „Ich habe schon gehört, dass Sie nach Herrn Lux suchen, Frau Lorenz hat es mir erzählt. Wahrscheinlich kann ich Ihnen nicht weiterhelfen, aber ich würde mich gerne mit Ihnen unterhalten. Kommen Sie doch heute Abend bei mir vorbei! "
Eine Frau Ende sechzig mit kurzen grauen Haaren öffnete Renée die Tür, sah ihr ins Gesicht, trat zur Seite und sagte: „Bitte, kommen Sie herein!" Frau Simon ließ sie auf einem riesigen Sofa Platz nehmen und bereitete Tee. Dann saßen sie einander gegenüber, rührten in ihren Tassen und überlegten, wie sie anfangen sollten. „Also ...", sagten sie schließlich gleichzeitig und mussten beide lächeln. Nun war das Eis gebrochen.
Sie wusste nicht, wo ihr früherer Chef sich aufhielt, das stellte sie sofort klar. „Aber selbst, wenn ich es gewusst hätte, ich hätte keinem etwas gesagt! Schließlich habe ich auch über ein paar andere Dinge geschwiegen ..." sie zwinkerte Renée zu. Dann erzählte sie von ihrer letzten Begegnung mit Lux, wie er unter dem Vorwand, die Halskette seiner Tochter zu suchen, den Schlüssel zur Werkstatt von ihr erbeten hatte.
„Ich wusste ja, dass noch Bargeld im Tresor lag. Irgendwann, dachte ich, fällt es ihm wieder ein, dann kommt er und holt es sich. Ihn anzurufen habe ich mich nicht getraut. Aber als er vor mir stand, war mit klar, dass er vorhatte zu verschwinden. Ich hätte ihm gern geholfen, aber er wollte wohl nicht, dass ich etwas Unrechtes tue, das ich nachher bereuen würde."
Natürlich hatte sie überlegt, wohin er gegangen sein könnte. „Das Einzige, worauf ich gekommen bin, ist,

dass er sich vielleicht an einen seiner ehemaligen Kunden im Ausland gewandt hat. Er hatte zu einigen ein freundschaftliches Verhältnis. Vielleicht hat ihm einer von ihnen Arbeit gegeben." Sie stand auf, ging zum Schreibtisch, öffnete eine Schublade und nahm eine schmale Mappe heraus. „Die Kundenliste der Firma Lux," sagte sie mit Triumph in der Stimme. „Ich habe sie noch am letzten Tag kopiert, vor den Augen des Konkursverwalters, aber der hat nichts gemerkt. Behalten Sie die Liste, ich brauche kein Andenken mehr an diese Zeit, das liegt alles weit zurück. Wenigstens weiß ich jetzt, wozu es gut war, sie zu kopieren!"

Als Reneé im Hotelzimmer die Liste durchblätterte, war sie beeindruckt. Lux hatte seinen Schmuck in die ganze Welt verkauft, die Liste führte neben den meisten europäischen Großstädten auch Adressen in den USA und Japan, in Brasilien und Südafrika, auch ein Juweliergeschäft in Sidney war als Kunde eingetragen. Wo sollte sie anfangen? Vielleicht wollte er damals ja so weit wie möglich weg von zuhause, nach allem, was er erlebt hatte. Aber wer würde sich nach so langer Zeit noch an ihn erinnern? Sie würde die Liste zuhause noch einmal genau studieren, für heute hatte sie genug erfahren.

Da fiel ihr Blick auf Paris. Wenn nun der Armreif nicht auf irgendwelchen verschlungenen Wegen in diese Stadt gelangt war, sondern Lux ihn dort angefertigt hatte? War er vielleicht damals nach Paris geflohen?

Paris

Bis zum letzten Moment wollte Lux nicht sehen, was auf ihn zukam. Er ignoriert das besorgte Gesicht der Buchhalterin, die immer häufiger Gläubiger vertrösten und dringend angemahnte Banktermine verschieben musste, die Stapel unbezahlter Rechnungen, die rückläufigen Aufträge. Er ließ sich am Telefon verleugnen, war angeblich auf Geschäftsreise. In Wahrheit besuchte er seine Kunden nicht mehr, so wie er es früher getan hatte, er wollte mit niemandem mehr reden. Ein freier Handelsvertreter führte jetzt die Kollektion mit und gab Woche für Woche weniger Bestellungen durch. Nach dem Tod seiner kleinen Tochter Laura hatte Lux sich zurückgezogen.

Es wurde ruhig um ihn, die Freunde verschwanden und die wichtigen Leute brachen den Kontakt zu ihm ab. Weil er sie nicht mehr beschäftigen konnte, entließ er alle Goldschmiede bis auf Herrn Stein und dem Lehrling und setzte sich wieder selbst ans Werkbrett. Von nun an konzentrierte er seine ganze Kraft auf die Arbeit, und allmählich kehrte die alte Leidenschaft zurück. Noch immer war er der vollkommenen Form auf der Spur, versuchte, die Gesetze der Geometrie aufzuheben und das Licht einzufangen. Bald verstand er nicht mehr, wie er sich von seinem Ziel hatte ablenken lassen können, und warum Laura hatte sterben müssen, damit er wieder wusste, was seine Aufgabe war. Er war wie berauscht gewesen vom Erfolg! Der Aufstieg seiner Firma, die internationale Resonanz, die seine ungewöhnlichen Stücke fanden, hatten ihn plötzlich zu einem bedeutenden Mann gemacht. Endlich wurde er anerkannt in dieser Stadt, und die Söhne der Fabrikanten, die seinen Vater vor mehr als zwanzig Jahren in den Konkurs getrieben hatten, warben nun um seine, Johann Lux' Freundschaft! Man lud ihn ein, wollte seine Meinung hören zu diesem und jenem, trug ihm Posten an. Die Presse berichtete über ihn, einmal trat er sogar in einer Talkshow im Fernsehen auf und wurde gefragt, wie man es vom einfachen Goldschmied zum erfolgreichen Unternehmer bringt. Für seine eigentliche Arbeit, das Entwerfen von Schmuck und Entwickeln neuer Formen, hatte er bald kaum noch Zeit, es interessierte ihn auch nicht mehr so wie früher. Sein unbedingter Wille, Dinge zu erschaffen, wie man sie noch nie gesehen hatte, schien erschöpft zu sein. So wurden seine Stücke immer gewöhnlicher, und die fehlenden Ideen ersetzte er durch größere Brillanten. Den Leuten gefiel es, die Sachen verkauften sich von Jahr zu Jahr besser, aber es war nicht mehr sein Stil, nicht mehr die unverwechselbaren komplexen Formen, die ihn einmal bekannt gemacht hatten. Er hatte begonnen, sich selbst zu verleugnen.

In den Monaten nach Lauras Unfall bis zum Konkurs der Firma gelangen Lux die schönsten Stücke, aber niemand wollte sie kaufen. Untragbar, urteilten die Kunden, zu groß, zu ausgefallen, nicht mehr zeitgemäß. Der Lux ist übergeschnappt, sagten sie hinter vorgehaltener Hand, seit dem Tod seiner Tochter hat er den Boden unter den Füßen verloren. Es war ihm egal, endlich wusste er wieder, was er wollte. Jede Arbeit brachte ihn seinem Ziel einen Schritt näher, dem Stück, das in seiner Vorstellung existierte. Jede Brosche, jeder Ring, jeder Armreif, den er fertigstellte, war nur eine unvollkommene Annäherung an dieses Urbild, das er in sich trug. Er hätte es nicht beschreiben und auch nicht mit dem Zeichenstift zu Papier bringen können. Wahrscheinlich war es etwas Unmögliches, wonach er suchte, etwas, das in den drei Dimensionen des realen Raumes nicht zu verwirklichen war. Alles, was er mit seinen Mitteln erreichen konnte, war, das Auge zu täuschen und zu verwirren, sodass es den Aufbau des Stückes nicht durchschaute und immer wieder anders interpretierte. Die Leuchtkraft des Goldes half ihm dabei. Je nach Lichteinfall ließ sie die Kanten und Flächen hervortreten oder zurückweichen und kehrte das Innere nach außen. Dieser Effekt ließ sich nicht planen, er erschien erst am fertigen Stück, und deshalb kam es ihm nie so vor, als sei er Herr seiner Entwürfe. Das Gelingen fiel ihm entweder in den Schoß, oder es verweigerte sich. Aber er durfte jetzt nicht aufgeben, auch wenn er sich damit ruinierte, er war es Laura schuldig.

Jeden Morgen war er als erster in der Firma und entriegelte die drei Schlösser der Sicherheitstür. „Johann Lux - feine Goldwaren" stand in goldfarbenen Buchstaben darauf. Er machte Licht und öffnete die Fenster. Morgenluft strömte in den stickigen Raum, aus dem sich der Geruch nach Staub und Chemikalien nie ganz vertreiben ließ. Lux setzte sich an seinen Arbeitsplatz, legte das Fell auf die Knie, sammelte einige Zangen ein, die zwischen Goldabfällen und Fetzen von Schmirgelpapier lagen und hängte sie an den Metallbügel unter der Tischkante. Ihm gegenüber war der Platz von Herrn Stein, einem alten Mann mit blassem Gesicht und mürrischer Miene - oder war er in Wahrheit nicht genau so alt wie er selbst? - ein perfekter Goldschmied, Handwerksmeister wie Lux selbst, schnell, exakt und zuverlässig. Neben Herrn Stein saß der Lehrling, ein Junge von sechzehn Jahren, begabt, aber unaufmerksam, immer am Radio hantierend auf der Suche nach der besten Musik oder was er dafür hielt. Die beiden würden in einer Stunde anfangen, um sieben Uhr, wie es in den meisten Pforzheimer Firmen üblich war. Acht Stunden lang würden sie einander mehr oder weniger schweigend gegenübersitzen, vielleicht ein paar Worte über das Radioprogramm wechseln. Niemals tauschten sie persönliche Dinge aus, längere Gespräche gab es nur über technische Fragen des Goldschmiedens, und manchmal dachte Lux, dass dies die beste Art von Gesprächen war.

Die Brosche, an der er zur Zeit arbeitete, war eines seiner Lieblingsstücke, eines derjenigen, die ihm nach seinem eigenen strengen Urteil gut gelungen waren. Er setzte die Kopflupe auf, stülpte Lederfingerlinge über Daumen und Zeigefinger, nahm eines der beiden vorbereiteten Goldbleche in die Hand und legte es am Feilnagel an. Mit der Feile glättete er die Kanten des Streifens, dann begann er, ihn mit Daumen und Zeigefinger in Form zu bringen. Das Formen des Blechstreifens war ein Geduldspiel, denn es durfte auf keinen Fall ein Knick entstehen. Das Metall erinnert sich an jede Verformung, ein Knick verändert unumkehrbar seine innere Struktur. Alle seine Stücke bestanden aus solchen Abwicklungen, deren Formen erst einen Sinn erhielten, wenn man sie zu dreidimensionalen Körpern zusammensetzte.

Der zweite Blechstreifen wurde auf die gleiche Art gebogen und an sein Pendant angepasst. Dann trat das Laser-Schweißgerät in Aktion, ein futuristisch anmutender weißer Kasten, aus dessen Stirnseite wie zwei Hörner die beiden 10-fach-Okulare ragten. Lux setzte sich davor, stellte die Okulare auf seinen Augenabstand ein – dass der bei jedem Menschen anders war, hatte er zuvor nicht gewusst – und schob die Hände mit dem Werkstück durch Kunststoffmanschetten in den abgeschlossenen Arbeitsbereich. Erst jetzt ließ sich der Laser aktivieren. Der feine Lichtstrahl schmolz das Metall mit extrem hoher Temperatur auf kleinster Fläche, und der Goldschmied konnte die zu verbindenden Teile während des Schweißvorganges in der Hand halten. Alle Eigenheiten des unsichtbaren Energiepulses, der mit einem kleinen, trockenen Klacken auf das Material traf und einen glänzenden Punkt erzeugte, waren ihm vertraut, er wusste, wie sich die verschiedenen Metalle verhalten, Silber, Gold, Platin, für jedes war eine bestimmte Kombination der Parameter nötig, um die besten Ergebnisse zu erzielen. Das gebündelte Licht war sein liebstes Werkzeug geworden.

Nachdem er die beiden Teile verbunden hatte, hielt er das Stück ins Licht, drehte es ein wenig hin und her, und es begann zu leben. Jetzt noch löten, versäubern und die Broschierung anbringen, die aus der kleinen Skulptur ein tragbares Schmuckstück macht. Er tauchte die Brosche in eine klare Flüssigkeit und hielt das Feuerzeug daran. Hellgrüne Flammen leckten über die Oberfläche und hinterließen einen weißlichen Überzug, wie Reif. Während er Paillons vom Lotblech schnitt, hörte er, wie die Tür aufgeschlossen wurde. Frau Simon ließ die Goldschmiede herein und winkte Lux zu, bevor sie im Büro verschwand. Die beiden hängten ihre Jacken auf, banden sich die Arbeitsschürzen um und setzten sich an ihre Plätze. Unter seiner Kopflupe hervor sagte Lux „guten Morgen", dann begann er, mit der Lötflamme das Stück zu erhitzen.

Am nächsten Morgen wachte er früher auf als gewöhnlich, befreite sich aus dem verschwitzten Bettzeug und trat ans offene Fenster. Wie meistens war er aus einem Traum aufgetaucht, der keine Bilder hinterließ, sondern nur ein vages Gefühl von Leere, wie ein schlechter Geschmack auf der Zunge. Den hatte er übrigens auch. Gestern war es spät geworden. Bis nach elf Uhr war er am Werkbrett gesessen, um die letzten Stücke für einen Auftrag fertigzumachen, der heute weggeschickt werden musste. Dann hatte er in einem kleinen Lokal ein paar Straßen weiter etwas gegessen. Eigentlich war die Küche schon geschlossen, aber die Kellnerin kannte ihn und bereitete ihm eigenhändig ein Vesperbrett mit Sülze, Schinken und sauren Gurken zu. Er mochte dieses Lokal, obwohl es finster und wenig einladend wirkte, aber das Essen war gut und man begegnete ihm hier mit gleichmäßiger und unaufdringlicher Freundlichkeit. Seit dem letzten Sommer war er fast täglich hier, es zog ihn nicht nachhause.

Gestern Abend hatte ihm der Wein besonders gut geschmeckt. Am Nebentisch saßen einige seiner Kollegen beisammen, Inhaber kleiner Firmen, wie es sie hier in fast jedem Haus gab. Bei einem von ihnen ließ er ab und zu etwas gießen, vom nächsten bezog er seine Broschierungen und Ohrclipmechaniken. Er grüßte freundlich, die Runde nickte ihm zu und vertiefte sich wieder ins Gespräch, sie waren es gewohnt, dass er sich nicht zu ihnen setzte. Um ein Uhr hatte er das Lokal verlassen, war durch die ausgestorbene Stadt nach Hause gefahren und dann erschöpft ins Bett gefallen. Jetzt fühlte er sich unausgeschlafen und noch benommen vom Wein. Er stützte die Hände aufs Fensterbrett und lehnte sich hinaus. Der Garten und der dahinter aufsteigende bewaldete Hang lagen noch farblos im frühen Morgenlicht, eine Landschaft in Grautönen, darüber ein sich langsam aufhellender Himmel. Die Luft war still, als hielte alles den Atem an, bis der erste Sonnenstrahl über den Bergkamm schießen und die Szene zum Leben erwecken würde, die Bäume standen da wie tot, das sommerliche Grün ihrer Blätter war erloschen. Inmitten der grauen Rasenfläche zeichnete sich ein dunkles Rechteck ab, das Schwimmbad, zugedeckt mit einer Plane, die an einer Ecke herabgerutscht war. In der so entstandenen Mulde hatte sich im Herbst etwas Laub gesammelt, es sah aus wie ein hässlicher schwarzer Fleck.

Er hatte das Becken zuschütten lassen wollen, letztes Jahr, nach dem Unfall. Die Firma, die es angelegt hatte, sollte die Betonwände einreißen und das Loch mit Erde auffüllen. Wenn Rasen darüber wachsen würde, dachte er, wäre das, wie wenn eine Wunde verheilt. Als die Arbeiter ihre Preßlufthammer ansetzten und die erste Ecke wegschlugen, war Margot hinausgerannt und hatte sie angeschrien aufzuhören, als wären sie dabei, einen heiligen Ort zu entweihen. Verdutzt hatten die Männer ihr Werkzeug wieder eingepackt und waren verschwunden. Am nächsten Tag packte Margot ihre Kleider und Toilettensachen zusammen und zog aus, zurück zu den Eltern, die in ihrem Haus über all die Jahre ein Zimmer für sie freigehalten hatten, als rechneten sie jederzeit damit, dass ihre Tochter endlich den Irrtum ihrer Ehe einsehen und zu ihnen zurückkehren würde. Ihre Möbel ließ sie ein paar Tage später von einem Umzugsunternehmen abtransportieren.

Kurz nach der Mittagspause wurde der Laser abgeholt. Es klingelte mehrmals heftig an der Tür, kurz darauf kam Frau Simon mit hochrotem Gesicht in die Werkstatt, gefolgt von zwei Möbelpackern im Blaumann mit Tragegurten über den Schultern. Nachdem die Rate zum zweiten Mal nicht bezahlt worden war, hatte die Leasinggesellschaft ein Transportunternehmen beauftragt, das Gerät abzuholen. Lux zeigte den Männern, wo es stand, und wandte sich wieder seiner Arbeit zu. Herr Stein und der Lehrling beugten ihre Köpfe tief über den Feilnagel und riskierten nur heimliche Seitenblicke, um zu beobachten, wie die Beiden den Laser abschalteten, Netzkabel und Fußraster abmontierten, die Okulare mit Noppenfolie umwickelten und den auf Gummirollen gelagerten Kasten zum Ausgang schoben. An der Tür zogen sie die Tragegurte unter ihm durch, man hörte sie ächzen, als sie Gewicht auf ihre Schultern verlagerten und langsam, Stufe für Stufe, die Treppe hinuntergingen. Frau Simon schloss die Tür und verschwand im

Büro. Niemand sagte etwas, sie arbeiteten weiter, als wäre nichts gewesen.

Zwei Tage danach legte Frau Simon wortlos ein Schreiben der Bank auf Lux' Tisch. Darin wurde ausführlich die geschäftliche Entwicklung innerhalb der letzten Monate dargelegt. Die Firma war überschuldet, die Umsätze rückläufig, und die Eingangszahlungen konnten die monatlichen Kosten nicht mehr decken. Der Brief endete mit der Aufforderung, alle Kredite innerhalb des kommenden Monats zurückzuführen, sonst sehe man keine andere Lösung mehr als die Insolvenz. Lux faltete den Brief zusammen.

Plötzlich bekam er Angst. Rechnen war nicht seine Stärke, und Geld hatte ihm nie etwas bedeutet. Als er wenig besaß, hatte er nichts vermisst, damals war ihm nur seine Arbeit wichtig gewesen. Später, als das Geld wie von selbst kam, hatte er es ausgegeben, in die Firma investiert, das große Haus gebaut. Die Schulden wuchsen und mit ihnen die monatliche Belastung. Solange die Geschäfte noch gut gewesen waren, fiel das nicht ins Gewicht, aber seit einem Jahr verschlangen die Verbindlichkeiten allmählich Lux' Vermögen. Er hatte sich nicht darum gekümmert, aber nun griff das Geld in sein Leben ein und veränderte es von Grund auf. Nichts würde bleiben wie es war. Trotzdem ging er in den folgenden Wochen wie gewöhnlich morgens in die Firma, saß am Werkbrett und vergaß während der Arbeit ab und zu seine Situation. Aber jedes Klingeln des Telefons und jedes Läuten an der Tür ließ ihn aufschrecken. Manchmal blieb er vormittags zuhause, entschuldigte sich telefonisch bei Frau Simon, er sei erkältet oder er habe einen Termin in der Stadt, und versuchte, auf irgend eine Weise an Geld zu kommen. Er telefonierte mit seinen Kunden und bot ihnen Stücke aus der Kollektion zu reduzierten Preisen an. Er informierte ein paar Leute aus seinem Bekanntenkreis, dass er beabsichtige, sein Haus zu verkaufen, es sei doch nun für ihn alleine zu groß und zu viele Erinnerungen hingen daran. Er rief sogar Margot an, war froh, dass sie gleich am Apparat war und nicht seine Schwiegermutter, die meistens das Telefon besetzt hielt, und fragte, ob sie jemanden wisse, der Interesse an dem Haus hätte. Ihre Stimme, die zuerst abweisend geklungen hatte, wurde nach ein paar Worten weicher. Ich werde mich erkundigen, sagte sie. Er konnte nichts anderes tun als warten. Er wartete, dass Kunden sich meldeten, wartete auf einen Interessenten für die Immobilie und führte währenddessen sein Leben weiter, das nur noch ein Konstrukt aus Gewohnheiten und Pflichten war, die nichts mehr bedeuteten.

Das Gespräch mit dem Kundenberater der Bank ließ sich nun nicht mehr umgehen, aber Lux hatte Mühe, die Angelegenheit ernsthaft mit seiner Person in Verbindung zu bringen.
„Ihre Bemühungen, die Situation zu Ihren Gunsten zu verändern" – der korrekt gescheitelte junge Mann im blauen Anzug schaute kurz von seinen Unterlagen auf und sah ihn prüfend an, als wolle er sich vergewissern, ob es wirklich ernsthafte Bemühungen gegeben hatte - „waren offensichtlich ergebnislos. Es muss Ihnen klar sein, dass wir keinerlei Rücksichten nehmen können, unser Spielraum den Kunden gegenüber ist sozusagen gleich Null. Selbst wenn ich wollte" - wieder ein kurzer Blick - „wie dem auch sei, ich muss jeden Euro meinen Vorgesetzten gegenüber verantworten, besonders in Ihrem Fall." Er klappte den Ordner zu. Das hatte etwas Endgültiges. Lux war erleichtert. „Sie haben drei Tage Zeit, beim Amtsgericht den Konkurs der Firma anzumelden, dann geht alles den üblichen Gang. Tut mir leid, dass ich nichts mehr für sie tun kann."

Sie standen auf und gaben sich wortlos die Hand. Als die Tür hinter ihm ins Schloss gefallen war, rannte Lux im Laufschritt die Treppen hinunter, immer zwei Stufen auf einmal, wie ein Schuljunge, der endlich die Strafpredigt des Direktors hinter sich hat und nun weiß, dass er rausgeflogen ist. Auf dem Weg zur Firma fiel ihm auf, dass er keine Ahnung hatte, worin der „übliche Gang" bestand, den nun alles gehen sollte. An den folgenden beiden Tagen war er guter Laune, begrüßte ungewöhnlich freundlich Herrn Stein, den Lehrling und Frau Simon, wenn sie zur Tür hereinkamen, arbeitete schnell und präzise wie in seiner besten Zeit, verpackte liebevoll die fertigen Stücke für zwei Aufträge und brachte die Päckchen selbst zur Post.

Es waren die letzten Bestellungen, die noch vorgelegen hatten, nun war nichts mehr zu tun, aber das schien ihn nicht zu stören. Am dritten Tag trat Frau Simon nach einem Telefonanruf mit bleichem Gesicht in die Werkstatt und bat ihn, ins Büro zu kommen. Die Bank hatte nachgefragt, warum noch kein Konkursantrag gestellt worden sei, es scheine, Herr Lux betrachte die Situation nicht mit dem angemessenen Ernst, die Frist laufe mit dem heutigen Tage aus. Frau Simon war den Tränen nahe, „wissen Sie denn nicht, dass man wegen verschlepptem Konkurs ins Gefängnis kommen kann?" Er beruhigte sie, er habe sowieso vorgehabt, heute zum Amtsgericht zu gehen. „Sie waren immer ein guter Chef", sagte sie und suchte in ihrer Handtasche umständlich nach einem Tempotaschentuch, „aber dass sie so gar nichts zu uns gesagt haben ist nicht recht. Sie glauben doch nicht, wir hätten nicht gemerkt, was los ist! Herr Stein und ich, wir haben beide schon eine neue Stellung, und der Lehrling wird auch unterkommen, dafür haben wir gesorgt. Aber wir hätten erwartet, dass Sie uns reinen Wein einschenken." Sie drehte ihm den Rücken zu und schrieb weiter an der letzten Rechnung.

Er wusste nichts zu antworten, nahm seine Jacke von der Garderobe und ging hinaus.

Die Sachbearbeiterin beim Amtsgericht kannte ihn. „Ach Herr Lux, das tut mir aber leid für Sie, ich habe Ihre Sachen immer so bewundert." Sie nahm den ausgefüllten Antrag entgegen. Von da an ging alles seinen Gang. Am nächsten Morgen um halb acht klingelte es, ein Herr in grauem Anzug und ebensolcher Krawatte stand an der Tür, stellte sich als Konkursverwalter vor und bat Frau Simon, ihr einen Platz am Schreibtisch einzurichten.

„Wer ist Herr Lux?" Sie wies ihn zum Werktisch. „Guten Morgen Herr Lux. Sie sind der Inhaber der Firma?" Lux nickte stumm. „Ich muss Sie auffordern, diese Räumlichkeiten umgehend zu verlassen, bitte nehmen Sie nur Ihre persönlichen Sachen mit, den Schlüssel übergeben Sie mir." Lux stand mit hängenden Armen da. „Natürlich auch den Schlüssel des Firmenwagens", setzte er hinzu, „der wird auf dem Gelände des Amtsgerichtes deponiert, bis ein Käufer gefunden ist. Und den Tresorschlüssel nicht zu vergessen."

Er ging ins Büro, wo Frau Simon bereits für ihn einen zweiten Stuhl an den Tisch geschoben und die Ordner mit der Buchhaltung bereitgelegt hatte. Lux kam es so vor, als wäre er schon nicht mehr anwesend. Er kramte seine Schlüssel heraus, legte sie zwischen die beiden auf den Schreibtisch und verabschiedete sich leise. „Der Tresorschlüssel?", wollte der Konkursverwalter wissen. „Den habe ich zuhause." „Bitte bringen Sie ihn morgen vorbei. Ja, dann, alles Gute und auf Wiedersehen." Lux zögerte einen Moment, die Tür hinter sich ins Schloss zu ziehen. An der Straße stand sein Wagen. Er ging daran vorbei und machte sich zu Fuß auf den Weg nach Hause.

Nun hatte er nichts mehr zu tun. Trotzdem stand er morgens vor sechs Uhr auf, trank zwei Tassen Kaffee in der Küche und verließ das Haus. Manchmal ging er einfach nur spazieren, an den erwachenden Gärten vorbei in den dämmrigen Wald, wo niemand ihn sah, schlug einen weiten Bogen bis ins Tal hinunter oder über den Hügel zur Hochhaussiedlung, nahm den Bus in die Stadt, kaufte das Nötigste zum Essen ein und ging zu Fuß den Berg wieder hinauf nach Hause. Manchmal wanderte er ziellos durch die Stadt, die ihm in den letzten Jahren fremd geworden war.

Zu seinen Kindheiterinnerungen gehörten die Erzählungen der Eltern von der durch Bomben zerstörten Stadt, in deren mit Trümmern bedeckten Straßen auf schmalen Schienen eiserne Loren fuhren, die den Schutt abtransportierten, von Jungen in kurzen Hosen und Frauen mit Kopftüchern, die Stein für Stein abtrugen und einander zureichten. Noch lange gab es im Straßenbild die charakteristischen Lücken, leere Grundstücke zwischen erhaltenen oder wieder aufgebauten Häusern, Bretterzäune, hinter denen Gestrüpp und Bäume emporwuchsen oder einstöckige Baracken, mit denen man die Leerstellen provisorisch ausgefüllt hatte und die dann zu langfristigen Einrichtungen geworden waren mit florierenden Ladengeschäften, für deren Besitzer ein Neubau sich nicht lohnte. Er erinnerte sich an die Bäckerei, in der seine Mutter einkaufte, den Metzgerladen, wo ihm eine nette Verkäuferin stets ein Rädchen Wurst über den Tresen reichte, und an das Schreibwarengeschäft, in dem er sich oft zwischen den Regalen herumtrieb, fasziniert von Zeichenstiften, Zirkelkästen, Skizzenbüchern und Federmäppchen. Natürlich konnte er sich diese Dinge von seinem spärlichen Taschengeld nicht leisten, und so verdrückte er sich schnell, sobald eine Verkäuferin auftauchte.

Die Baracken gehörten zu Pforzheim wie der zerbombte Turm der Stadtkirche, der noch lange stehenblieb, bis man ihn irgendwann wegen Baufälligkeit - oder weil man nicht mehr an die Vergangenheit erinnert werden wollte – abriss und einen modernen Nachfolger an seiner Stelle errichtete, oder wie die große Brachfläche am Fluss, wo die Pforzheimer jahrzehntelang über den zugeschütteten Kellern der abgetragenen Hausruinen ihre Autos parkten und ihre Trödelmärkte abhielten. Nach und nach verschwanden die letzten Anzeichen der Katastrophe, die Lücken schlossen sich, die Freiflächen wurden zugebaut, neue Fassaden verstellten die gewohnte Sicht. Lux schien es so, als wäre dies plötzlich geschehen.

Er suchte die Orte auf, die ihm seit der Kindheit vertraut waren. Im Garten einer zerstörten Stadtvilla, wo unter alten Bäumen, die den Bombenhagel überstanden hatten, die Autos parkten, hatte er sich mit sechs Jahren zum ersten Mal verliebt, auf dem Rand eines Wasserbeckens sitzend, in das magere schwarzhaarige Mädchen, das neben ihm saß und wie er auf seine Mutter wartete. In dem Becken waren Kaulquappen, die er einfing und in dem kleinen Gefäß seiner geschlossenen Hände schwimmen ließ, um dem Mädchen zu imponieren, aber es beachtete ihn nicht und lief seiner Mutter entgegen, die schwer bepackt mir Einkaufstüten aus dem Kaufhaus kam. Die alte Ladenmeile ein paar Straßen weiter, die erste ihrer Art in der Stadt, seinerzeit mit viel Pomp eröffnet und als Meilenstein der Stadtentwicklung gefeiert, stand leer. Er schaute durch die von Schmutz beschlagenen Scheiben. Alles war noch so, wie er sich erinnerte, die dunklen Holzverkleidungen, der Teppichboden mit dem grünen Blattmuster auf schwarzem Grund, konserviert in einer Enklave der Zeitlosigkeit wie die Räume der untergegangenen Titanic, wo noch die Kronleuchter von der Decke hängen und die Fische

zwischen den trübe gewordenen Kristallen herum-
schwimmen. Hier war nichts mehr los, das Leben hatte
sich in andere Straßen verlagert. Auf der Goethebrücke
blieb er stehen und lehnte sich ans Geländer. Glatt und
träge stand das Wasser der Enz zwischen den Ufermau-
ern aus bemoosten Sandsteinquadern, scheinbar ohne
Bewegung. Eine Trauerweide hing ihre kahlen Zweige
auf die dunkle Spiegelfläche hinunter. Nur an den kleinen Bugwellen, die sie hineinzeichneten, konnte man
die Strömungsrichtung ablesen. Zwei Schwäne tunkten
abwechselnd ihre Köpfe ins Wasser, ihr Weiß strahlte
herüber wie aus einer längst vergangenen Welt.

Während Lux wie ein Fremder durch die Stadt ging, in
der er sein bisheriges Leben verbracht hatte, fiel ihm
auf, dass nirgendwo Schmuck zu sehen war. Es gab kein
großes Juweliergeschäft, und die Schmuckmanufakturen
versteckten sich hinter unauffälligen Fassaden. Nur wer
genau hinsah, las auf den Firmenschildern, was hinter
den unscheinbaren Türen hergestellt wurde. Trotzdem
war Pforzheim ohne Schmuck nicht zu denken. Neben
den eigentlichen Schmuckfirmen gab es jede Art von
Dienstleistungs- und Zulieferbetrieben, Scheideanstal-
ten, die das Edelmetall legierten, zu Blechen, Rohren
und Drähten geformt an die Hersteller verkauften und
die Goldreste, Schnipfel und Feilung, wieder entgegen-
nahmen, um reines Gold daraus zu scheiden, Gießerei-
en, in denen von Schmelz- und Schleudermaschinen das
Gold in vorbereitete Gussformen gebracht und zu Rin-
gen, Reifen, Kettengliedern verarbeitet wurde, Firmen,
die nichts anderes herstellten als Verschlüsse, Ösen,
Steinfassungen oder winzige Bewegungselemente, Ver-
goldereien, deren galvanische Bäder genug Zyankali
enthielten, um die ganze Umgebung zu vergiften, und
Polieranstalten, in denen Frauen den ganzen Tag an
großen Poliermotoren saßen und den letzten Glanz auf

die fertigen Schmuckstücke brachten. Die Stadt war mit Gold durchsetzt, in ihrer Erde sammelten sich die Reste, die aus den Kanalrohren sickerten, die Mauern und Böden der Häuser hatten den Goldstaub aufgenommen, der in den Werkstätten von Schmirgelpapier und Schleifmaschinen emporgewirbelt wurde.

Niemand wusste zu sagen, wie viele Tonnen des kostbaren Metalls in den Stahlschränken und Tresoren lagerten und wie viel man im Innern des Trümmerberges finden konnte, den die überlebenden Pforzheimer auf einem Hügel am Stadtrand aufgeschüttet hatten. Keiner, der in diesem Metier arbeitete, hatte eine besondere Ehrfurcht vor dem Gold. Es war ein Werkstoff wie andere auch, es wurde gesägt, gefeilt, geschmolzen und gewalzt, aber natürlich vor und nach jedem Arbeitsgang sorgfältig gewogen, damit nicht mehr davon verschwand als Luft, Wasser und Fußboden an Tribut forderten. Auch der Umgangston der Menschen untereinander entsprach nicht der Besonderheit und Kostbarkeit der Stoffe, mit denen sie täglich zu tun hatten. Der Pforzheimer Dialekt hatte eine Neigung zum Gewöhnlichen, er schliff die Worte klein und flach wie Kettenringe, die schnell aufeinander folgen, und um einer Sache das nötige Gewicht zu geben, stand ein reichhaltiges Repertoire von Schimpfworten und Kraftausdrücken zur Verfügung. Eine seltsame Mischung aus Glamour und Bodenständigkeit, Weltläufigkeit und Provinzialität prägte diese Stadt. Ihre besondere Atmosphäre erschloss sich nicht so leicht einem Fremden, es herrschte in ihr eine augenzwinkernde Verschworenheit trotz aller Konkurrenz und dem einander nichts gönnen Wollen. Pforzheim, das wusste Lux aus eigener Erfahrung, war eine geschlossene Welt, in der jeder es schwer hatte, der nicht dazugehörte.

Einen ganzen Tag lang fuhr Lux mit dem Bus durch die Stadt, weil er nichts mit sich anzufangen wusste. Er stieg in irgend eine Linie ein, ging an den wenigen Fahrgästen vorbei bis zur letzten Bank, wie er es schon als Junge getan hatte, wenn er von der Schule nach Hause fuhr. Hier hinten fühlte er sich sicher, überblickte den Wagen und ließ sich schaukeln, wenn es um die Kurve ging oder der Bus über eine Bodenwelle holperte. Alle paar Haltestellen stieg er aus und wechselte er die Buslinie. Um die Mittagszeit füllten sich die Busse mit Schülern. Sie nahmen den Wagen in Besitz, ließen sich auf die Bänke fallen, redeten und lärmten, und plötzlich fühlte er sich alt und fehl am Platz. Ob es das Tchibo noch gab, wo sie früher zwischen Schulbus und Anschlusslinie noch schnell einen Kaffee getrunken hatten? Tatsächlich fand er den Laden wieder, kaum verändert und anscheinend immer noch Schülertreff. Junge Leute standen an den Tischen, Schulmappen zu Füßen. Er bestellte einen Espresso und beobachtete die lachenden und laut durcheinanderredenden Jugendlichen. Es schien ihm, als wäre er nie so fröhlich und unbefangen, ja als wäre er eigentlich nie richtig jung gewesen. Als die Cafeteria sich geleert hatte, zahlte Lux seinen Espresso und nahm den nächsten Bus, ohne auf die Zielstation zu achten. An der Östlichen Kaiser-Friedrich-Straße stieg er aus. Die Kaiser-Friedrich-Straße durchquert die Stadt in west-östlicher Richtung, aber kein Pforzheimer benutzt ihren richtigen Namen, man sagt einfach „Östliche" oder „Westliche", je nachdem, welche Hälfte der Straße man meint. Er ging ein Stück die Östliche entlang, vorbei an einigen Häusern aus den Zwanziger Jahren, einem übriggebliebenen Stück der früheren Bausubstanz, das den Bombenangriff überstanden hatte. Die Fassaden waren dunkelgrau vom Straßenschmutz, die Fenster zu putzen machte sich wohl nur selten jemand die Mühe, und die Neonschrift über der Tür eines Gasthauses, die einmal grellgelb gewesen war, leuchtet in mildem Ocker durch die Schmutzkruste. Aus dem Tor einer Firma kamen Männer in blauen Arbeitskitteln, um während der Mittagspause frische Luft zu schnappen, er mischte sich unter sie und bog dann in einen schmalen Weg ein, der zwischen dem Firmengelände und den Stadtwerken hindurchführt.

Umgeben von einem hohen Zaun wölbte sich die metallene Kugel des Gasbehälters, die wie ein riesiges Spielzeug in ihrer stählernen Verankerung hing. Dahinter lag der Naturpark an den Flussauen, vor vielen Jahren für die Landesgartenschau angelegt. Er war noch nie dort gewesen, aber nun, als Fremder in der eigenen Stadt, hatte er plötzlich das Bedürfnis, ihn sich anzusehen. Auf den kiesbestreuten Wegen standen die Arbeiter aus den umgebenden Firmen herum, einzeln oder in kleinen Gruppen, unterhielten sich oder kauten an ihrem Vesperbrot. Er ging an ihnen vorbei zum Fluss hinunter und betrat die Brücke, eine gewölbte Holzkonstruktion, auf der seine Schritte widerhallten. Am höchsten Punkt blieb er stehen, stützte die Ellenbogen auf die Brüstung und sah ins Wasser. Es war nicht tief, klar und von bräunlicher Färbung. Fast lautlos glitt es über die niedrigen Staustufen, hinter denen sich jeweils eine kleine, harmlose Welle bildete. Er kannte den Fluss auch anders, wenn er sein Bett bis an die Uferböschungen ausfüllte und das lehmige Wasser sich in der Mitte, wo die Stufen waren, überschlug und schäumende Stromschnellen bildete. Als Kind war er bei Hochwasser, wenn der Fluss allmählich anschwoll, in den Schulpausen immer wieder zur nahen Brücke gelaufen, um fasziniert und voller Angst in die Wellen zu schauen, besonders in dem Jahr, in dem zwei Jungen nicht weit von der Stelle, wo er stand, ertrunken waren. Er hatte sich ausgemalt, wie das Wasser nach ihnen griff und sie nach unten zog, wo es dunkel und kalt war und man nicht atmen konnte. Lux starrte ins ruhig dahinfließende Wasser, Bilder stiegen von seinem steinigen Grund herauf, er versuchte, sie festzuhalten, das Gesicht seiner Mutter, der Vater kurz vor seinem Tod...

Es war November. An der Bushaltestelle Leopoldplatz stand in einer kleinen Gruppe Wartender eine Frau in abgetragenem Lodenmantel, mittelgroß, schlank, ein schmales Gesicht mit harten Falten zwischen den Augenbrauen und neben dem Mund. Ihr fünfzehnjähriger Sohn saß auf der Bank im Wartehäuschen und starrte vor sich hin. Das heißt, er hob ab und zu den Blick, um die nackten Brüste zu betrachten, die auf einem Werbeplakat für Afri-Cola hinter einer mit Wassertropfen beschlagenen Glasscheibe undeutlich zu erkennen waren, und senkte ihn dann wieder, beschämt darüber, dass er sich unanständige Dinge ausmalte, während sein Vater im Krankenhaus lag und sie hier auf den Bus warteten, um ihn zu besuchen. Es ging Vater nicht gut, das hatte er mitbekommen, obwohl niemand ihm etwas Genaues sagte, aber man konnte es ihm ansehen, dem veränderten, eingefallenen Gesicht, das in drei Wochen um viele Jahre gealtert war, den mageren, faltigen Händen, die regungslos auf der Bettdecke lagen. Der Bus kam, und Johann war froh, für den Moment von seinem Gewissenskonflikt befreit zu sein.

Sie stiegen am Städtischen Krankenhaus aus, und während sie die breite Treppe zum Haupteingang hinaufgingen, nahm die Mutter seine Hand, um sich gegen die Beklommenheit zu wehren, die hier immer von ihr Besitz ergriff, was ihm vor den Leuten peinlich war. Sie durchquerten die Eingangshalle, vorbei an Männern in gestreiften Schlafanzügen mit Strickjacken darüber, die Zigaretten rauchten und Kaffee tranken, und Frauen, unter deren Morgenmänteln Nachthemden hervorschauten. Jedes Mal, wenn sie durch die Halle gingen, störte es ihn, die Leute so intim gekleidet zu sehen, er vermied es, sie anzuschauen, aber für die Kranken war es selbstverständlich, in der Öffentlichkeit im Schlafanzug zu erscheinen, sodass jeder sehen konnte, dass sie Patienten waren und in diesem Haus spezielle Rechte hatten.

Im Aufzug roch es nach Desinfektionsmittel und abgestandenem Zigarettenqualm. Ihm wurde jedes Mal fast schlecht von dieser Mischung, aber zum Glück mussten sie nur in den dritten Stock fahren, Innere Abteilung. Die Schwestern auf dem Gang begrüßten sie freundlich, nach drei Wochen täglicher Besuche gehörte die Familie des Herrn Lux zum Stationsbetrieb. Als sie das Zimmer betraten, saß der Vater aufrecht im Bett, ein Kissen im Rücken und die Zeitung auf den Knien. Er schien sich heute besser zu fühlen. Die Mutter holte einen Stuhl und setzte sich neben das Bett. Johann gab seinem Vater die Hand, der nur kurz aufblickte, und verzog sich an den Tisch vor dem Fenster. Sie waren ungestört, der Zimmernachbar durfte schon aufstehen und war irgendwo im Haus unterwegs, er würde in ein paar Tagen entlassen werden. Die Eltern unterhielten sich leise, während er am Tisch sein Zeichenzeug auspackte.

Sein Vater war ihm fremd, ein hagerer, mürrischer Mann, den er nicht anders kannte als über das Werkbrett gebeugt. Nachdem seine kleine Firma pleite gegangen war und sie in die kleine Wohnung am Bahnhof hatten umziehen müssen, saß er, wenn er um halb fünf Uhr nachmittags aus der Firma kam, in der er arbeitete, bis spät abends am Goldschmiedebrett und erledigte die Aufträge, die ihm seine Kunden nach wie vor zukommen ließen und mit deren Hilfe er versuchte, die Schulden abzutragen, die von dem Konkurs übriggeblieben waren. Es hieß, er sei ein genialer Goldschmied, ihm gelinge, woran die anderen scheitern, und so lagen die kompliziertesten Anfertigungen auf seinem Brett, die heikelsten Reparaturen und die teuersten Steine, für die er Fassungen bauen musste.

Die Arbeit war sein Lebensinhalt. Er hatte sich in der Veranda eine winzige Werkstatt eingerichtet, in der jeder Quadratzentimeter ausgenutzt war, sogar die große Standwalze und eine Ziehbank hatten Platz gefunden. Sein Stolz war es, immer noch der Beste zu sein. Seinem Sohn erschien dieses Leben schrecklich, die reinste Verdammnis, Tag für Tag mit krummem Rücken über dem Feilnagel zu sitzen. Nie würde er Goldschmied werden, das hatte er sich geschworen. Er ging aufs Gymnasium, zum Stolz seiner Eltern hatte der Lehrer ihn nach Abschluss der vierten Klasse für die weiterführende Schule empfohlen, er war gut in Mathematik und Naturwissenschaften und träumte davon, Physiker zu werden und den Nobelpreis zu bekommen. Oder Maler, ein weltberühmter Maler, dessen Bilder in Museen hingen und für viel Geld verkauft wurden. Immer hatte er Zeichenblock und Bleistift in der Tasche und zeichnete, was er sah, kein Ding war ihm zu alltäglich und zu uninteressant, um in seine Skizzensammlung aufgenommen zu werden. Eines Tages geriet er an ein Buch mit Bildern von M.C. Escher. Nun begann er, Bilder in seinem Inneren zu suchen, Dinge zu erfinden, die in der wirklichen Welt nicht vorkamen, weil sie den Gesetzen der Physik und Geometrie zuwiderliefen. Aber er machte die Erfahrung, dass das Wissen um die Wirklichkeit so mächtig ist, dass es sich gegen den Willen durchsetzt, etwas Unmögliches darzustellen, und seine Türme und Treppenhäuser waren meist ganz brave begehbare und zusammenhängende Konstruktionen. Zornig riss er ein Blatt vom Zeichenblock, zerknüllte es und warf es auf dem Boden. Seine Mutter bedachte ihn mit einem strengen Blick. Vater war eingeschlafen, sein

Kopf lag schief auf dem Kissen, er sollte nicht gestört werden.

Wenn der Vater schlief oder die Visite ins Zimmer kam, ging die Mutter manchmal mit dem Jungen spazieren. Sie überquerten die Straße hinter dem Klinikgelände und bogen in einen schmalen Weg ein, der zwischen Hecken und Gartenzäunen steil den Berg hinaufführte. Oben gab es nur Wiesen und Felder, ein paar Obstbäume und einen großen Hof, der alles bewirtschaftete. Der Wind blies über die freie Fläche und zerzauste ihre Haare. Zu ihren Füßen lag die Stadt. Von hier oben sah sie ganz fremd aus. Sie versuchten, sich zu orientieren, einzelne Gebäude wiederzufinden, die sie kannten, und manchmal stritten sie sich darüber, was für eine Straße dort unten als Schattenlinie zwischen den Häusern zu sehen war oder in welcher Richtung ihre Wohnung lag. Jedes Mal nahmen sie sich vor, einen Stadtplan mitzubringen, was sie beim nächsten Mal natürlich vergaßen. Aber auch so lernte Johann aus der Ferne die Stadt kennen, indem er mit den Augen darin herumwanderte. Das Krankenhaus konnten sie von dort aus nicht sehen und waren insgeheim froh darüber, denn so schien es mitsamt dem Zimmer im dritten Stock und dem Bett, in dem der Vater lag, unendlich weit weg zu sein.

Als sie eine Woche später das Krankenzimmer betraten, war das Bett, in dem der Vater gelegen hatte, leer, die Bettwäsche abgezogen. Der Zimmernachbar saß am Tisch und ließ sich das Mittagessen schmecken. Die Mutter erstarrte, die Türklinke in der Hand, und sah ihn mit aufgerissenen Augen an. Er schluckte schnell den Bissen herunter: „Hat man Sie nicht benachrichtigt? Ihr Mann hat heute Nacht einen Rückfall gehabt. Wenn ich nicht rechtzeitig die Schwester gerufen hätte ..." er wurde rot im Gesicht – „na, jedenfalls liegt er jetzt auf der

Intensivstation." Der Mann wandte sich wieder seinem Essen zu.

Die Mutter ließ die Tür los, die leise wieder ins Schloss fiel, rannte zum Schwesternzimmer und platzte mitten in eine Besprechung. „Ach, Frau Lux, hat denn niemand Sie angerufen – ja, ein zweiter Infarkt, heute Nacht, es sieht nicht sehr gut aus."

Das Zimmer in der Intensivstation war durch Vorhänge in vier Kabinen geteilt, in jeder stand ein Bett mit einem Patienten, der an Monitore und Überwachungsgeräte angeschlossen war. Eigentlich waren Besuche nicht erlaubt, aber die Mutter hatte darauf bestanden, eingelassen zu werden. Der Vater war bei Bewusstsein und lächelte schwach. Über seinem Kopf wanderte ein grüner Lichtpunkt in gleichmäßiger Kurve von links nach rechts über einen Monitor, immer wieder von vorne, sie konnten gar nicht wegsehen, es schien, als hinge Vaters Leben an der zackigen, schnell verblassenden Linie, die der Lichtpunkt auf dem dunklen Untergrund hinterließ. Sie standen schweigend neben dem Bett, der Kranke öffnete manchmal die Augen und schloss sie wieder. Nach einer Viertelstunde kam eine Schwester und forderte sie auf, zu gehen, weil der Patient Ruhe brauche. „Wir kommen morgen wieder", sagte die Mutter, als sie sich zum Gehen wandten, war aber nicht sicher, ob ihr Mann sie gehört hatte, denn er hielt die Augen geschlossen. So war es auch am folgenden Tag, sie standen schweigend bei dem Kranken, bis sie wieder fortgeschickt wurden. Johann ließ das EKG nicht aus den Augen, als könnte er mit seinem Blick die Kurve beschwören, weiterhin ruhig und gleichmäßig zu verlaufen. Plötzlich hörte er, dass sein Vater leise seinen Namen sagte. Mit einer Handbewegung bat er ihn, sich zu ihm auf den Bettrand zu setzen. Johann schaute seinem Vater ins Gesicht, und auf einmal nahm er wahr, wie ähnlich sie einander sahen, das scharf geschnittene

Profil, die eng beieinander liegenden hellgrauen Augen und die schmalen, meist geschlossenen Lippen – ihm wurde klar, dass die Ähnlichkeit nicht nur äußerlich war, und nun suchte er nach etwas, das er sagen konnte, er hatte das Bedürfnis, seinem Vater etwas zu schenken, ihm eine Freude zu machen. Dann plötzlich wusste er, was es war, es war ganz einfach, das Selbstverständlichste von der Welt, denn all seine ehrgeizigen Zukunftspläne, die ihn aus der Enge der Familie und der Stadt hätten herausführen sollen, lösten sich an diesem Ort in Nichts auf. „Vielleicht", begann er vorsichtig, um sich doch noch eine kleine Fluchtmöglichkeit offen zu halten; sein Vater sah ihn erwartungsvoll an. „Vielleicht werde ich Goldschmied.

Nach dem Tod des Vaters setzte Johann sich an den verwaisten Arbeitsplatz, nahm ein Werkzeug nach dem anderen respektvoll in die Hand und legte es wieder an seinen Platz zurück. In einer Schublade fand er ein verstaubtes Lehrbuch, „Theorie und Praxis des Goldschmieds" von Erhard Brepohl, übersprang das erste Kapitel, das die physikalischen und chemischen Eigenschaften der Metalle und der verwendeten Säuren und Salze behandelt, und begann, sich nachmittags nach der Schule die verschiedenen Arbeitstechniken anzueignen. Sein Vater hatte ihm die grundlegenden Dinge beigebracht, ohne große Lust an der Sache hatte er gelernt, wie man ein Sägeblatt in den Bogen einspannt und exakt an einer vorgezeichneten Linie entlang sägt, wie man eine Blechkante mit der Handfeile straff feilt und eine Ringschiene biegt, fugt, lötet und rund riegelt. Zur Freude des Vaters war ihm alles leicht von der Hand gegangen, aber schon bald hatte er wieder das Interesse am Goldschmieden verloren.
Nun holte er die fast vergessenen Fertigkeiten wieder aus dem Gedächtnis hervor und arbeitete sich durch den

„Brepohl", mit wachsendem Erstaunen darüber, dass er eigentlich schon alles konnte, ohne es gelernt zu haben. Natürlich wusste er nicht von selbst, wie man ein Kastenschloss konstruiert oder ein Konterscharnier baut, aber die Werkzeuge gehorchten ihm, als hätte er nie etwas anderes getan als Goldschmieden, und die Eigenschaften der Metalle waren ihm vertraut, als verbände ihn eine geheime Verwandtschaft mit ihnen. Er wusste, wie man ein Blechstück erhitzen muss, um es nach dem Walzen wieder geschmeidig zu machen, welchen Gold- oder Rot-Ton die Glut haben muss, um die optimale Temperatur zu erreichen, wie man einen Draht mit ein paar Hammerschlägen geraderichtet, ohne ihn zu schmieden, wie man das Lot mit der Flamme durch die Fuge zieht. Das alles hatte er nicht gelernt, es lag ihm in der Hand. Nach kurzer Zeit machte er sich an die Arbeiten, die sein Vater nicht zu Ende gebracht hatte und nach denen die Kunden nach seinem Tod nicht hatten fragen wollen. Er lieferte die perfekt gearbeiteten Stücke bei den erstaunten Auftraggebern ab. Einer von ihnen, Inhaber einer großen Firma, bot ihm eine Lehrstelle an. Er brach die Schule ab und wurde Goldschmied.

Irgendwann war das Bargeld aufgebraucht. Lux erinnerte sich, dass jemand ihm Geld schuldete, und besuchte ihn in seinem Büro. „Ach Herr Lux, nett, Sie zu sehen, wie geht es denn, man hat Gerüchte gehört - ja, entschuldigen Sie, ich hatte das Geld ganz vergessen." Er öffnete den Tresor, nahm ein paar Scheine heraus und drückte sie Lux in die Hand.
An diesem Abend zog es Lux in die alte Gegend, er blieb an einer Hausecke schräg gegenüber seiner Werkstatt stehen, wartete, bis der Konkursverwalter aus der Türe kam und kurz darauf Frau Simon. Gewissenhaft wie immer hatte sie kontrolliert, ob die Fenster ge-

schlossen waren und die Jalousien heruntergelassen. Ohne ihn zu sehen, überquerte sie die Straße und ging in Richtung Bushaltestelle. Er trieb sich noch eine Weile im Viertel herum und betrat dann seine Stammkneipe. Am Ecktisch saßen wie immer seine ehemaligen Kollegen und Mitbewerber. Als er hereinkam, verstummte das Gespräch. Die Bedienung war freundlich wie immer, aber das Essen schmeckte ihm nicht und auch nicht der Wein. Er verabschiedete sich bald wieder.

Am darauffolgenden Morgen klingelte es in aller Frühe. Vor der Haustür stand ein korrekt gekleideter, rundlicher Herr mit Glatze, begleitet von zwei Möbelpackern. Der Mann zog einen Ausweis aus der Tasche, stellte sich als Gerichtsvollzieher vor und ging ohne zu fragen an Lux vorbei ins Haus, die Möbelpacker hinterher. Lux folgte ihnen durch die Zimmer. „Na, da ist ja nicht mehr viel Rares drin, wohl schon alles in Sicherheit gebracht?" „Meine Frau hat ihre Sachen nach der Scheidung mitgenommen." Der Mann wies seine Gehilfen an, einige Dinge hinauszutragen und in den bereitstehenden Transporter zu laden, den Fernseher, die Stereoanlage, einen Orientteppich, der seiner Frau gehörte, ein Hochzeitsgeschenk ihrer Eltern, sie hatte ihn nie gemocht, und eine kleine Kommode aus Kirschholz mit Perlmutt-Intarsien, Relikt eines kurzfristigen gemeinsamen Interesses für Antiquitäten. Jedes Stück, das sie mitnahmen, trug der Beamte gewissenhaft in eine Liste ein und ließ Lux zuletzt unterschreiben. „Sie wissen, dass Sie einen gesetzlichen Anspruch auf ein Fernsehgerät haben", erklärte er, als sie fertig waren, „füllen Sie beim Amtsgericht einen entsprechenden Antrag aus. Ach ja, bevor ich's vergesse, hier ist noch ein Brief für Sie." Er zog einen blauen Umschlag aus seiner Mappe und gab ihn Lux. „Leben Sie wohl, und alles Gute" verabschiedete er sich freundlich, offensichtlich erleichtert, dass dieser Klient ihm keine Szene gemacht hatte.

Lux öffnete den Brief. Der Termin zur Zwangsversteigerung war für Dienstag kommende Woche angesetzt, er wurde aufgefordert, das Haus spätestens einen Tag vorher zu räumen. Einen Moment lang blieb er stehen mit dem Brief in der Hand, unfähig, sich zu rühren. Dann legte er ihn auf den Tisch. Heute war Freitag, drei Tage blieben ihm noch, aber wofür? Was sollte er tun? Es gab keinen Ort, wohin er gehen konnte, seine Eltern waren tot, und seine ehemaligen Schwiegereltern würden ihn wohl kaum in ihrem Haus aufnehmen, ganz abgesehen davon, dass er sie niemals darum bitten würde. Langsam ging er von Zimmer zu Zimmer, ließ die Rollläden herunter und zog die Vorhänge zu, als könnte er sich so gegen das Unvermeidliche schützen, aber er wusste, im äußersten Fall würden sie ihn mit Polizeigewalt herausholen. Trotzdem schloss er die Haustür ab, verriegelte die Kellertür und fühlte sich danach ein wenig besser, wie in einer Höhle tief unter der Erde oder in einem Raumschiff, das durch die endlose Schwärze des Weltalls schwebt, abgeschieden von der Welt, herausgefallen aus der Wirklichkeit. Drei Tage blieben ihm, er hatte genug zu essen und noch zwei Flaschen Wein im Keller. Dreimal vierundzwanzig Stunden, eine halbe Ewigkeit. Er schaltete ein paar Lichter an, gerade genug, um beim Herumgehen nicht gegen die übriggebliebenen Möbel zu stoßen. In der Küche fand er eine Taschenlampe, und nun machte er sich daran, wie ein Einbrecher im eigenen Haus systematisch Schränke und Schubladen zu durchsuchen. Vielleicht hoffte er, irgend etwas zu finden, das ihm aus dieser Situation heraushelfen konnte, vielleicht wollte er auch nur alle Dinge, die er besaß, noch einmal betrachten und in die Hand nehmen, bevor er sie hier zurücklassen musste.

Er begann mit dem Kleiderschrank, nahm seinen Lieblingspullover und ein paar Hosen heraus und legte sie aufs Bett, und weil es nun schon so aussah, als wollte er verreisen, holte er seine alte Segeltuchtasche aus dem Keller und packte alles hinein. Plötzlich wurde er aufgeregt wie ein Kind am Vortag der Ferien. Welche Dinge waren ihm so wichtig, dass er sie mitnehmen wollte? Zum ersten Mal seit Langem öffnete er den Bücherschrank und studierte im Lichtkegel der Taschenlampe die Buchrücken. Er war kein Leser, die ledergebundenen Klassikerausgaben, die seine Eltern ihm hinterlassen hatten, bedeuteten ihm nichts, ebenso wenig die einmal gelesenen und vergessenen Krimis, auf deren zerknickten Einbänden die Titel kaum noch zu entziffern waren. Aber er fand ein paar Kinderbücher. Die Illustrationen auf den Buchdeckeln riefen die Geschichten in sein Gedächtnis, und auch die Spannung und Hingabe, mit der er sie damals verschlungen hatte. Er entschied sich für die beiden, die ihm die liebsten gewesen waren, und legte sie in die Reisetasche. Dann kam der Schreibtisch an die Reihe. Auf dem Boden kniend zog er eine Schublade nach der anderen heraus und leuchtete hinein. Papier und ein paar Stifte wanderten in die Reisetasche. Briefumschläge? Er ließ sie liegen, wem und von wo aus sollte er schreiben? Für einen Augenblick erschien ihm alles sinnlos, was er tat, mit einer heftigen Bewegung schloss er die Schublade, öffnete dann aber doch noch die unterste und fand ganz hinten ein altes Fotoalbum. Er legte es auf den Tisch, knipste die Lampe an und begann, darin zu blättern. Auf den ersten Seiten Schwarzweiß-Fotos, klein mit gezackten Rändern, er als Baby in einem Korb, dann die ersten Schritte, dann ein Foto aus den Ferien an der Nordsee. Die Eltern hatten nicht viel Geld fürs Fotografieren übrig gehabt, von jedem wichtigen Ereignis gab es nur ein Bild. Die Mutter, jung, strahlend, mit zerzaustem Haar, ihren kleinen Sohn an der Hand, dahinter ein Strandkorb, dessen Sonnensegel im Wind flatterte. Der erste Schultag, die Schultüte, die ihm damals riesengroß vorgekommen war. Ein Bild der ersten Klasse, er in der ersten Reihe, die Jungen mit kurzen Lederhosen, die Mädchen mit Schleifen im Haar. Was mochte aus den anderen geworden sein? Er hatte zu keinem von ihnen Kontakt. Er überblätterte die nächsten Seiten, Ferien am Bodensee, Wanderung in den Bergen. Das letzte Foto zeigte ihn mit vielleicht vierzehn Jahren am Werkbrett seines Vaters sitzend. Dann war Schluss, der Rest des Albums leer.

Als er es zuklappte, fiel ein loses Foto heraus und landete mit der Rückseite nach oben unter dem Schreibtisch. Er ließ sich von seinem Stuhl heruntergleiten, kroch unter die Tischplatte und hob es auf. Eine junge, blonde Frau in eng anliegendem Kleid war darauf zu sehen, an der Hand ein kleines Mädchen mit roten Schleifen im Haar, das stolz ein neues roten Sommerkleid trug. Es streckte die Hand nach dem Fotografen aus und schien etwas zu ihm zu sagen. Im Hintergrund dehnte sich ein sommerlicher Garten, ein paar Leute mit Sektgläsern standen um den Pool herum und unterhielten sich, ein leichter Wind bewegte die Sonnenschirme und die bunten Tischdecken auf den Gartentischen, die auf der Rasenfläche verstreut waren wie große, exotische Blüten.

Zusammengekrümmt blieb Lux unter dem Tisch sitzen und starrte das Bild an, als könnte die unerbittliche Schranke zwischen Vergangenheit und Gegenwart sich heben und ihn in diesen Garten einlassen, an diesem Nachmittag, der längst vergangen war und dessen schreckliches Ende er vor Augen hatte, ein Bild in seinem Kopf, das unerbittlich feststand wie ein für immer angehaltener Film, klarer und deutlicher in allen Einzelheiten als jede Fotografie. Er wünschte, er könnte es auslöschen. Hätte er die Chance, noch einmal an diesen Punkt zurückzugehen, um im entscheidenden Augenblick - er schüttelte den Kopf, drehte sich auf die Knie, robbte unter dem Tisch hervor, das Foto in der Hand, stand mit schmerzendem Rücken auf, zögerte einen Moment, legte es dann zurück ins Fotoalbum, das er unter dem Pullover in der Reisetasche verstaute.

Der Tresorschlüssel lag unter den Messern in der Besteckschublade. Lux war erst spät am Vormittag aufgewacht. In der Nacht zuvor hatte er die letzten beiden Flaschen Rotwein aus dem Keller geholt, eine nach der anderen geleert und danach wie bewusstlos geschlafen. Nun saß er vor einer Tasse Kaffee, in die er geistesabwesend von Zeit zu Zeit ein trockenes Brötchen tauchte, und biss in das aufgeweichte Ende, während er mit der linken Hand den Tresorschlüssel auf der Tischplatte wie einen Kreisel drehte. Plötzlich hielt er inne und sah den Schlüssel an, als bemerkte er jetzt erst, um was für einen Gegenstand es sich handelte. Im Tresor hatte vor seinem Weggang etwas Geld gelegen, ein paar hundert Mark, er wusste nicht mehr genau, wie viel. Die Scheine waren unter einer nicht benutzten Zwischenplatte auf dem Tresorboden so gut versteckt, dass er selbst nicht mehr daran gedacht hatte, vielleicht waren sie auch dem Konkursverwalter entgangen. Frau Simon verließ nach Feierabend als Letzte das Haus. Er würde auf sie warten und sie unter irgend einem Vorwand dazu bringen, ihm für ein paar Minuten den Schlüssel für die Werkstatt zu überlassen, ohne mit ihm hinaufzugehen. Er wusste genau, um was er sie bitten würde. Abrupt stand er auf, trug die halbleere Kaffeetasse in die Küche, warf den Rest des Brötchens in den Mülleimer, zog den Rollladen vor dem Küchenfenster hoch und sah auf die Uhr. Es war viertel nach zwölf, Samstag. Bis Montag Abend würde er warten und sich die Zeit vertreiben müssen.

Am Montag Nachmittag stand seine gepackte Reisetasche an der Tür. Zum letzten Mal schaute er sich um, alles war sauber und aufgeräumt, er wollte den fremden Leuten, die das Haus morgen in Besitz nehmen würden, keine Unordnung hinterlassen. Er zog die Jalousien hoch, betrachtete den Garten, warf einen letzten Blick in jedes Zimmer und stellte erleichtert fest, dass ihm das Haus nichts mehr bedeutete. Draußen war es wärmer, als er erwartet hatte, ein sanfter Frühsommertag. Die schwere Tasche über der Schulter machte er sich auf den Weg in die Stadt zu seiner Firma. Hinter den Müllcontainern in der Hauseinfahrt verbarg die Tasche, dann wartete er an der gegenüberliegenden Ecke. Als Frau Simon die Haustür hinter sich zuzog, ging er auf sie zu. Sie sah ihn erschrocken an, „Herr Lux, was machen sie denn hier!"

Wie er es sich vorgenommen hatte, bat er sie, ihm nur für ein paar Minuten den Schlüssel zu geben, er habe in einer Schublade seines Werkbretts die Halskette seiner Tochter liegenlassen, die er damals zum Reparieren mitgenommen hatte, ein paar Tage bevor - sie wisse schon. Nun sei es ihm wieder eingefallen, und er würde die Kette gern an sich nehmen, als Erinnerung. Obwohl die Kette tatsächlich dort lag und er sie mitnehmen würde, hatte er ein schlechtes Gewissen, Frau Simons Gefühle so auszunutzen. Wie erwartet drückte sie ihm wortlos den Schlüssel in die Hand. „Ich beeile mich!", versicherte er, während er die Tür aufschloss. In der Werkstatt schlug ihm der vertraute Geruch entgegen und ließ ihn kurz innehalten. Er fand das Geld, steckte die Scheine ein, ohne zu zählen, schloss den Tresor wieder zu, verdrehte die Kombination und legte den Schlüssel in eine Schublade. Keiner würde auf die Idee kommen, dass er den Tresor geöffnet hatte, sie würden denken, der Schlüssel hätte die ganze Zeit unbemerkt dort gelegen - außer vielleicht Frau Simon.

Die Halskette lag in der obersten Schublade seines Werktisches, ein dünnes goldenes Kettchen mit einem polierten goldenen Herz daran. Einem Moment hielt er inne und betrachtete seinen Werkplatz; er war aufgeräumt, die Werkzeuge an ihrem Platz, als erwarteten sie, dass er morgen wieder arbeiten würde. Einer Eingebung folgend nahm er den Stahlpunzen mit seinem Firmenzeichen mit, ein geschwungenes, in einem Schnörkel auslaufendes L, und steckte ihn ein. Dann beeilte er sich, rannte die Treppe hinunter und verließ das Haus, ohne sich noch einmal umzusehen.

„Haben Sie die Kette gefunden?" fragte Frau Simon. Er nickte. Mit einem plötzlichen Gefühl der Dankbarkeit und Zuneigung drückte er seiner ehemaligen Buchhalterin die Hand. „Leben Sie wohl". Sie wandte sich ab, weil sie verbergen wollte, dass ihr die Tränen kamen. Als Frau Simon in der nächsten Querstraße verschwunden war, holte er seine Tasche aus dem Versteck hinter den Mülltonnen. Dann ging er zum Bahnhof, studierte eine Weile die Fahrpläne und löste am Schalter einen Fahrschein ohne Rückfahrkarte. Die Halle war leer, er setzte sich auf eine Bank und wartete auf den Nachtzug nach Paris.

Am frühen Morgen kam der Zug am Gare du Nord an. Die meiste Zeit war Lux allein im Abteil gewesen. Trotzdem hatte er kaum geschlafen, war nur ab und zu für ein paar Minuten eingenickt, bevor der Zug wieder vor der Einfahrt in einen Bahnhof zu bremsen begann, um späte Reisende aufzunehmen. Je weiter die Nacht fortschritt, desto verlassener lagen die Bahnsteige im gleichgültigen Licht der Neonlampen, das in schmutzigweißen Streifen über die Fenster wischte. Sie hielten nur noch in den größeren Städten. Erst in der Frühe, im Einzugsbereich von Paris, stiegen an den kleinen Vorortbahnhöfen die Pendler zu. Drei Männer mit Anzug und Krawatte, anscheinend auf dem Weg in irgendein Büro, kamen zu ihm ins Abteil, zündeten Zigaretten an und unterhielten sich laut. Lux nahm seine Tasche von der Ablage, nickte ihnen freundlich zu und blieb am Ende des Waggons im Gang stehen. Vor den Fenstern zog das hässliche graue Einerlei der Außenbezirke vorbei, Wohnsilos mit von Regen und Straßenschmutz schlierig grauen Fassaden, blecherne Schlagläden vor den Fenstern. Die Balkonverkleidungen mochten einmal leuchtend blau oder orange gewesen sein, aber nun war der Lack stumpf und die ursprüngliche Farbe nicht mehr zu erkennen. Hinter manchen Fenstern trotzten Gardinen und Plastikblumen der tristen Umgebung ein bisschen Wohnlichkeit ab, nebenan sah man leere Flaschen auf den Fenstersimsen stehen, Müll und alte Zeitungen stapelten sich hinter von Schmutz fast blinden Scheiben. Hochstraßen schleusten den Verkehr zwischen den Häusern hindurch, an manchen Stellen verließ die Metro den Untergrund, schwebte über von Stahlträgern gestützte Trassen und verschwand in glasverkleideten Haltestationen.

Allmählich wandelte sich das Stadtbild, die schäbigen Wohnblocks, denen man die zwanzig oder dreißig Jahre ansah, die sie schon dem Wetter und den Abgasen ausgesetzt waren, wichen älteren, solider gebauten Häusern mit Steinfassaden, denen die Zeit nichts anhaben konnte. Aus Schieferdächern wuchsen Wälder von Kaminen heraus, dazwischen war Grün zu sehen, als näherte man sich wieder ländlichen Gegenden. Baumkronen füllten die Innenhöfe, und die Straßen mündeten in kleinen Plätzen mit Blumenrabatten. In der Ferne wölbte sich unter der Häuserkruste die Erhebung des Montmartre, darüber die weißen Kuppeln von Sacre-Coeur. Hier begann das eigentliche Herz der Stadt, umschlossen und abgeschirmt durch die Peripherie, die wie ein Schwamm alles Trostlose und Gewöhnliche aufsaugte.

Das offene Maul der Bahnhofshalle verschluckte den Zug. In einem Pulk von Touristen ging er zum Taxistand. „Louvre, s'il vous plait" gab er dem Fahrer an, ohne zu überlegen, wohin er eigentlich wollte. Der Himmel über der Stadt war grau und wie ein glattes, seidenes Tuch über die Dächer gespannt. Aus dem gleichen, mit Licht vollgesogenen Grau waren die Fassaden der Häuser, alle aus demselben Stein gebaut, mit ihren hohen Fenstern und den darunter entlanglaufenden Simsen, den schmalen Schlagläden aus grau gestrichenen Holzlamellen, und davor als Kontrast die zarten schwarzen Linienmuster der Balkongitter. Paris schien aus kostbarer grauer Seide zu bestehen, die den warmen Ton südlichen Ockers annahm, sobald die Sonne durch die morgendliche Nebelschicht brach.

Der Taxifahrer bog vom Boulevard Sebastopol in die Rue Rivoli ein, die am Nordflügel des Louvre entlangführt, und hielt auf dem Parkplatz am Mittelgang der Tuillerien, gewohnt, die Touristen direkt von den Sehenswürdigkeiten abzuladen. Vorbei am kleinen Arc de Triomphe ging Lux auf den Innenhof des Louvre zu. Der Rand des Wasserbeckens, das die gläserne Pyramide umgibt, war voller Menschen, die sich von ihrer Wanderung durch die Stadt ausruhten oder darauf warteten, dass die Schlange vor dem Eingang zum Museum kleiner wurde. Der Platz dehnte sich vor ihm aus, eingerahmt von den Seitenflügeln des Gebäudes wie von einer einladenden und alles umfassenden Geste, in deren Zentrum die Spiegelflächen der Pyramide in den Himmel weisen. Etwas später stand er auf der Place de la Concorde, den Obelisken im Rücken, sah die Champs Elyseés entlang, und während er noch im Bann des Freiheitsgefühls stand, das ihn beim Anblick des Platzes vor dem Louvre ergriffen hatte, überwältigte ihn bereits ein neues Raumerlebnis, die Flucht dieser breiten, von alten Kastanienbäumen gesäumten Straße, die so unglaublich gerade auf den Arc de Triomphe zuführt, dass er sich von ihrem Sog ergriffen und davongetragen fühlte.

An diesem Tag zeigte sich ihm die Stadt von ihrer besten Seite. Als er nach der langen Nacht aus dem Zug gestiegen war, hatte er sich zerschlagen und mutlos gefühlt und sich gefragt, wieso er ausgerechnet nach Paris gefahren war, was er hier eigentlich zu suchen hatte. Nun waren diese Zweifel verschwunden. In einer Art von Trance setzte er sich in Bewegung, reihte sich in den Strom von Menschen ein, die an den Cafés und Geschäften entlang flanierten und empfand sich dazugehörig, aufgehoben in einer warmen, beflügelnden Gegenwart, überzeugt, dass Paris der einzige Ort war, an dem er sein wollte, und dass nichts einfacher sein konnte, als hier zu leben. Den ganzen Tag über streunte er durch die Stadt, folgte den großen Boulevards, deren Namen seltsam vertraut klangen, als hätten sie schon immer zu seinem Leben gehört, Boulevard Haussmann, Boulevard St. Germain, Boulevard St. Michel, bog in die kleinen Straßen ein, wo weniger Touristen waren, und stellte sich vor, zu einer Tür in einem der schmalen, grauen Häuser den Schlüssel zu besitzen. Eine Weile saß auf einem der vielen Stühle am Rand eines mit gelblichen Kies bestreuten Weges im Jardin de Luxembourg, mischte sich dann unter die Studenten vor den Universitätsgebäuden und tauchte in das Labyrinth der Metro hinunter, das unterirdische Spiegelbild der Stadt aus Gängen, Treppen, Bahnsteigen und Geleisen.
Er kaufte eine Mehrfahrtkarte und folgte den geheimnisvollen Namen der Endstationen. An jedem Abzweig musste er sich schnell entscheiden, um im Fluss der Menschen, der unaufhörlich durch das Aderwerk der Gänge strömte, kein Hindernis zu sein. Jedes Mal hatte er die Wahl zwischen zwei ihm unbekannten Orten, die

an entgegengesetzten Enden der Stadt lagen und an denen er nicht ankommen würde. Zunächst ließ er sich in Richtung Porte de Clignancourt locken, ein mittelalterliches Stadttor vor Augen, dahinter enge Gassen mit Kopfsteinpflaster, stieg dann aber nach zwei Stationen aus und verirrte sich fast im Labyrinth der Bahnsteige von Chatelet, dem größten Metrobahnhof in der Mitte der Stadt. Um schnell wieder wegzukommen nahm er die Bahn nach La Defense, die gerade einfuhr. Weil ihm der Name nicht gefiel, brach er die Reise am Etoile Charles de Gaulle ab und wandte sich nach Chateau de Vincenne, das nach Gärten und moosbewachsenen Springbrunnen klang. Am Gare de Lyon stieg er um nach Boissy-Saint-Leger, merkte bald, dass er zu weit aus der Stadt hinausfuhr, wechselte in Richtung Port Dauphine und hielt sich an der Station Gare du Nord wieder an den Namen Chatelet, wo er zu Beginn seiner Kreuzfahrt umgestiegen war. Dort betrat er die Oberwelt und blinzelte in die Sonne. Ohne es zu wissen, hatte er im Untergrund der Stadt eine zarte, schmetterlingsähnliche Figur beschrieben, eine unsichtbare Spur, die sich im selben Moment verlor, in dem sie aufgezeichnet wurde.

Er befand sich nun im Herzen der Stadt, es war Nachmittag, und er ging in Richtung Ile de la Cité. Wie unzählige Touristen vor ihm überquerte er die Port Notre-Dame, gelangte am Hotel Dieu vorbei auf den weitläufigen Platz vor der Kirche und erschrak fast, als sich unvermittelt die gedrungene und zugleich himmelstrebende Fassade mit den beiden stumpfen Türmen vor ihm aufbaute. Langsam ging er an der Südseite des Gebäudes entlang, das dort lag wie ein schlafendes Tier, ein vorweltliches Geschöpf von beeindruckender und zugleich bedrohlicher Schönheit. Er setzte sich auf eine Bank unter den Kastanien, betrachtete die Streben und Stützpfeiler, die ihm wie Insektenbeine vorkamen, mit denen das Wesen sich am Boden festkrallte, und malte sich aus, wie die Erde bebte, wenn es aus seinem Schlaf erwachte und sich erhob. Er schloss die Augen und glitt in dieses Traumbild hinein, während er auf der Bank zusammensackte.

Plötzlich wurde er unsanft geweckt, ein uniformierter Mann rüttelte an seiner Schulter, wies ihn in harschem Tonfall auf französisch zurecht. Als merkte, dass Lux ihn nicht verstand, schrie er „Go! Go!" und unterstrich seinen Befehl durch wedelnde Handbewegungen, als wollte er eine lästige Fliege verscheuchen. Lux beeilte sich, aufzustehen und machte, dass er wegkam, um nicht weiter das Foto-Panorama durch seine unangemessene Erscheinung zu stören.

Zum ersten Mal an diesem Tag zeigte die Stadt sich unfreundlich und brachte ihm zu Bewusstsein, dass er nicht hierher gehörte. Er fragte sich nun, worauf er gehofft, was er erwartet hatte, als er gestern Nacht in den Zug gestiegen war. Je nachdem, wie lange sein Geld reichte, hatte er noch etwas Zeit, sich die nächsten Schritte zu überlegen. Die Hotels im näheren Umkreis waren allesamt besetzt oder so teuer, dass es höchstens für eine Nacht gereicht hätte. Beim Gehen merkte allmählich, dass er übernächtigt war und den ganzen Tag nichts gegessen hatte. In einer Dönerbude kaufte er ein Falaffel und aß es im Weitergehen. Schließlich fand er ein kleines preiswertes Hotel abseits der Champs Elysées, ließ sich von der Madame eine knarrende Treppe hinaufbegleiten, zog die dünne Holztür hinter sich zu und fiel aufs Bett, ohne das Fenster aufzumachen und den Zigarettengeruch hinauszulassen.

Am Morgen regnete es, ein lautloses Nieseln hüllte Straßen und Häuser in einheitliches Grau. Er öffnete beide Fensterflügel und ließ die kühle, feuchte Luft herein. Das Bad, eine nachträglich in das Zimmer eingebaute Nasszelle, war so klein, dass er sich zwischen

Duschkabine, Toilette und Waschbecken kaum bewegen konnte, aber er genoss das heiße Wasser und blieb länger als sonst unter der Dusche. Der Frühstücksraum war klein, zwei hohe, schmale Fenster, von schweren Vorhängen fast verdeckt, führten auf einen engen Hinterhof, in dessen Mitte ein magerer Baum zu überleben versuchte. Es war spät, die anderen Tische waren schon abgeräumt, nur ganz hinten an der Wand saß ein händchenhaltendes Paar, das es nicht eilig hatte, in den verregneten Tag hinauszugehen.

Mit Appetit aß Lux zwei Croissants und leerte eine Schale Milchkaffee. Dann überlegte er, was er nun tun sollte. Im Vorbeigehen lächelte er der Madame zu, die hinter der Empfangstheke saß und im Gästebuch blätterte. Ob sie das Hotel ganz alleine betrieb? Bis jetzt hatte er noch niemand anderen gesehen. Er öffnete die Eingangstür und sah in den wässrigen Dunst hinaus. Das Paar hatte Regenmäntel übergezogen, er hielt ihnen die Tür auf. Draußen öffnete der Mann einen großen roten Regenschirm und die Frau hakte sich bei ihm ein. Aneinandergelehnt schlenderten sie die Straße hinunter, er sah ihnen nach, bis der Nebel das Rot des Schirmes aufgesogen hatte. Dann beschloss er, den Tag im Hotelzimmer zu verbringen. Das Bett war gemacht, also würde ihn niemand stören. Er hob seine Reisetasche auf den niedrigen Tisch, der neben einem zerschlissenen Sessel am Fenster stand, und begann, auszupacken. Eins nach dem anderen legte er die Kleidungsstücke auf die Bettdecke, strich sie glatt, faltete sie zusammen und verstaute sie im Schrank, als hätte er vor, lange zu bleiben. Unten in der Tasche lagen die beiden Bücher. Er setzte sich in den Sessel, betrachtete die abgegriffenen Bände, entschied sich für einen davon und begann zu lesen. War es auch lange her, dass er das Buch zuletzt in der Hand gehabt hatte, so waren ihm die Figuren doch noch vertraut. Die Geschichte zog ihn in ihren Bann, und mit ihr erschienen das schmale Kinderbett, wo bäuchlings auf der Tagesdecke liegend das Buch zum ersten Mal gelesen hatte, das Rattern der Züge vor dem Fenster und die Stimme seiner Mutter, die ihn zum Essen rief. Beim letzten Satz war es Nachmittag, er war hungrig. In einem Bistro gegenüber trank er eine Tasse Tee und aß eine Brioche. Dann hatte er es eilig, wieder in sein Hotelzimmer zu kommen, um sich in das zweite Buch zu vertiefen. Erst spät in der Nacht klappte er den Buchdeckel zu, legte er sich ins Bett, löschte das Licht und zog die Decke über den Kopf.

Vor dem Frühstück zählte er sein Geld. Er besaß noch genug für zwei weitere Nächte im Hotel, wenn er sonst nichts ausgab. Heute musste er etwas unternehmen. Er zog ein frisches Hemd und seine gute schwarze Hose an, weil er nicht aussehen wollte wie ein Penner, den die Polizei von der Parkbank verjagt. Bis zum Mittag trieb er sich in der Stadt herum, unschlüssig, was er tun sollte. Paris hatte seinen Zauber verloren. Am Seineufer schaute er unter die Brücken, er hatte gelesen, dass in Paris jeder Mensch, ob arm oder reich, das Recht hat, unter einer Brücke zu schlafen, aber es war niemand zu sehen, auch keine Decken oder Pappkartons oder sonstige Anzeichen, dass jemand dort wohnte. Wahrscheinlich waren die Clochards aus den Touristenvierteln verbannt worden, und außerdem galt das Recht, unter den Brücken zu nächtigen, gewiss nur für Franzosen. Ein paar Straßen weiter, etwas abseits von der Touristenrouten, kam er an einem Restaurant vorbei, an dessen Eingangstür in roter Neonschrift mit einem roten Herz darüber „Restaurant du Ceur" stand. Ein Mann mit langen grauen, im Nacken mit einem Gummi zusammengehaltenen Haaren und einem fleckigen Mantel ging hinein, und ohne nachzudenken nahm Lux ihm die

Klinke aus der Hand und folgte ihm ins Innere den Lokals.

Die meisten Tische waren besetzt, Zigarettenqualm lag in der Luft. Der Mann stellte sich ans Ende der Warteschlange an der Theke, hinter der zwei freundliche junge Frauen mit karierten Schürzen das Essen ausgaben. Er trat hinter ihn und rückte langsam mit den Wartenden vor, während er die Leute an den Tischen musterte. Es waren Männer und Frauen unterschiedlichen Alters und verschiedener Hautfarbe, aber sie glichen sich alle auf irgendeine Weise. Einige redeten laut und gestikulierten mit der Zigarette in der Hand, andere löffelten stumm das Essen in sich hinein, eine junge Frau, die allein an einem Tisch saß, musterte ihrerseits die Anwesenden mit einem scharfem, herausfordernden Blick, der ihn kurz streifte. Bei aller Verschiedenheit der Gesichter hatten ihre Mienen etwas Gemeinsames, das die individuellen Unterschiede überlagerte, so wie Schmutz und Abnutzung ihre Kleider einander ähnlich und zur für jeden erkennbaren Uniform der Obdachlosen machten. Der Mann vor ihm nahm nun seinen Teller entgegen, und die Frau hinter der Theke lächelte Lux fragend an. Da wandte der Mann ihm sein zerfurchtes, vogelartiges Gesicht zu, sah ihn prüfend an, kramte dann mit der freien Hand in seiner Manteltasche und legte einen kleinen, orangefarbenen Zettel auf den Tresen, die Essensmarke. Plötzlich wurde Lux von Panik erfasst, er drehte sich um, stieß mit einer Frau zusammen, die hinter ihm stand, rannte zur Tür und floh auf die Straße, als würde das Annehmen der Essensmarke sein Schicksal besiegeln und ihn für immer zu einer dieser bleichen, zukunftslosen Gestalten machen.

Am nächsten Morgen packte er seine Sachen, bezahlte die Rechnung und verließ das Hotel. In einem Tabakladen erstand er einen Stadtplan und einen Kugelschreiber, setzte sich in ein Straßencafé, bestellte ein Glas Mineralwasser und faltete den Plan auseinander. Er hatte drei Kunden in Paris gehabt, einen der großen Juweliere an der Place Vendome und zwei kleine Goldschmiedegalerien, an deren Adressen er sich jetzt zu erinnern versuchte, indem er die Listen mit den Straßennamen durchging. Nach einer Weile hatte er zwei Straßen gefunden, deren Namen ihm bekannt klangen, und kreuzte sie auf dem Stadtplan an. Die erste war zu Fuß zu erreichen, zur anderen würde er mit der Metro fahren müssen. Er wollte einfach hineingehen, sich vorstellen, seine Geschichte erzählen und nach Arbeit fragen.

Als er vor dem Haus in Belleville stand, wo er vor vielen Jahren einem freundlichen jungen Goldschmied, der gerade das Geschäft eröffnet hatte, seine Kollektion gezeigt hatte, war nur noch das Wort „Orfevre" auf der verschossenen Markise zu lesen, die Räume hinter den Schaufenstern wurden umgebaut, anscheinend war das Geschäft vor Kurzem aufgegeben worden. Der zweite Laden existierte noch. Hinter der Theke saß ein Mann in weißem Arbeitskittel mit Ärmelschonern an seinem Werkbrett, die Uhrmacherlupe vor das rechte Auge geklemmt, und ließ sich vom Geräusch der Eingangsglocke nicht dazu bewegen, den Kopf zu heben. Nach einer Weile stand er auf und sah den Eindringling mit so abweisender Miene an, dass Lux sein Vorhaben, ihn anzusprechen, sofort aufgab und statt dessen den Ärmel hochstreifte, auf seine Armbanduhr zeigte und zu erklären versuchte, dass er eine neue Batterie brauchte. Der Mann winkte ab, wobei er ein Gesicht machte, als hätte man etwas Ehrenrühriges von ihm verlangt, und kehrte mit schlurfenden Schritten an seinen Arbeitsplatz zurück. Also blieb nur die Place Vendome.

Der Geschäftsführer, der die Hauptfiliale einer internationalen Juwelierkette leitete und jedes Jahr auf der

Messe Aufträge mit ihm abgeschlossen hatte, war ein Deutscher, der Lux' Schmuck bewunderte und sich im Konzern dafür eingesetzt hatte, ihn zu führen. Es war also kein Problem, ihn anzusprechen, sollte er überhaupt noch dort arbeiten, sie kannten sich und konnten Deutsch miteinander reden, aber gerade die Vertrautheit, der persönliche Kontakt, der zwischen ihnen bestanden hatte, ließen ihn vor einer Begegnung, vor dem Aufdecken seines jetzigen Zustandes zurückschrecken. Es war Mittag, er wollte warten, bis der Laden geschlossen wurde und Herrn Petri beim Hinausgehen ansprechen. Aber zuvor wollte er einmal unauffällig an dem Laden vorbeigehen, vielleicht konnte er seinen ehemaligen Geschäftspartner hinter den Schaufenstern entdecken. Tatsächlich stand er an einem der Verkaufstische und legte einer mondän gekleideten Frau Schmuck vor. Lux fühlte Erleichterung und eine zugleich einsetzende Anspannung. Bis zum Abend trieb er sich in der Gegend herum. Als die Läden ringsum geschlossen wurden, näherte er sich wieder dem Juweliergeschäft.

Herr Petri verließ als Letzter das Geschäft, zog die schwere Panzerglastür zu und drehte den langen, bartlosen Schlüssel je zweimal in den beiden Sicherheitsschlössern. Die beiden roten Lämpchen oberhalb des Türgriffes zeigten an, dass die Alarmanlage scharf geschaltet war. Dann drehte er sich um. Lux war ein paar Meter entfernt von ihm stehengeblieben und zögerte, näherzukommen. Er erkannte ihn sofort. „Herr Lux..." Ohne noch mehr zu sagen, ging er auf ihn zu, ergriff seinen Arm und lotste ihn in ein kleines Bistro um die Ecke. Sie setzten sich an einen freien Tisch, Petri legte die Ellenbogen auf die Tischplatte und sah Lux ins Gesicht. „Was für eine Freude, Sie zu sehen! Wir haben das Eine oder Andere gehört - nun erzählen Sie mal.

Aber zuerst bestelle ich Kaffee für uns." Lux erzählte seine Geschichte von Lauras Unfall bis zu seiner Flucht nach Paris. Sein Gegenüber schwieg und betrachtete ihn aufmerksam. Als er geendet hatte, lehnte Petri sich zurück in den Korbsessel und nickte nachdenklich mit dem Kopf.

„Es tut mir sehr leid, was Ihrer Tochter passiert ist. Ich kann nachvollziehen, was sie durchgemacht haben, meine beiden Kinder sind etwa in dem Alter. Wie können wir Ihnen nun helfen - lassen Sie mich einen Augenblick nachdenken." Er stützte den Kopf in die Hand und sah aus dem Fenster. Dann wandte er sich wieder Lux zu und lächelte ein wenig. "Wenn ich ehrlich bin, wir haben etwas bei Ihnen gutzumachen, denn als ich vom Konkurs Ihrer Firma erfuhr, habe ich die Zahlung der letzten Rate erst einmal zurückgehalten." Lux zuckte mit den Schultern, das war nicht mehr sein Problem. Petri erhob sich aus seinem Sessel. „Würden Sie hier auf mich warten? Bestellen Sie sich noch einen Kaffee, Sie sind natürlich eingeladen. Ich muss noch einmal in den Laden." Er ging hinaus und ließ seine Aktentasche unter dem Tisch stehen, was Lux beruhigte, während er sich zugleich sein Misstrauen vorwarf. Nach einer Weile kam Petri zurück, zahlte den Kaffee und machte sich mit Lux auf den Weg.

„Der Konzern besitzt einige Häuser hier in der Gegend - eine gute Geldanlage, wie Sie sich denken können - und in einem davon haben wir vor ein paar Jahren unter dem Dach eine Werkstatt eingerichtet. Eine Zeitlang wurde dort oben gearbeitet, bis wir ein paar Quadratmeter neben dem Laden dazukaufen und die Goldschmiede direkt angliedern konnten. Aber es ist alles noch dort, das Werkbrett, die Werkzeuge, eine kleine Küche - sogar ein Feldbett steht da herum, wenn ich mich recht erinnere, weil einer der Goldschmiede in Stoßzeiten manchmal über Nacht geblieben ist, Sie wissen ja selbst, wie es in der Weihnachtszeit zugeht." Er blieb vor einem schmalen Haus mit grauer Steinfassade stehen, schloss die Tür auf und betrat einen gepflegten Hausflur. Eine junge Frau in dunkelblauem Kostüm und hochhackigen Pumps kam aus der Tür im Erdgeschoß und grüßte ihn freundlich. „Hier hat eine Anwaltskanzlei ihr Büro. Die Wohnung darüber wird von einem Bekleidungsgeschäft zwei Häuser weiter als Lager und Büro genutzt", erklärte Petri. Hier endete der vornehme Teil des Treppenhauses mit seinen gekachelten Wänden, blankpolierten Steinstufen und dem von schmiedeeisernen Blumenranken durchzogenen Treppengeländer. Bevor sie die Holzstiege zum Dachgeschoß betraten, wies Petri auf eine der beiden Türen, die sich auf diesem Stockwerk befanden. „Hier ist die Toilette. Sie gehört eigentlich zu dieser Wohnung, wird aber kaum benutzt. In der Dachwohnung gibt es leider keine, auch kein Bad, ich hoffe, Sie kommen erst einmal so zurecht." Er stieg die letzte Treppe hoch, und sie betraten die Werkstatt. „Ich denke, das Licht funktioniert noch - ja, alles in Ordnung."

Er drückte Lux einen Schlüsselbund mit einem Sicherheitsschlüssel und zwei altmodischen Bartschlüsseln in die Hand. „Der hier ist für unten, dieser ist Ihr Wohnungsschlüssel, der für die Toilette. Betrachten Sie es als Ihr Zuhause, alles Andere werde ich regeln. Wenn Sie sich eingerichtet haben, kommen Sie morgen irgendwann im Laden vorbei, ich denke, wir haben ein paar Aufträge für Sie." Er lächelte aufmunternd und legte kurz seine Hand auf Lux' Schulter. Dann verbeugte er sich förmlich und zog die Tür hinter sich zu. Lux hörte, wie er die hölzernen Stufen hinunterging und wartete auf das Zuschlagen der Haustür. Dann wandte er sich um und warf einen Blick in den kahlen, von zwei nackten Glühbirnen beleuchteten Raum.

Natalie

Die Stewardess in der dunkelblauen Uniform der Senegal Airlines verriegelte die Kabinentür, draußen wurde die Gangway weggezogen, und langsam setzte sich das Flugzeug in Bewegung. Gemächlich holperte es zum Ende der Rollbahn und drehte sich in die Startposition. Einen Moment lang verharrte es wie ein sprungbereites Raubtier, das seine Kräfte sammelt, dann heulten die Motoren auf und der Koloss beschleunigte mit einer Gewalt, die die Passagiere in ihre Sitze drückte. Natalie klammerte sich mit schweißnassen Händen an die Armlehnen und starrte aus dem Fenster auf die graue, vom Abrieb der Reifen gezeichnete Betonpiste, die immer schneller unter ihr wegflog. Noch haftete die Maschine auf der Erde, und noch immer zweifelte etwas in Natalie daran, dass dieser riesige Kasten aus Stahl mit über hundert Menschen im Bauch wirklich vom Boden abheben würde, da hob sie ihre Nase in die Höhe, die Startbahn kippte weg und entfernte sich, die Welt geriet in Schräglage, und Natalie fühlte, wie ihr Körper schwer wurde. Nachdem sie etwas Höhe gewonnen hatte, neigte sich die Maschine sanft zur Seite und beschrieb eine Kurve in der Luft. Die Erdoberfläche schob sich in Natalies Blickfeld, und was sie sah, überschwemmte sie trotz ihrer Angst mit einer plötzlichen Welle von Glücksgefühl, sodass ihr Tränen in die Augen stiegen. Unter ihr, schnell kleiner werdend, aber noch in allen Details zu erkennen, breitete sich die Stadt aus. Die wuchernden Randbezirke mit ihrem Wildwuchs von Häusern und Wellblechhütten, die scheinbar planlos in die Landschaft vordrangen, erschienen von oben wie ein Muster aus hellen und farbigen Rechtecken auf ockerfarbenem Grund, dazwischen Flecken von dunklem, fast schwarzem Grün, das Ganze gegliedert und zusammengehalten durch ein Netz von Wegen, die zu Straßen wurden und schließlich in die große Einfallstraße zur Innenstadt mündeten, eine sinnvoll geordnete Struktur und zugleich ein riesiges Ornament von großer Schönheit. Das Flugzeug schwenkte nun wieder in die waagrechte Position und setzte seinen Weg geradeaus in Richtung Meer fort. Noch immer befand es sich im Steigflug, und Natalie erschien es nun wie eine gutmütige Gans, die sich müht, ihren schweren Körper in die richtige Flughöhe zu bringen. Die Küstenlinie kam in Sicht, die Landschaft zog sich in dem spitz zulaufenden Dreieck der Kap-Verde-Halbinsel zusammen, die, ihrem Namen zum Trotz, rötlich von der Sonne verbrannt im tiefen Blau des Atlantiks liegt. Sie ließen Dakar hinter sich, eine Stadt umschlossen von Wasser, erbaut auf einer ins Meer ragenden Pfeilspitze, von der aus einst die Schiffe der Sklavenhändler in See stachen, das westlichste Ende Afrikas.

Das Signallicht über dem Sitz sprang auf grün, und in der Kabine war das Klicken der sich öffnenden Gurtschnallen zu hören. Natalie wischte ihre noch immer feuchten Handflächen an ihren Jeans trocken und befreite sich ebenfalls vom Gurt. Dabei warf sie einen Seitenblick auf ihren Nachbarn, einen beleibten, glatzköpfigen Geschäftsmann mit Anzug und Krawatte, der noch kein einziges Mal von seiner Financial Times aufgesehen hatte. Jetzt faltete er die Zeitung zusammen, wandte sich der Stewardess zu, die mit dem Getränkewagen vorbeikam, und bestellte einen Kaffee. Natalie entschied sich für heiße Schokolade, die ihr in einem geschlossenen Plastikbecher gereicht wurde. Während sie in kleinen Schlucken trank und aus dem Fenster sah, unter dem sich die endlose Wasserfläche des Atlantiks vorbeischob, kam es ihr plötzlich absurd vor, hoch über dem Meeresspiegel in eiskalter, dünner Luft dahinfliegend so irdische Dinge zu tun wie Essen und Trinken, als säße man irgendwo auf sicherem Boden in einem Café. Es war ihr erster Flug. Mit ihren zwanzig Jahren war sie noch nie aus Dakar fortgewesen, und nun war es gleich das große Abenteuer, ein Abschied für lange Zeit – vielleicht für immer, dachte sie – und eine Reise in eine fremde Welt. In ein paar Stunden würde sie in Paris landen, der Stadt, in die sie sich schon so oft hineingeträumt und -gewünscht hatte, von der sie schon so viele Bilder gesehen und Geschichten gelesen hatte, die Stadt ihrer Sehnsucht, fern, unerreichbar, und nun plötzlich zum Greifen nahe – sie nahm noch einen Schluck von dem heißen, süßen Getränk, um den Schwindel zu bekämpfen, der plötzlich in ihr aufstieg. Ein großer, dicht gepackter Koffer irgendwo zwischen all den anderen Gepäckstücken im Laderaum der Maschine enthielt ihren ganzen Besitz, aber das Wichtigste befand sich in ihrer Handtasche, die sie unter dem Sitz versteckt hielt, weil sie sich nicht von ihr hatte trennen wollen, um sie vorschriftsmäßig beim Start in der Gepäckablage zu deponieren. Es war ein brauner Briefumschlag, abgeschickt von der Universität in Paris, darin steckten die Zulassungsbescheinigung zum Studium der Literatur und die Benachrichtigung über die Bewilligung eines Stipendiums.

Dass sie anders war als die anderen Mädchen, hatte Natalie schon im Alter von zwölf Jahren bemerkt. Während die Körper ihrer Freundinnen sich zu verändern begannen, ihre Hüften sich rundeten und unter den T-Shirts die ersten zarten Erhebungen sichtbar wurden, blieb sie flach und schmal wie ein Junge und bestand darauf, Jeans zu tragen wie ihre Brüder. Oft fühlte sie den besorgten Blick ihrer Mutter, die vergeblich auf Anzeichen weiblichen Erblühens an ihrem mageren Körper wartete. Dieses Beobachtetwerden war ihr zuwider, sie zog sich in das Zimmer zurück, das sie mit ihren beiden Schwestern teilte, die eine sechzehn Jahre und schon fast erwachsen, die andere ein siebenjährigen Kind, das noch am Rockzipfel der Mutter hing, legte sich auf ihr Bett und vergrub das Gesicht im Kopfkissen. Warum ließ man sie nicht einfach in Ruhe! Manchmal beneidete sie ihre kleine Schwester, die noch so ungeniert Kind sein durfte, dann wieder wünschte sie sich, ein Junge zu sein, aber nicht so dumm und rüpelhaft wie ihre beiden Brüder. Auf keinen Fall wollte sie werden wie die Große, die sich schminkte und nur noch Kleider und Jungs im Kopf hatte, aber auch ihre Mutter, die sie liebte, wurde ihr in letzter Zeit fremd mit ihrem schweren, nach fünf Schwangerschaften behäbig gewordenen Körper und ihrer alles beherrschenden, manchmal erdrückenden Mütterlichkeit.

Die imposante Erscheinung der Mutter im bunt bedruckten Baumwollkleid, auf dem Kopf den Boubou, das kunstvoll geknüpfte Kopftuch, erfüllte die Wohnung. Seitdem ihre Töchter groß genug waren, um die Einkäufe zu erledigen, ging sie kaum noch hinaus. Sie sprach kein Französisch, sondern mit tiefer, kehliger Stimme das einheimische Wolof, und die Millionenstadt Dakar war für sie ein undurchdringlicher Dschungel, der sie mit Angst erfüllte, seit sie ihrem Mann aus dem heimatlichen Dorf dorthin gefolgt war. Noch immer war in ihren Zügen die Schönheit des siebzehnjährigen Mädchens zu erkennen, in das sich Natalies Vater verliebt hatte, ein junger Arzt aus Marseille, der im Rahmen eines Entwicklungsprogramms für die Landbevölkerung nach Senegal gekommen war, zusammen mit einheimischen Ärzten und Krankenschwestern abgelegene Dörfer besuchte, um die Menschen dort von der Notwendigkeit von Impfungen zu überzeugen, Babys zur Welt zu bringen und im improvisierten Sanitätszelt oder in notdürftig steril gemachten Schulzimmern kleine Operationen durchzuführen. In einem Dorf im Süden des Landes verliebte er sich in ein Mädchen, das seine kleine Schwester zur Impfung brachte, und weil sie bereits einem Anderen versprochen war, entführte er sie in der Nacht, bevor die Ärztegruppe weiterreiste – das heißt, die beiden verabredeten sich außerhalb des Bretterzaunes, der das Dorf umgab und seine Hühner, Hunde und Kleinkinder vor Hyänen und anderen streunenden Raubtieren schützte. Sie hatte ein Bündel mit ihrem Brautschmuck dabei und dem Kleid, das ihre Mutter für die Hochzeit genäht hatte, stieg mit dem Mann, den sie liebte, in einen Jeep, der in einiger Entfernung vom Dorf in einer Sandkuhle verborgen war, und verließ ihr bisheriges Leben. Die Sache sprach sich herum, Natalies Vater konnte sich in den Dörfern nicht mehr blicken lassen und nahm eine Stelle im Städtischen Krankenhaus von Dakar an. Später wechselte er an die private Klinik Pasteur, die ihre Ärzte besser bezahlte, stieg schnell zum Oberarzt auf, und die inzwischen auf vier Personen angewachsene Familie zog in eine helle, geräumige Wohnung zwischen der Avenue Pasteur und der Corniche Est.

Natalies Mutter war in einer der alten Stammesreligionen aufgewachsen, ihrem Mann zuliebe wurde sie katholisch. Die Hochzeit fand in der Kathedrale von Dakar statt. Nur widerwillig zog sie statt ihres mitgebrachten Kleides ein modisches weißes Hochzeitskleid mit Schleier an, und selbst die aus Marseille angereisten Eltern des Bräutigams, die bis zuletzt versucht hatten, diese Ehe zu verhindern, mussten zugeben, dass sie die schönste Braut war, die sie je gesehen hatten. Natalies Mutter lernte nie lesen und schreiben, aber sie besuchte in den ersten Jahren eifrig die Heilige Messe sowie zweimal im Monat eine Bibelstunde, die ein Jesuitenpater in ihrer Sprache abhielt, um den neu Getauften, viele davon Analphabeten, die Heilige Schrift nahezubringen. Die mit frommen Bildern illustrierten biblischen Geschichten faszinierten sie. Im Lauf der Jahre verband sich ihr alter Glaube mit der neuen Religion, und überall in der Wohnung fanden sich Christusbilder und kleine Marienfiguren, geschmückt mit Amuletten und getrockneten Samen und Blättern zauberkräftiger Pflanzen. Ihr Mann ließ sie gewähren, er verbrachte die meiste Zeit im Krankenhaus, die Wohnung war für ihn mit den Jahren zu einer fremden Lebenswelt geworden. Manchmal betrachtete er nachdenklich und ein wenig erstaunt seine heranwachsenden Kinder und seine Frau, die sich mehr und mehr zur Stammesmutter entwickelte, zur Herrin eines kleinen, christlich-heidnischen Kosmos. Ein einziges Mal besuchte sie mit ihrer Familie das heimatliche Dorf und stellte voller Stolz der uralten Mutter - der Vater war schon lange gestorben - die fünf wohlgeratenen Enkel vor. Danach sprach sie nie mehr von ihrem früheren Leben, auch ihre Mutter und ihre Geschwister sah sie nicht wieder.

Wenn Natalie es in der Wohnung nicht mehr aushielt, stahl sie sich davon, überquerte die Corniche und lief zu ihrem Lieblingsplatz, einer unter dichtem Gestrüpp verborgenen Felsnische oberhalb der kleinen Bucht Anse Bernard. Immer hatte sie ein Buch dabei, dessen Inhalt sich, auch wenn das Meer darin nicht vorkam, mit dem leisen Plätschern der Wellen vermischte, die hier, auf der dem Festland zugewandten Seite der Halbinsel, so klein und zart wie die Wellen eines Sees waren. Sie konnte stundenlang lesen, ganz gebannt von der Geschichte, die ihr erzählt wurde, aber manchmal lag das Buch geschlossen auf ihren Knien, während sie gedankenverloren ins Wasser starrte, wie hypnotisiert vom Heranrollen der Wellen, deren gleichmäßiges Rauschen hin und wieder vom Schrei einer Möwe übertönt wurde. Wenn sie dann aus ihrer Versunkenheit erwachte, wusste sie nicht, wie viel Zeit vergangen war und lief schnell nach Hause.

Nach der Schule streunte sie oft allein durch die Stadt, mischte sich in das Gedränge der Menschen auf dem Sandaga-Markt, wo die Einheimischen einkaufen, oder unter die Touristen, die über den nobleren und teuren Kermel-Markt mit seiner prächtigen Markthalle bummeln, schlenderte durch die Straßen des alten, südfranzösisch anmutenden Plateau-Viertels oder träumte sich im Hafen, wo die großen Kreuzfahrtschiffe und die riesigen Containerfrachter anlegen, in ein fernes Land. Eines Tages nahm sie ihren Mut zusammen und betrat das Foyer des Hotel de l'Independence. Im Vorbeigehen lächelte sie freundlich der Dame am Empfang zu, als wäre sie gerade auf dem Weg zu ihren Eltern, die im Hotelzimmer auf sie warteten, stieg in den Aufzug und fuhr in den sechzehnten Stock, wo sich die Dachterrasse befand. Sie wollte die Stadt von oben sehen. Im ersten Moment erschrak sie, als sie an die Brüstung trat und auf die Place de l'Independence hinuntersah, wo sich winzige Autos und noch kleinere Menschen bewegten. Noch nie hatte sie die Welt aus solcher Höhe betrachtet, die Baumkronen und die Dächer der Häuserblocks mit ihren Aufzugschächten und Lüftungsrohren weit unter sich gesehen. Aber bald fand sie Gefallen an der ungewohnten Perspektive, alles sah aufgeräumt und übersichtlich aus, der Platz mit seinen rechteckigen Grünanlagen, den sorgsam geschnittenen Hecken und gleichförmigen Baumreihen, die in bunten Reihen geparkten Autos, die Straßen, die sich kerzengerade nach alle vier Himmelsrichtungen erstreckten. Die Stadt war eine sonnengebleichte, von senkrechten und waagrechten Linien gegliederte Felslandschaft, die ins Meer hinausragte, blendend weiß vor dem satten, fast schwärzlichen Blau des Atlantiks und dem helleren, zur Wasserlinie hin dunstig auslaufenden Himmelsblau. Ein vielstöckiges Passagierschiff verließ gerade das Hafenbecken, und Natalie sah die Menschen, die auf dem Achterdeck standen und winkten, während das Schiff allmählich an Fahrt gewann und aufs offene Meer zuhielt, und es sah aus, als wäre ein Stück aus der Stadtsilhouette herausgebrochen und machte sich auf den Weg in die Ferne. Alles erschien ihr so nah und so deutlich in allen Einzelheiten, als könnte sie danach greifen, und für einen Moment musste sie der Versuchung widerstehen, über die Brüstung zu klettern, die Arme auszubreiten und wie eine der Möwen, die etwas entfernt von ihr auf einem Dachvorsprung saßen, mit hellem Schrei in die klare, meerfeuchte Luft einzutauchen.

An ihrem fünfzehnten Geburtstag hielt Natalie einen Bildband von Paris in den Händen. Lange war sie unschlüssig an den Regalen der Librairie aux Quatre Vents entlanggegangen und konnte sich nicht entscheiden, welches Buch sie für das Geld kaufen sollte, das der Vater ihr geschenkt hatte. Er freute sich über die Leseleidenschaft seiner Tochter und unterstützte sie immer wieder mit kleinen Beträgen, sodass sie in der Buchhandlung, deren regelmäßiger Gast sie war, nicht nur schmökerte, sondern auch ab und zu etwas kaufte. Heute reichte es für eines der teuren, gebundenen Bücher, einen neu erschienenen Roman vielleicht oder eine der schönen Klassikerausgaben mit Goldschnitt und Ledereinband. Gerade schob sie wieder ein Buch ins Regal zurück, wobei für den Bruchteil einer Sekunde der Gedanke in ihr Gestalt gewann, wie es wäre, wenn auf einem der vielen Buchrücken ihr Name stünde, ihr Name als Autorin - da trat Florence neben sie, unter dem Arm einen schweren Fotoband. Natalie hatte sich mit der Buchhändlerin angefreundet, einer schlanken, grauhaarigen Dame mit strengem Knoten und strahlend blauen Augen.
Sie stammte wie Natalies Vater aus Frankreich, lebte schon seit vielen Jahren in Dakar und arbeitete als Ver-

käuferin in der Librairie aux Quatre Vents, der größten internationalen Buchhandlung der Stadt. „Wie lange lebst du schon hier?", fragte Natalie sie oft, und sie antwortete: „länger, als du denken kannst", oder: „zweimal so lange, wie du auf der Welt bist." „Hast du kein Heimweh?" „Doch, natürlich habe ich Heimweh. Aber trotzdem bin ich hier in Dakar zuhause."

Das Mädchen verstand nicht so ganz, wie man zuhause sein und trotzdem Heimweh haben kann. Genau genommen kannte sie überhaupt kein Heimweh, nur Sehnsucht nach der Ferne.

„Hier, sieh dir das mal an", sagte Florence mit einem Lächeln und legte ihr den Band in die Hände, „ich bin zwar aus Lyon und war selbst nur einmal dort, aber Paris ist ohne jeden Zweifel die schönste Stadt, die es gibt! Lass dir Zeit mit dem Anschauen, und wenn du es haben möchtest: es kostet ein bisschen mehr als dein Geburtstagsgeld, aber den Rest würde ich dazulegen, als mein Geschenk für dich!" Natalie trug das Buch zu einem kleinen Lesetisch, der in einer Nische hinter den Regalen für sie reserviert war. Es war in graues Leinen gebunden und trug in schwarzen Großbuchstaben die Aufschrift PARIS MON AMOUR. Als sie es aufschlug, war ihr, als träte sie aus der prallen Sonne plötzlich in den Schatten und ließe den Lärm und die Hitze Dakars hinter sich. Das Buch enthielt Schwarz-Weiß-Fotos von Paris von den Anfängen der Fotografie bis in die sechziger Jahre. Natalie versank in einer fremden, längst vergangenen Welt, die ihr zugleich seltsam vertraut erschien. Die Menschen, vor allem die Kinder, die in den Straßen spielten, der irgendwie selbstbewusst wirkende Ausdruck der Häuser, die Ruhe, die trotz Verkehr und großstädtischem Menschengewimmel über allem zu liegen schien, berührten etwas in ihr, so als wäre sie schon einmal an diesen Orten gewesen, die sie auf den Fotos abgebildet sah, oder als gehörte sie eigentlich dorthin. Mit einem Mal wurde ihr klar, dass man mehr als eine Heimat haben kann, nicht nur die, in die man geboren wird, sondern noch eine andere, nach der man sucht, bis man sie eines Tages gefunden hat. Ihre zweite Heimat, das wusste sie jetzt, war Paris, und sie würde alles daransetzen, irgendwann dorthin zu gelangen. Fürs Erste genügte ihr das Buch. Sie klappte es zu, ging zur Kasse, wo Florence auf sie wartete, und reichte es ihr. „Ich will es haben." Sie nickte, als hätte sie es sich schon gedacht, packte es als Geschenk ein und überreichte es ihr feierlich. „Alles Gute zum Geburtstag!"

Die Stewardessen mit ihren adretten farbigen Halstüchern verteilten nun das Mittagessen an die Passagiere. Natalie klappte einen kleinen Tisch aus der Armlehne, wie sie es bei ihrem Nachbarn beobachtete, und nahm das Tablett entgegen. Hoch über dem Meer aß sie mit gutem Appetit Lammfleisch mit Bohnen und Couscous und zum Nachtisch Vanillepudding. Die Maschine lag ruhig in der Luft, beschrieb einen sanften Bogen entlang der Westküste Afrikas und näherte sich allmählich der Iberischen Halbinsel. Während sie kaute, betrachtete Natalie die verschiedenen Blautöne des Wassers und versuchte, sich die Landschaft unter dem Meeresspiegel vorzustellen, die Gebirge, Sandwüsten und schroffen Abgründe, deren tiefste Tiefen vielleicht genauso weit von der Wasseroberfläche entfernt waren wie sie hier oben im Flugzeug. Als das Geschirr abgeräumt und der Klapptisch wieder verstaut war, lehnte sie den Kopf zurück und fiel in einen von Träumen durchsetzten Halbschlaf, aus dem sie immer wieder hochschreckte, weil ihr die Traumbilder so lebendig und gegenwärtig erschienen waren, dass sie sich vergewissern musste, wirklich im Flugzeug nach Paris zu sitzen und nicht zuhause am Mittagstisch mit ihrem Bruder zu streiten oder in der Librairie aux Quatre Vents an den Bücherregalen entlang zu wandern und auf allen Buchrücken ihren Namen zu lesen. Zuletzt schlief sie doch noch tief ein und träumte etwas Seltsames, von dem sie sich später fragte – denn der Traum blieb ihr deutlich in Erinnerung -, ob sie es als kleines Kind erlebt oder ob der Traum es ihr nur so plastisch in allen Einzelheiten vorgegaukelt hatte.

Sie befand sich im Heimatdorf ihrer Mutter, einer Ansammlung von runden Lehmhütten mit spitzen Dächern, die sich in den Schatten einiger großer Bäume duckten. Zwischen den Hütten lagen große Felsen, auf denen Ziegen und halbwüchsige Kinder herumkletterten. Sie suchte ihre Eltern und Geschwister, mit denen sie, daran erinnerte sie sich im Traum, hierher gefahren war, um die Großmutter zu besuchen, aber sie konnte sie nirgends finden. Die Kinder, die sie fragte, verstanden sie nicht, und auch die Frauen, die vor ihren Hütten saßen und mit großen Mörsern Getreide in hohlen Steinen mahlten, schüttelten die Köpfe und zuckten mit den Schultern. Sie irrte zwischen den Hütten umher, das Dorf schien unendlich groß zu sein, und plötzlich wurde es dunkel, die Sonne verschwand, als hätte jemand das Licht ausgeschaltet. Zugleich ging irgendetwas im Dorf vor, die Menschen kamen aus ihren Hütten, festlich gekleidete Frauen und Männer mit langen Speeren in den Händen, die sie rhythmisch auf den Boden stießen. Alle bewegten sich auf die Mitte des Dorfes zu, dabei wiegten sie sich in Tanzschritten zum Klang von Trommeln, der manchmal laut wie aus nächster Nähe, manchmal aus weiter Ferne zu kommen schien. Natalie folgte ihnen, und bald war sie in der Menge eingekeilt und wurde mitgeschoben. Sie war klein, reichte den Leuten nur bis zur Hüfte; ab und zu strich die Hand einer Frau freundlich über ihren Kopf, aber die Männer, die wild um sich blickten und mit den Speeren fuchtelten, jagten ihr Angst ein. Sie erreichten den Dorfplatz. In seiner Mitte war eine Frau auf einem hölzernen Stuhl festgebunden, ihr Kopf hing zur Seite, ihre Augen waren verdreht. Um sie herum brannte ein Ring trockener Zweige. An ihm entlang, manchmal über die Flammen hin und her springend, tanzte ein Schamane mit Federschmuck und Maske und schüttelte einen ebenfalls mit bunten Federn geschmückten Speer gegen den sternenübersäten Himmel, vielleicht um die Götter anzurufen, oder in Richtung der Frau, die jedes Mal zusammenzuckte, obwohl sie ganz in sich gekehrt schien und die Bewegung des Tanzenden nicht verfolgte. Natalie hielt sich am Kleid einer Frau fest, die neben ihr stand, und versteckte sich hinter ihr, wenn der Schamane in ihre Nähe kam. Auf einmal entdeckte sie ihre Mutter auf der gegenüberliegenden Seite des Platzes. Sie winkte ihr zu und rief nach ihr, aber vergeblich, die Mutter wiegte sich mit geschlossenen Augen im Rhythmus der Trommeln, und der Lärm übertönte Natalies kleine Stimme. Schon wollte sie über den Platz laufen trotz der emporzüngelnden Flammen, da fühlte sie sich aufgehoben von zwei starken Armen und wurde auf ein Paar muskulöse Schultern gesetzt. „Schau es dir an", sagte ihr Vater, während er von unten zu ihr herauflächelte, „es ist ein Fest, nichts Schlimmes geschieht." Mit seinen großen Händen hielt er ihre Arme fest, sein weißes Hemd war verschwitzt und grau von Staub und Ruß. Von ihrem sicheren Standort aus betrachtete Natalie nun das Geschehen, und es erschien ihr nicht mehr so beängstigend. Die Menschenmenge war ein buntes, bewegtes Ornament, die Frau in der Mitte lächelte entrückt, der Schamane drehte noch ein paar Runden, dann verschwand er in seiner Hütte. Das Feuer war heruntergebrannt, ein paar Männer traten die letzten Flammen aus und befreiten die Frau von ihren Fesseln. Wankend vor

Erschöpfung ließ sie sich von ihnen aus dem Kreis führen, einer klopfte ihr anerkennend auf die Schulter, als hätte sie eine Mutprobe bestanden, die Frauen umringten sie und brachten sie weg. Alles schien nur ein Spiel gewesen zu sein.

Natalie erwachte von einem heftigen Stoß. Sie befanden sich im Sinkflug und tauchten in ein Wolkengebirge ein, dessen Ausläufer von allen Seiten nach der Maschine griffen und sie heftig durchschüttelten. Wieder packte sie die Angst, mit unsicheren Fingern schloss sie den Gurt, sah aus dem Fenster in die graue Masse und versuchte, ruhig zu atmen. Die Wolken hingen tief, und Natalie schien es, als wollte das Geruckel nie mehr aufhören. Plötzlich stieß das Flugzeug durch die graue Decke, und unter ihnen lag Paris, ein ebenso graues Häusermeer, geteilt vom dunklen Band der Seine. Natalie entdeckte Sacre Ceur auf einem grünen Hügel, hielt vergeblich Ausschau nach dem Eiffelturm, dann verschwand die Stadt und unter ihnen erschienen die Landebahnen des Aeroport Charles de Gaulle. Mit einem letzten harten Rucken setzte die Maschine auf, die Bremsklappen fuhren heraus und der Luftwiderstand erschütterte die Kabine. Draußen fiel Nieselregen, der Asphalt der Landebahn glänzte, als sie sich gemächlich holpernd dem Flughafengebäude näherten. Eine Welle von Sympathie und Dankbarkeit stieg in Natalie auf für die Maschine, die sie wohlbehalten übers Meer geführt hatte, und für die Menschen, die diesen ganzen unwahrscheinlichen Vorgang so selbstverständlich kontrollierten und beherrschten. Den anderen Passagieren schien es ähnlich zu gehen, ein kurzer Applaus bekundete förmlich das allgemeine Gefühl, aber sowie das Signal zum Aussteigen gegeben wurde, begann wieder der alltägliche Wettlauf, jeder versuchte, als Erster seine Tasche aus der Gepäckablage zu holen und vor den anderen die Kabine zu verlassen. Es dauerte endlos, bis Natalies Koffer auf dem Förderband erschien, sie hatte ein rotes Herz an den Griff gebunden, um ihn zu erkennen. Noch konnte sie nicht recht glauben, dass sie nun wirklich in Paris war. Sie ging hinter den Leuten her, die ihre Koffer ebenfalls ergattert hatten und dem Ausgang zustrebten, und musterte die gleichgültigen oder erwartungsvollen Mienen der Leute, die hinter der Absperrung standen und nach ihren Freunden oder Angehörigen Ausschau hielten. Auf sie wartete niemand. Von nun an musste sie allein zurechtkommen in ihrer neuen Heimat, der schönen, unbekannten, geheimnisvollen Stadt Paris, die in ihrer Phantasie noch immer die Atmosphäre alter Schwarz-Weiß-Fotos hatte.

Ein kleiner Raum, drei mal vier Meter, mit Schreibtisch, Schrank, Kochnische, Bücherregal und einem winzigen Bad war nun Natalies Zuhause. Anfangs vermisste sie in der Nacht das ruhige Atmen ihrer beiden Schwestern, mit denen sie das Zimmer geteilt hatte, aber dann gewöhnte sie sich an die Geräusche fremder Menschen um sie herum, die Wasserspülung, wenn jemand über ihr aufs Klo ging, den Fernseher nebenan, manchmal ein Lachen oder lautes Reden, vielleicht ein Streit. Ihr Zimmer lag im vierten Stock des Studentenwohnheims. Wenn sie am Schreibtisch saß, fiel ihr Blick durch das Fernster auf eine Reihe kleiner, erst vor kurzem angepflanzter Platanen, die die Sicht zum gegenüberliegenden Wohnblock noch nicht beeinträchtigten. Auf dem Rasen darunter standen Bänke, wo selten jemand saß, weil man dort von allen gesehen wurde. Aber das Zimmer war hell und sauber, gedacht für Leute, die mit wenig Gepäck ankamen und nicht viel Platz brauchten, weil sie hier vor allem arbeiten wollten, weshalb der einfache Schreibtisch am Fenster das größte und wichtigste Möbelstück war.

Sie hatte ihre Sachen in den Kleiderschrank gehängt, ihre wenigen Bücher standen etwas verloren im Regal, der kleine Kühlschrank funktionierte, und so ging sie hinaus, um etwas zum Essen einzukaufen. Ein Supermarkt gehörte zur Anlage, ebenso eine Cafeteria, falls man keine Zeit oder keine Lust dazu hatte, sich selbst zu versorgen. Es gab einen Wäschekeller, wo man Münzen in Waschmaschinen einwerfen und unterschiedliche Waschgänge wählen konnte, einen Fahrradkeller und eine Tiefgarage, für alles war gesorgt. Als sie mit zwei Einkaufstüten wieder vor ihrer Tür stand – zuerst war sie im falschen Flur gelandet und hatte vergeblich und schon mit aufsteigender Panik nach ihrer Zimmernummer gesucht – und in ihrer Tasche nach dem Schlüssel kramte, ging die Tür des benachbarten Zimmers auf und die Bewohnerin, ein hübsches Mädchen mit blonden Locken, kam heraus und musterte Natalie neugierig. „Du bist also die neue Nachbarin", stellte sie fest und zog an ihrer Zigarette. „Eigentlich ist es üblich, dass die Neuen sich vorstellen!" Natalie entschuldigte sich, sie sei gerade erst angekommen und müsse sich erst einmal zurechtfinden, aber die Blonde lachte und meinte: „Es war nur Spaß, hier gibt es keine Vorschriften. Ich bin Charlotte, herzlich willkommen in der Zelle!" Sie streckte Natalie die Hand hin, die es inzwischen geschafft hatte, ihre Tür zu öffnen. „Komm doch herein", bat sie, während sie ihre Einkäufe auf den winzigen Tisch in der Kochnische stellte, „ich werde versuchen, uns einen Tee zu kochen. Hoffentlich gibt es Geschirr..." „Alles da", versetzte Charlotte, öffnete den Schrank über der Kochgelegenheit und nahm einen Wasserkocher sowie zwei Porzellanbecher heraus. „Deine Vorgängerin war zum Glück ein anständiges Mädchen und hat nichts mitgehen lassen. Hast du Teebeutel?" Sie warteten, bis das Wasser kochte, gossen in den beiden Porzellanbechern Tee auf und setzten sich,

Natalie auf die Bettkante, Charlotte auf den einzigen Stuhl. „Bettzeug gibt es auch, hier in dem Kasten am Fußende. Die meisten kommen ja nur mit einem Koffer an, so wie du auch." Sie deutete auf Natalies abgewetztes Gepäckstück. „Sieht aus wie dein Lieblingsstück." „Der ist von meinem Vater, mit dem ist er damals von Marseille nach Dakar gereist ..." Charlotte nickte, und Natalie wurde bewusst, dass sie ihr gerade ihr halbes Leben erzählt hatte.

Die beiden freundeten sich an. Charlotte war zwei Jahre älter als Natalie und studierte Jura im dritten Semester. Sie kam irgendwo aus in der französischen Provinz, wo sie mit ihren Eltern und vier Geschwistern ein enges, düsteres Stadthaus bewohnt hatte – manches von dem, was sie erzählte, war Natalie vertraut, der ständige Streit unter den Geschwistern, der Lärm, die Unruhe im Haus, keinen Ort zu haben, an den man sich zurückziehen konnte. Nur weg, war Charlottes heftigster Wunsch gewesen, weg aus der Enge und der Perspektivlosigkeit der Kleinstadt. Das hatte sie dazu gebracht, in der Schule einen unbändigen Ehrgeiz zu entwickeln, obwohl es eigentlich nicht in ihrer Natur lag, sich anzustrengen, aber sie war klug und hatte eine schnelle Auffassungsgabe, uns so schaffte sie ihren Schulabschluss als Beste des Jahrgangs und bekam ein Stipendium für die Sorbonne. Ihre Eltern, beide Lehrer an der örtlichen Schule, waren über die Maßen stolz auf ihre älteste Tochter und ließen sie mit vielen Ermahnungen und einem beklommenen Gefühl nach Paris reisen. Charlotte wusste ganz genau, was sie wollte: ein sorgenfreies Luxusleben, das sie für all die Anstrengungen entschädigte, die es sie kosten würde, nach oben zu kommen. Für das Jurastudium hatte sie sich wegen der vielfältigen Karrieremöglichkeiten entschieden, aber auch deshalb, weil, wie sie sagte, da die Jungs aus den reichen Familien zu finden waren, die mal Papas Firma erben oder in eine etablierte

Anwaltskanzlei einsteigen würden. „Du kannst zwar viel erreichen, wenn du clever bist und bereit, etwas zu tun, aber in gewisse Kreise kommst du nie rein, wenn du nach Kleinbürger riechst, und für so was haben die eine untrügliche Nase, glaub mir. Da hilft nur" – sie schüttelte ihre blonden Locken, verschränkte die Arme hinter dem Kopf, was ihren ansehnlichen Busen zur Geltung brachte, und machte einen Schmollmund – „sich den Richtigen zu angeln. Ich bin ihm schon auf der Spur!" Natalie musste lachen. Dass Charlotte das schaffen würde, war keine Frage.

„Du bist naiv", schalt Charlotte ihre Freundin oft, wenn die wieder über ihren Büchern hockte, statt sich in der Stadt herumzutreiben und sich zu amüsieren. „Was willst du nur mit deiner Literatur? Damit ist kein Blumentopf zu gewinnen, zuletzt wirst du dich als Lehrerin mit irgendwelchen hirnlosen Flegeln herumquälen müssen, oder, wenn es gut geht, die Klatschspalte einer Provinzgazette schreiben. Du siehst doch passabel aus, kauf dir mal was Anständiges, anstatt immer in Jeans und T-Shirt herumzulaufen!" Trotzdem mochte Natalie Charlotte gern, vielleicht gerade wegen ihrer direkten Art und weil sie so ganz anders war als sie selbst. Ihr fiel es nicht leicht, auf Andere zuzugehen, und ohne die lebenslustige Freundin, die sie ab und zu ins Kino oder auf einen Streifzug durchs Quartier Latin mitschleppte, hätte sie wohl ganz wie ein Einsiedler gelebt. In der ersten Woche hatte Charlotte ihr die Universität gezeigt. Natalie war beeindruckt, sie kannte nur die nüchternen, modernen Gebäude der Universität in Dakar, wo sie sich als Schülerin ab und zu zwischen den Studenten in die Bibliothek oder in eine Vorlesung geschmuggelt hatte,. Dieses altehrwürdige Gebäude war etwas ganz anderes, hier schien die Luft gesättigt zu sein von jahrhundertelanger geistiger Arbeit, in den Fluren hallten die Schritte von Generationen von Studenten, und die

Stuckverzierungen und barocken Wandgemälde in den Hörsälen hatten Vorlesungen vieler berühmter Gelehrter mit angehört. Sie wusste, dass der spätere senegalesische Staatspräsident Léopold Sédar Senghor hier studiert hatte, und nun war sie, Natalie Chardin, eine unbedeutende Zwanzigjährige aus Dakar, als Studentin der Literatur an der Sorbonne eingeschrieben. Noch immer konnte sie es nicht so recht glauben.

Anfangs fiel es ihr schwer, sich zu organisieren. Natürlich gab es einen Studienplan für die ersten Semester, Seminare mussten absolviert und Prüfungen abgelegt werden, aber da waren noch so viele andere Themen, die sie interessierten, und sie besuchte neben den vorgeschriebenen Veranstaltungen auch Vorlesungen für die höheren Semester, wo sie kaum etwas verstand, aber wenn sie den Hörsaal verließ, hatte sie das Gefühl, in die Geheimnisse des Denkens eingeweiht worden zu sein. In den vorlesungsfreien Stunden ging sie oft zu Fuß zur Bibliotheque National, überquerte die Pont Neuf, ihre Lieblingsbrücke, und schaute eine Weile ins Wasser der Seine hinunter, dann am Louvre und am Palais Royal vorbei zur Bibliotheque National in der Rue Richelieu. Im großen Lesesaal mit der Kuppel, durch die das Tageslicht auf die Lesenden herabfiel, die an dunklen Mahagonitischen in ihre Lektüre vertieft waren, empfing sie flüsternde Stille, durchsetzt vom Rascheln vieler umgeblätterter Seiten. Ziellos ging sie an den Regalen entlang, studierte mit geneigtem Kopf die Titel der aufgereihten Bücher und nahm schließlich eines heraus, das sie aus irgendeinem Grunde ansprach. Sie setzte sich neben einen der grünlich schimmernden Lampenschirme und begann zu lesen. Oft entsprach das Buch nicht ihren Erwartungen, sie blätterte es schnell durch und stellte es wieder an seinen Platz zurück. Aber manchmal wurde sie von dem, was sie las, gefangengenommen, vergaß die Zeit und versäumte es, rechtzeitig zur nächsten Veranstaltung wieder im Unigebäude zu sein. Aus solchen zufälligen Begegnungen mit Büchern entstanden ihre intensivsten Leseerlebnisse, es schien ihr dann, als hätte dieses Buch gerade auf sie gewartet und hätte ihr ganz persönlich etwas zu sagen. Charlotte ihre Empfindungen Büchern gegenüber erklären zu wollen war sinnlos, und sie versuchte es auch nicht. Aber es machte Spaß, mit ihr vor den Schaufenstern teurer Boutiquen zu stehen und sich vorzustellen, wie sie in einem Kleid aussah, das sie sich wohl nie würde leisten können. Eines Tages kam Charlotte mit einer Einladungskarte zu Natalie herüber, sie war ein bisschen aufgeregt. „Ich glaube, mir ist endlich Mr. Right begegnet, ein ganz süßer schwerreicher Junge, kurz vor dem Jura-Examen. Er hat mich zu einer Vernissage eingeladen, sein Papa ist ein bekannter Anwalt und besitzt so nebenbei zum Spaß ein paar Galerien. Er meinte, ich soll doch eine Freundin mitbringen, je mehr hübsche Mädchen auf so einer Veranstaltung, desto besser. Hast du Lust? Aber komm ja nicht auf die Idee, ihn mir wegzuschnappen!" Gemeinsam unterzogen sie ihre Kleiderschränke einer eingehenden Prüfung. „Es soll seriös sein und trotzdem ein bisschen sexy, verstehst du?" Charlotte zweifelte, ob Natalie von der Wichtigkeit des passenden Outfits zu überzeugen war. „Ich gehe in Jeans, ich habe sowieso nichts anderes." „Du bist verrückt, niemals in Jeans, das wäre tödlich! Ich sehe schon, wir müssen uns neu einkleiden, ich kenne ein Outlet, wo wir was Bezahlbares bekommen." Perfekt gestylt, wie Charlotte meinte, machten sie sich am nächsten Abend auf den Weg. Natalie fühlte sich nicht wohl in ihrem Kleid mit dem für ihren Geschmack viel zu tiefen Dekolleté, zu dem ihre Freundin sie überredet hatte. „Warum versteckst du dich immer? Wenn du nichts von dir zeigst, bekommst du nie einen von den netten Jungs ab!"

Dank Charlottes Einladung kamen sie an der Warteschlange vorbei und fanden sich inmitten einer illustren Gesellschaft. Natalie merkte, dass sie gemustert wurde und hatte zum ersten Mal, seit sie in Paris war, das Gefühl, wegen ihrer Hautfarbe aufzufallen. Sie sahen sich die Bilder an, großformatige neuromantische Landschaftsdarstellungen, und ergatterten dann einen Platz an einem der Stehtische, wo sie ihre Champagnergläser abstellten. „Ich bin schon ein bisschen beschwipst", bemerkte Charlotte, die sonst recht trinkfest war, aber in dieser Umgebung schien sie sich unsicher zu fühlen. „Das ist er", stieß sie Natalie an, als ein smarter junger Mann das Mikrofon ergriff, die Gäste willkommen hieß und ein paar Worte zu den ausgestellten Bildern sagte. Danach kam er an ihren Tisch und begrüßte Charlotte mit Küsschen auf die Wangen. „Darf ich dir meine Freundin Natalie vorstellen? Sie studiert Literatur, und so, wie sie sich ins Zeug legt, bin ich sicher, dass sie einmal eine berühmte Autorin wird." Der junge Mann fasste Natalie ins Auge, während er an seinem Glas nippte. „Tatsächlich?", sagte er dann betont langsam, „und ich dachte zuerst, jemand hätte sie vom Straßenstrich mitgebracht."

Im ersten Augenblick verstand Natalie nicht, was er meinte. Bevor sie etwas erwidern konnte, packte Charlotte sie am Arm und zog sie weg. „Komm, wir sehen uns nochmal die Bilder an", sagte sie mit wackliger Stimme. „Ich möchte nach Hause gehen", erwiderte Natalie, als sie sich einigermaßen gefasst hatte. „Klar - ich verstehe - natürlich gehe ich mit dir" - „Warum? Es ist doch wichtig für dich. Ich komme schon allein zurecht." An der Tür schaute sie sich noch einmal um und sah ihre Freundin unschlüssig dastehen, irgendwie hilflos, dann drehte sie ihr den Rücken zu und ging weg. Dieser Abend beendete ihre Freundschaft. Ein paar Mal trafen sie sich noch nach den Vorlesungen, sahen sich zusammen einen Film an oder saßen in einem Café, für Augenblicke war es fast wie früher, aber dann entstand wieder Fremdheit zwischen ihnen. Sie sprachen nie darüber. Natalie wusste, dass Charlotte inzwischen mit ihrem Mr. Right fest liiert war und dass sie über kurz oder lang heiraten würden. Irgendwann, als sie aus der Uni zurückkam, war das Zimmer nebenan leer, Charlotte war ausgezogen ohne sich zu verabschieden.

In den darauffolgenden Wochen durchstreifte Natalie Paris. Sie hatte keine Lust, in ihrem Zimmer zu bleiben, das sie an Charlotte erinnerte, und unternahm ausgedehnte Wanderungen durch die Stadt. Zum ersten Mal hatte sie Heimweh, empfand sich als Fremde und suchte nach Vertrautem, das sie an Dakar erinnerte. Sie brauchte nicht lange zu suchen. Im Basar unter den Hochbahntrassen der Metrostation Barbés-Rochechouart fühlte sie sich zwischen Frauen in bunten Wickelkleidern und Männern in Boubou und Gummisandalen vor den Auslagen von Manjok, Kichererbsen und Süßkartoffeln auf den Sandaga-Markt versetzt, und die alten, fast dörflich anmutenden Häuser im Stadtteil Belleville mit ihrem abblätterndem ockerfarbenen Putz erinnerten sie an ihre Spaziergänge durch das Plateau-Viertel in Dakar, wo sie ihrem Traum von Paris nachgehangen war – das war doch noch nicht lange her! Nun war sie hier und sehnte sich zurück nach den großen Erwartungen, dem träumerischen Fernweh von damals – war das nicht ein bisschen verrückt? Sie musste an Florence denken, die Buchhändlerin in der Librairie aux Quatre Vents, die gesagt hatte: „Man kann zuhause sein und trotzdem Heimweh haben." Damals hatte sie das nicht verstanden, aber nun wusste sie: manche Menschen können nie ganz an dem Ort sein, an dem sie sich gerade befinden, immer kommt ihnen ein Traum dazwischen, immer ist die Gegenwart durchsetzt von Erwartung und Erinnerungen. Hinter allem, was sie sah, erschienen für Natalie stets andere Bilder, so wie man eine Landschaft durch die Spiegelungen im Glas eines geschlossenen Fensters hindurch sieht.

Ein Vortrag im großen Auditorium der Universität hellte ihre melancholische Stimmung wieder auf. Eine senegalesische Autorin, die seit Jahren in Paris lebte, stellte ihren zweiten Roman vor, der gerade die Bestsellerlisten anführte, und erzählte von ihrem Leben und ihrem Erfolg als Schriftstellerin. Die geschwungenen, holzvertäfelten Sitzreihen des Amphithéatre war bis auf den letzten Platz besetzt, ein gemischtes Publikum von Studenten und Lesern, erwartungsvolle Gesichter verschiedenen Alters und unterschiedlicher Hautfarben. Als die kleine schlanke Frau Ende Vierzig im schwarzen Kostüm mit einem leuchtend violetten Seidenschal um die Schultern den Saal betrat, wurde es still. Sie las zuerst aus ihrem Buch vor, der traurigen Geschichte einer jungen Afrikanerin, die im fremden, abweisenden Europa zugrunde geht. Ganz im Widerspruch zu der tristen Thematik war das Buch in lakonischem, beinahe heiterem Stil erzählt. Wo es um die verlorene afrikanische Heimat der Protagonistin ging, blühte die Sprache zu bunter Vielfalt und schwebenden Metaphern auf. Die Biographie der Autorin selbst entsprach nicht dem düsteren Bild, das sie in ihrer Erzählung vermittelte, sondern war die Erfolgsgeschichte einer Frau, die sich aus den engen Bindungen ihrer Heimat gelöst hatte, den rigorosen Familienstrukturen von Zwangsheirat, Gebären und Haushaltsarbeit entkommen ist und sich mit Talent und Durchsetzungsvermögen ein eigenes Leben erkämpft hat. Ihr Blick auf die neue Heimat mit ihren Freiheiten und zugleich ihrer Kälte und Anonymität war gemischt aus Anerkennung und Kritik, und die ihr durch den Erfolg zugewiesene Rolle als Vermittlerin zwischen den Kulturen beurteilte sie nicht ohne Zynismus.

Nach dem Vortrag ging Natalie nach vorne zum Rednerpult, wo sich schon eine Schlange von Fans gebildet hatte, die ihre Bücher signieren lassen wollten, und wartete geduldig, bis sie an der Reihe war. Zuletzt stand sie alleine neben der Schriftstellerin, die ihr freundlich ins Gesicht sah, und wusste nicht mehr, was sie eigentlich sagen wollte. Sie erzählte kurz, dass sie aus Dakar stamme, zwanzig Jahre alt sei und Literatur studiere. Der forschende Blick war unverwandt auf sie gerichtet, aber es war daraus nicht abzulesen, was die Andere von ihr denken mochte. Ohne dass sie es eigentlich beabsichtigt hatte, sagte Natalie plötzlich zu der ihr ganz fremden Frau: „Mein größter Wunsch ist, zu schreiben, ich möchte Schriftstellerin werden, einen Roman schreiben, der mein ganzes Leben enthält, ich möchte, dass andere Menschen die Welt mit meinen Augen sehen, so wie sie sie noch nie zuvor gesehen haben." Erschrocken über ihren Mut verstummte sie. Ihr Gegenüber sah sie noch immer unverwandt an, schien aber ein wenig zu lächeln, als sie antwortete: „So, wie Sie das sagen, glaube ich, dass Sie es wirklich wollen, und vielleicht haben Sie ja Talent. Aber Sie sind noch jung, Sie sollten zuerst das Leben kennenlernen, bevor Sie mit dem Schreiben anfangen."

Es war Sommer geworden, Schwüle lastete auf der Stadt, wer konnte suchte das Weite, ließ sich Meerwind um die Nase wehen oder kletterte auf hohe Berge. Der Campus hatte sich geleert, nur wenige Studenten arbeiteten noch in der Bibliothek oder saßen missmutig in der Cafeteria herum. Natalie war unzufrieden mit ihrer Leistung im vergangenen Semester, außer einer kleinen Hausarbeit hatte sie nichts von dem verlangten Pensum zustande gebracht, und die Zeit ihres Stipendiums war begrenzt. Sie musste sich disziplinieren, durfte sich nicht so sehr ablenken lassen. Andererseits lebte sie wie eine Einsiedlerin, es war Zeit, wieder Kontakt zu finden, Freundschaft mit jemandem zu schließen. Sie schrieb den Eltern einen langen Brief, schilderte ihren Alltag in Paris, beschrieb ausführlich die Stadt, die beide nicht kannten, um sie ein wenig an ihrem Leben teilhaben zu lassen, und richtete Grüße an die Geschwister aus. Ihr Vater würde den Brief der Familie vorlesen, sie malte sich aus, wie alle im großen Zimmer um ihn herumsaßen und neidisch dem Bericht ihrer fernen Schwester lauschten. Die Eltern erwarteten nicht, dass sie in den Ferien nach Dakar reiste, dazu reichte das Geld nicht, obwohl der Vater ihr ab und zu einen kleinen Zuschuss schickte. So verbrachte sie die Zeit in den Parks und Museen, gönnte sich ab und zu einen großen Eisbecher und einmal sogar eine Fahrt in einem der Bateaux-Mouches auf der Seine inmitten schwitzender Touristen. Nach einer anstrengenden Tour durch den Louvre saß sie eines Tages erschöpft auf dem Rand des Wasserbeckens an der Pyramide. In den klimatisierten Ausstellungsräumen war es angenehm kühl, deshalb nutzte sie die heißen Tage zu ihren Erkundungsgängen durch dieses faszinierende Museum.

Anfangs hatte sie geglaubt, die gesamte Kulturgeschichte der Menschheit in sich aufnehmen zu müssen, um eines Tages etwas Bedeutendes schreiben zu können und sich damit in ebendiese Geschichte, quasi als kleine Randbemerkung, einzuschreiben, aber allmählich wurde ihr klar, dass das unmöglich war. Sie musste es anders anfangen, musste einfach ihren spontanen Vorlieben folgen, sich von ihrem Gefühl leiten lassen, so wie sie es auch in der Bibliothek mit der Auswahl der Bücher hielt. Das war die einzige Erkenntnismethode, die sie auf ihrem Weg weiterbrachte, und dabei konnte sie sich nur auf sich selbst verlassen, es gab dafür keine Anleitung und keine Vorschriften. Ihre Füße brannten vom stundenlangen Gehen, sie zog Schuhe und Strümpfe aus, krempelte ihre Jeans hoch und berührte mit den Fußsohlen die Wasserfläche. Während sie mit geschlossenen Augen das Gefühl genoss, wie ihre Füße langsam ins kühle Wasser eintauchten, sagte jemand hinter ihr: „Darf ich Sie um etwas bitten?" Natalie reagierte nicht, sie fühlte sich nicht angesprochen. Da legte ihr jemand die Hand auf die Schulter. „Verzeihung!„ Sie drehte sich um und sah in das Gesicht eines dunkelhäutigen Mannes, der entschuldigend lächelte. „Ich beobachte Sie schon eine Weile und wollte fragen, ob ich ein paar Fotos von Ihnen machen darf." Ärgerlich schüttelte sie den Kopf. „Wie kommen Sie dazu, mich anzusprechen!" „Darf ich Ihnen etwas zeigen?" Er setzte sich in respektvollem Abstand neben sie auf die niedrige Mauer. „Die habe ich gerade gemacht, sie sind gleich fertig." Vorsichtig zog er die Folie von drei Polaroids und sah zu, wie die Farben nachdunkelten und die Bilder allmählich erkennbar wurden.

„Wie, Sie haben mich einfach fotografiert ohne zu fragen?" „Ich frage Sie ja jetzt. Wenn Sie etwas dagegen haben, zerreiße ich die Fotos. Aber ich glaube, es wäre schade." Er zeigte ihr die Bilder. „Bin ich das?", fragte Natalie ungläubig. „Na ja, wer sonst", lachte der Mann. Die junge Frau auf den Bildern war wirklich umwerfend schön, trotz Jeans und ausgeleiertem T-Shirt. Mit schwungvollen Schritten kam sie aus dem Museum, ließ sich anmutig nieder, als hätte sie diese Bewegung hundertmal geübt, und streckte dann ihre langen, schlanken Beine über das Wasser. „Sehen Sie, was ich meine: Sie wissen gar nicht, wie gut Sie aussehen, und bewegen sich ganz natürlich. Da fehlen nur ein paar tolle Klamotten, und ich mache von Ihnen die perfekten Bilder! Stehen Sie mal auf und gehen Sie vor mir her!" „Moment!", warf Natalie ein, „noch habe ich nicht gesagt, dass ich einverstanden bin!" Sie musterte den Mann misstrauisch. Er war nicht unsympathisch, vielleicht

Ende Zwanzig, groß, schlank, gutaussehend, und was ihr inmitten der Touristen am meisten auffiel, er war perfekt und teuer gekleidet: helle Hose, Lacoste-Polo, die Armani-Jacke lässig über der Schulter. Noch immer lächelnd ließ er sich die Prüfung gefallen.

„Und, zu welchem Ergebnis sind Sie gekommen?", fragte er schließlich und sah Natalie dabei so unschuldig und offenherzig an, dass sie „na, meinetwegen" sagte, aufstand und mit kokettem Hüftschwung ein paar Schritte über den Platz machte. „Halt!" befahl der Mann, der aufgesprungen war und hinter ihr herlief, „so geht es nicht, ich habe es mir gedacht, jetzt versuchen Sie zu posieren, weil sie wissen, dass ich Sie fotografiere. Wir werden es anders machen ... übrigens, ich heiße Blaise, vielleicht können wir das 'Sie' weglassen, es wäre irgendwie einfacher." „Natalie." Sie gaben sich die Hand. „O.k. Was soll ich tun?" „Vergiss einfach, dass es mich gibt, und geh noch mal zum Eingang hinüber." Er schoss ein paar Fotos vor der Pyramide, dann gingen sie zur Pont Neuf, während Blaise um sie herumlief, vorausrannte wieder zurückblieb und sie von allen Seiten fotografierte. Dann forderte er sie auf, zu laufen, sich zu drehen, zu hüpfen, sodass sie völlig außer Atem war, als sie auf der Brücke ankamen, und sich weigerte, noch einen Schritt weiter zu gehen. „Stell dich dorthin", befahl er lachend, sie lehnte sich an die Brüstung und er fotografierte sie mit den Dächern des Louvre im Hintergrund. „Das war das Beste von allen. Für heute ist es genug." Er nahm eine Karte aus dem Portemonnaie und gab sie ihr. „Das ist eine Agentur, die Models an Fotografen vermittelt, ich arbeite schon lange mit denen, sie sind absolut seriös. Frag nach Odile und bestell ihr einen Gruß von mir. Sie wird dich unter Vertrag nehmen, dann kannst du irgendwann selbst entscheiden, mit wem du arbeiten willst – aber für die erste Zeit will ich dich allein haben, sag ihr das! Á bientot!" Er hängte sich die Kamera um und warf eine Kusshand hinter sich, während er in Richtung Quartier Latin davonging.

Odile, eine resolute Frau in den Vierzigern mit brennend rotem Haarschopf, trug unbeeindruckt von wechselnden Modeströmungen stets bunte Batikkleider und perlbestickte Samtwesten wie damals im Sommer 67, und sie liebte antiken Schmuck, an ihren Ohrläppchen baumelten riesige Ohrgehänge und an jedem Finger glitzerte ein Ring. Als Natalie vor ihr stand, zwinkerte sie ihr zu und nickte anerkennend. „Hat immer noch einen guten Geschmack, unser Starfotograf. Dreh dich mal um!" Das Mädchen gehorchte und drehte sich einmal um sich selbst. „Da kann man was draus machen. Hast du übrigens schon davon gehört, dass es auch andere Kleidung als Jeans gibt?" Natalie zuckte mit den Achseln und sagte entschuldigend. „Für so etwas hatte ich bis jetzt kein Geld." „Arme Studentin, ich verstehe. Aber das könnte sich bald ändern. Blaise wird morgen ein paar Aufnahmen von dir am Eiffelturm machen, um neun Uhr erwartet er dich vor dem Eingang am Südpfeiler. Ich gehe davon aus, dass du Zeit hast." Natalie fühlte sich irgendwie durchschaut, weil sie im Moment tatsächlich nichts zu tun hatte, jedenfalls nichts, was sie einer Frau wie Odile hätte erklären können. Ihre ziellosen Spaziergänge, auf denen sie Beobachtungen und Gedanken aufschrieb und zuhause versuchte, die kurzen Notizen in eine lesbare Form zu bringen, waren nichts, was im wirklichen Leben Bestand hatte. „Sei bitte pünktlich, Blaise hasst es zu warten. Die Fotos sind für deine Mappe. Du hast Glück, dunkelhäutige Mädchen sind zur Zeit gefragt. Rothaarige weniger!" Sie lachte und schüttelte ihre Mähne. „Wenn die Fotos fertig sind, kommst du wieder her, ich setze inzwischen den Vertrag auf. Alles klar?" Natalie nickte und verließ die Agentur mit gemischten Gefühlen.

Um halb Acht Uhr morgens klingelte der Wecker. Während der Ferien hatte sie sich das frühe Aufstehen abgewöhnt und kam nur schwer aus den Federn. Aber dann war sie plötzlich hellwach: was sollte sie nur anziehen? Ihr Kleiderschrank bot wenig Auswahl – das Kleid, das sie mit Charlotte gekauft hatte, hatte sie verschenkt. Also Jeans und eine weiße Bluse, die einzige, die sie besaß. Sie nahm die Metro bis zur Station Bir Hakeim und näherte sich dem Turm aus östlicher Richtung. Bis jetzt hatte sie diesen Touristentreffpunkt gemieden, und nun stieg die Stahlkonstruktion, die aus der Ferne so fragil wirkte, mit erschreckender Wucht vor ihr in die Höhe. Pünktlich um Neun stand sie am Südeingang unter der riesigen Wölbung der Basis und hielt nach Blaise Ausschau. Es waren noch nicht viele Besucher da. „Ein imposantes Ding, nicht wahr?", hörte sie dann seine fröhliche Stimme schon von weitem, er sprühte vor Energie, hakte sie unter und zog sie mit zum Eingang. Dort sprach er kurz mit der Kassiererin, die ihn zu kennen schien und ihnen eine kleine Tür nach hinten öffnete. „Wir gehen über eine Seitentreppe hoch, die für Besucher gesperrt ist, da haben wir unsere Ruhe. Keine Angst, du musst nicht bis ganz nach oben klettern!" Er amüsierte sich über Natalies ängstliches Gesicht. „Ich will dich zwischen den Verstrebungen fotografieren, wie Grace Jones in ‚A View to a Kill'", rief er ihr lachend über die Schulter zu, während sie die schmale Stiege emporgingen. Natalie schauderte, sie hatte den Film gesehen und erinnerte sich an die halsbrecherischen Szenen. Aber Blaise hatte es wohl nicht ganz ernst gemeint, und sie wollte sich nicht gleich zu Anfang blamieren, also biss sie die Zähne zusammen und stieg weiter hinter ihm nach oben. Allmählich entfernte sich der Boden unter ihren Füßen, die Blumenrabatten auf dem Vorplatz und die Droschke mit den beiden schwarzen Pferden, die mit hängenden Köpfen vor sich

102

hindösten, wurden kleiner. Wie eine Girlande aus bunten Papierschnipseln wand sich eine inzwischen gewachsene Warteschlange vor dem Eingang. Aber es war nicht ratsam, nach unten zu sehen, für einen Moment packte sie heftiges Schwindelgefühl, sie blieb stehen, klammerte sich am Geländer fest und schloss die Augen. „Wir haben es gleich geschafft", beruhigte sie Blaise, der ihre Angst bemerkte, „siehst du die kleine Plattform? Da mache ich ein paar Fotos und dann geht's wieder hinunter."

Sie befanden sich etwas oberhalb der ersten großen Besucherplattform und blickten durch das Gewirr von Eisenträgern auf die glänzenden Schieferdächer der Häuserblocks hinunter mit ihren Mansarden und Kaminen. Die Luft war dunstig, das Wasser der Seine glänzte träge unter den Brücken, die sich darin spiegelten. An den Quais lagen die Ausflugsboote und warteten auf Fahrgäste. Unbewegt wie ein Bild lag die Stadt unter ihnen und erstreckte sich bis zum Horizont, wo ihre Konturen im Dunst verschwammen. Natalie konnte den Louvre sehen, davor das grüne Rechteck der Tuilleriengärten, das sich zu beiden Seiten der Champs Elysés verbreiterte, fast wie ein kleiner Wald inmitten der Häuser. „Paris ist schön", bestätigte Blaise ihre Gedanken, „besonders von oben. Ich bin gerne hier." Natalie nickte. „Ja, es ist wunderschön." Sie dachte an Dakar, wie sie es von der Dachterrasse des Hotel de l'Independence aus gesehen hatte, ein weißer Fels im Meer, und zugleich erfüllte sie Stolz, zu Paris zu gehören, dieser riesigen Stadt, die sich endlos vor ihr ausdehnte. Jenseits des Jardin de Luxembourg machte sie die Umrisse der Universitätsgebäude aus, ihre Universität! „Komm, lass uns arbeiten, sonst stehen wir heute Abend noch hier!" Blaise zückte die Kamera, und sie tat, was er von ihr verlangte, lehnte sich an das niedrige Geländer und streckte sich auf den durchsichtigen Stufen aus, wobei sie es vermied, hinunterzusehen und statt dessen freundlich in die Linse blickte.

Von nun an trafen sie sich regelmäßig zu Fotoshootings irgendwo in der Stadt. Nachdem Odile sie als Model in ihre Kartei aufgenommen hatte, häuften sich die Anfragen von Zeitschriften und Modefirmen nach dem neuen, unverbrauchten Gesicht. Natalie lernte auf diese Weise Paris von einer ihr unbekannten Seite kennen. Vom verkommenen Hinterhof mit Mülltonnen und Fahrradgerippen bis zur fürstlichen Wohnetage, von der Tiefgarage bis zum hippen Loft mit teuren Designermöbeln schien jeder Platz geeignet, der Mode als Hintergrund zu dienen. Natalie wunderte sich, wie man solche Orte entdeckte, die zum Teil in den Randbezirken lagen, oder wie man Zugang zu den Privatwohnungen reicher Leute bekam. „Es gibt Leute, die berufsmäßig nach ausgefallenen Plätzen zum Fotografieren suchen. Location-Scout ist kein schlechter Job, man muss ein Auge dafür haben und die richtigen Verbindungen. Und die Reichen, die noble Zimmerfluchten bewohnen, sind in Wirklichkeit manchmal gar nicht so reich und stellen ihre Wohnräume gern für Geld zur Verfügung."
Nach ein paar Wochen waren Blaise und Natalie ein gut eingespieltes Team, sie wusste, wie er sie sehen wollte, schon bevor er ihr Anweisungen gab. Der Kleidung entsprechend bewegte sie sich und verwandelte ihren Ausdruck, ja, manchmal hatte sie das Gefühl, die Kleider veränderten ihre Persönlichkeit, sie war eine Andere in langer Abendrobe als im androgynen Blazer mit gepolsterten Schultern. „Du bist wirklich gut", lobte Blaise sie eines Tages, als sie nach einem anstrengenden Shooting im Deux Magots saßen, er einen Pastis vor sich, sie einen Cappuccino. Natalie sah erstaunt von ihrer Tasse auf, im Allgemeinen war er mit anerkennenden Worten nicht sehr freigiebig. Obwohl sie viel Zeit

zusammen verbrachten, wussten sie nichts voneinander. Sie kamen sich während der Arbeit nahe, oft berührte er sie, um ihren Körper in die richtige Pose zu bringen, oder er stand neben ihr, während sie sich umzog, aber als Frau schien sie ihn nicht zu interessieren. Anfangs hielt sie ihn für homosexuell, viele der Fotografen waren das, doch wie er sich Männern gegenüber verhielt und sein unverblümtes Flirten mit manchen Frauen, all das passte nicht dazu. Im Grunde ging es sie nichts an, ihre Beziehung war eine reine Arbeitspartnerschaft, über persönliche Dinge hatten sie noch nie gesprochen. Aber nun wollte er wissen, was sie außer ihrem neuen Job als Model machte. Sie berichtete von ihrem Studium, erwähnte kurz ihre Familie in Dakar und deutete an, dass sie sich im Schreiben versuche. Er hörte ihr aufmerksam zu, erzählte aber nichts von sich. Ein paar Tage später, sie hatten Aufnahmen für Harpers Bazar in einem gemieteten Studio gemacht, fragte er unvermittelt, während er seine Kameras einpackte: „Hast du Samstag Abend schon etwas vor?" Sie verneinte. „Ich muss zu einer Vernissage, geschäftlich, vielleicht ein großer Auftrag, Architekturfotografie, mal was Anderes. Ich möchte gern in Begleitung hingehen, würde es dir etwas ausmachen, für einen Abend meine Freundin zu spielen?" Einen Moment war sie unsicher, wusste nicht, was sie davon halten sollte. „O.k., wenn du denkst, dass ich dich nicht blamiere." Er lachte, „da habe ich keine Bedenken. Natürlich brauchst du ein anständiges Outfit. Wir treffen uns morgen um elf Uhr am Place Vendome, dann suchen wir etwas für dich. Bis dann!"

An der Siegessäule wartete Blaise auf sie. Der Reihe nach betraten sie alle Geschäfte, an deren Schaufenster Natalie und Charlotte sich die Nasen plattgedrückt hatten, überall wurde er mit großem Hallo und Küsschen auf die Wangen begrüßt, die Damen nahmen Natalie in Augenschein und griffen mit sicherem Blick Abendroben in der passenden Größe von der Stange. Während Blaise es sich in einem Ledersessel bequem machte, verschwand Natalie in der Umkleidekabine und legte ein Kleid nach dem anderen an. Sie ging ein paar Schritte auf und ab und sah ihn erwartungsvoll zu ihm hinüber, aber er verzog keine Miene. Als sie zuletzt wieder in Jeans vor ihm stand, erhob er sich kommentarlos, verabschiedete sich mit Küsschen von der Geschäftsführerin, und sie wechselten zur nächsten teuren Boutique. Nach fünf Anproben war Natalie erschöpft, Pailletten, Seidenschals, Cocktailkleider und Ballroben wirbelten vor ihren Augen und sie konnte sich an kein einziges Kleid mehr erinnern, das sie angehabt hatte. „Hat dir denn gar keines gefallen?", fragte sie mit Verzweiflung in der Stimme. „Doch, vier", erwiderte Blaise und beschrieb detailliert die Kleider, die er in engere Auswahl genommen hatte. „Aber wir gehen systematisch vor. Du ziehst jetzt die Kleider, die ich beschrieben habe, noch einmal an, und dann werden wir uns für eines entscheiden. Kleidung zu kaufen ist kein Vergnügen, sondern harte Arbeit, wenn man für sein Geld wirklich das Beste bekommen will." Da konnte ihm Natalie nach den Erfahrungen dieses Vormittags nur zustimmen. Nach einer weiteren Stunde hielt sie endlich eine mit edlem Markennamen bedruckte Einkaufstasche in der Hand, darin lag ein langes rotes Kleid aus fließender Seide mit tiefem Rückendekolleté, dazu eine Stola aus schwarzem Crépe de Chine, eine Kombination, die aus ihr eine antike Göttin machte. Dazu passten rote Sandalen mit dünnen Riemchen und hohen Absätzen. „Jetzt fehlt noch der Schmuck", stellte Blaise fest. Bei einem Goldschmied suchte Natalie sich blutroten Granatohrschmuck und ein passendes Collier aus. Blaise schien mit ihrer Wahl zufrieden zu sein. „Wir treffen uns morgen bei Odile in der Agentur, sie wird dich ein wenig zurechtmachen."

Nach endlos langer Zeit, so schien es Natalie, war Odile endlich mit Schminken fertig und betrachtete ihr Werk. „Nicht schlecht!" Sie schnalzte mit der Zunge. „So wird aus einer Studentin ein Paradiesvogel. Wie fühlst du dich?" Natalie trat vor den Spiegel und erblickte eine ihr unbekannte Frau. „Irgendwie fremd", meinte sie unsicher und versuchte ein paar Schritte auf den ungewohnt hohen Absätzen. „Sei nicht so bescheiden", entgegnete Odile, „du siehst einfach umwerfend aus. Wundere dich bitte nicht, wenn die Leute dich anstarren, tu einfach so, als bemerktest du es nicht."

Als Blaise zur Tür hereinkam, blieb er einen Augenblick stumm. „Na, habe ich dir zu viel versprochen?" Odile stand mit verschränkten Armen neben dem Spiegel und grinste. „Nein, wahrhaftig nicht. Komm, lass uns gehen, das Taxi wartet." Sie gingen zusammen die Treppe hinunter, Natalie immer noch ein wenig unsicher in den neuen Schuhen. Blaise ging schweigend neben ihr her. Er trug einen eleganten grauseidenen Anzug mit silberfarbener Krawatte und kam Natalie irgendwie unnahbar vor, ganz anders als sonst. Ob er es bereute, sie mitgenommen zu haben? Im Taxi kam ihr plötzlich der Abend mit Charlotte in den Sinn, aber es war eine andere Galerie, zu der sie unterwegs waren, in einem anderen Stadtteil. Ob sie ihrer ehemaligen Freundin noch einmal irgendwo begegnen würde?

Die Ausstellungsräume waren voller Menschen, sie drängten sich vor den Bildern und belagerten das Buffet. Blaise begrüßte einige der Gäste und stellte seine Begleiterin als „Studentin der Literatur" vor, anscheinend legte man hier Wert auf Bildung. Nach einer Weile schien er seinen zukünftigen Geschäftspartner entdeckt zu haben, denn er winkte jemandem über die Köpfe der Nebenstehenden hinweg zu. Natalie konnte nicht erkennen, wer gemeint war. „Entschuldige mich einen Moment!" Blaise küsste sie flüchtig auf den Mund. „Sieh dir doch inzwischen die Bilder an." Er verschwand im Gewühl, und Natalie versuchte, in die Nähe der Exponate vorzudringen, die ihr nicht besonders gut gefielen, wilde Collagen aus altem Plastikschrott, dick mit Farbe überpinselt. Im Vorbeigehen nahm sie ein Champagnerglas vom Tablett einer Serviererin, stellte sich an einen Tisch und betrachtete die Leute.

Das Publikum war ganz anders als bei Charlottes Zukünftigem, es schienen vor allem Intellektuelle und Künstler zu sein. Man befolgte keine Kleidervorschrift, trug Jeans oder Abendgarderobe, und beinahe wünschte sie sich in ihre gewohnten Kleider. Ein junger Mann mit Rasta-Locken, offensichtlich der Schöpfer der Collagen, erklärte einer älteren Dame angelegentlich seine Werke. Da entdeckte sie Blaise am anderen Ende des Raumes, er unterhielt sich mit einer attraktiven Blondine. Das also war der geheimnisvolle Auftraggeber. Die beiden beugten sich im Gespräch über den Tisch und kamen sich sehr nahe, Natalie meinte, das Lachen der jungen Frau zu hören, und plötzlich fühlte sie einen beinahe körperlichen Schmerz, etwas, das sie noch nie empfunden hatte. Auf einmal kam sie sich lächerlich vor. Warum hatte Blaise sie mitgenommen, wenn er es auf diese Frau abgesehen hatte? Wollte er ihr zeigen, dass er jede schöne Frau haben konnte? Sie kam sich ausgenutzt vor, aber es war noch etwas anderes. Warum verletzte es sie so, ihn mit einer Anderen flirten zu sehen? Sie war doch nicht in ihn verliebt!

Als Blaise zurückkam, bemerkte er die Veränderung an ihr. „Was ist los?" Sie zuckte mit den Schultern und nippte an ihrem Champagnerglas. „Nichts, was soll los sein?" „Du bist doch hoffentlich nicht gekränkt, weil ich dich so lange alleine gelassen habe. Aber es war wirklich wichtig für mich. Wenn es dir hier nicht gefällt, dann gehen wir woanders hin, ich habe meinen Auftrag in der Tasche!" Also wechselten sie ins La Coupole, wo ein freundlicher Ober einen freien Tisch für sie fand. Blaise bestellte die größte Plat du Fruits de Mer, die auf der Karte stand, und eine Flasche Champagner. Er war in bester Stimmung, plauderte über die Modeszene und die Pariser Hautevolee, in deren Kreisen er sich bestens auskannte, und schien nicht zu bemerken, dass Natalie schweigsam war. Nach dem Essen führte er sie in eine Bar mit Life-Musik, danach in eine der angesagten Diskotheken, und auf der Tanzfläche, während die Paare um sie herum immer ausgelassener der Musik folgten, blieben sie plötzlich stehen, immer wieder angerempelt von außer Kontrolle geratenen Gliedmaßen der Tänzer, und küssten sich lange.

Am nächsten Morgen erwachten sie in einem kleinen, gemütlichen Hotelzimmer, die Sonne schien durch das offene Fenster herein, davor bauschten sich altmodischen Gardinen. Natalie und Blaise lagen in den blendend weißen Kissen und betrachteten einander, als sähen sie sich zum ersten Mal. Spät in der Nacht hatten sie vor der Diskothek ein Taxi bestiegen, Natalie hatte ihren Kopf an Blaises Schulter gelehnt und die Augen geschlossen, es war ihr egal, wo dieser Abend endete. Der Nachtportier begrüßte Blaise als Stammgast, aber Natalie dachte sich nichts dabei, sie erlebte alles wie durch einen Schleier, wie etwas, das in einer anderen Wirklichkeit geschieht. Trotz ihrer zwanzig Jahre war sie noch unerfahren, aber Blaise erwies sich als zärtlicher und einfühlsamer Liebhaber. „Eines möchte ich doch gerne wissen", fragte sie ihn nun im hellen Tageslicht, „warum hast du mich gestern eigentlich zu der Vernissage mitgenommen? Bei der Blonden hattest du doch jede Chance!" „Eifersüchtig?", lachte er. „Ich will es dir sagen. Aline wollte mich ins Bett bekommen, das war mir klar, und ich wollte ihr zeigen, dass ich momentan vergeben bin. Nicht dass sie mir nicht gefällt, aber ich habe keine Lust, mich wegen eines Auftrags vernaschen zu lassen. Und außerdem" – er machte eine kleine Pause und sah Natalie in die Augen. „Außerdem habe ich auf diese Weise etwas erreicht, das mit sonst wohl nie geglückt wäre." Natalie sah ihn groß an. „Du meinst doch nicht etwa – dass du alles genau so geplant hast, und dass ich – du bist ja wirklich der gemeinste, hinterhältigste" – er brachte sie mit einem Kuss zum Schweigen.

„Du musst hier raus!", meinte Blaise, als er Natalie zum ersten Mal in ihrer Studentenbude besuchte. Zwei Wochen später stand sie mit ihrem Koffer in einer kleinen möblierten Wohnung mitten im Stadtteil Belleville, die ihr im Vergleich zu den zwölf Quadratmetern ihres Zimmers im Wohnheim wie eine Luxus-Suite erschien, zwei Zimmer, eine kleine Küche und ein Bad, in dem sogar eine Wanne Platz hatte. Das Haus war alt, die Leitungen lagen auf den Wänden und an manchen Stellen blätterte der Putz von der Wand, aber das Wohnzimmer war hell und freundlich und das Schlafzimmer groß genug für ein breites Bett und einen Kleiderschrank. Sie öffnete das Fenster und sah in einen Hof hinunter, wo Kinder spielten, an den Wänden rankten Efeu und wilder Wein empor und einige Hausbewohner hatten Tische und wacklige Gartenstühle aufgestellt. Hier würde sie sich zuhause fühlen. Sie packte ihre Habseligkeiten aus, hängte liebevoll ihr rotes Kleid in den Schrank und stellte ihre Bücher ins Regal. Blaise hatte die Wohnung besorgt, bevor er nach New York abgeflogen war, um das Penthouse zu fotografieren, das seine reiche Auftraggeberin dort besaß. Natalie kannte nur ihren Vornamen Aline, und bei Abschied am Flughafen stieg die Eifersucht wieder heftig in ihr hoch, aber Blaise beruhigte sie. „Zur Zeit gibt es nur dich!" Das musste sie ihm wohl glauben und die Woche überstehen, bis er wieder in Paris war. Sie würde die Zeit nutzen, um sich einzurichten und sich aufs nächste Semester vorzubereiten. Als er zurückkam, empfing sie ihn mit gedecktem Tisch, einer Flasche Wein und einem selbst zubereiteten Yassa, Huhn in scharfer Sauce mit Limonensaft, wie sie es von ihrer Mutter gelernt hatte. „Kochen kannst du also auch, ich sollte mir wirklich überlegen, dich zu heiraten!" Blaise packte seinen Koffer aus, hängte seine Hosen neben das rote Kleid, stellte sein Rasierwasser ins Bad und blieb fürs Erste bei ihr.

Wieder versuchte Natalie, sich in einer neuen Lebenssituation zurechtzufinden. Sie arbeitete jetzt auch oft mit anderen Fotografen, versuchte aber, sich auf Jobs im Umkreis von Paris zu beschränken, um ihr Studium nicht ganz aus den Augen zu verlieren. Noch hatten die Vorlesungen nicht wieder begonnen, aber wenn sie Zeit hatte, saß sie in der Bibliothek und arbeitete sich in die Themen des nächsten Semesters ein. Blaise war mit seinen Jobs beschäftigt, öfters auch im Ausland, und wenn er unterwegs war, telefonierten sie jeden Abend miteinander, manchmal rief er sie noch spät in der Nacht an. War er in Paris, dann fand sie keine Ruhe, er wollte Leute um sich haben, organisierte Feste oder fuhr mit Natalie für ein paar Tage an die Cote Azur. Abends waren sie auf Partys eingeladen, besuchten Vernissagen oder Lesungen – er liebte es, sich mit Kultur zu umgeben, obwohl ihn diese Dinge nicht wirklich interessierten. Er kannte Gott und die Welt, hatte Zugang zur besten Gesellschaft, verkehrte mit Berühmtheiten, die er für Klatschmagazine ablichtete, und die Beiden waren bald eine bekannte Erscheinung in den feinen Pariser Kreisen. Man nannte sie die Zwillinge, und wirklich sahen sie einander auffällig ähnlich, Natalie mit ihren kurz geschorenen Haaren und Blaise mit seinem beinahe mädchenhaft schönen Gesicht. Zum Spaß erschienen sie ab und zu im gleichen Outfit.

Eines Tages kam Blaise am Abend nicht nach Hause und blieb auch die ganze Nacht verschwunden, ohne sich zu melden. Am nächsten Morgen stand Natalie aufgelöst in Odiles Agentur. „Bestimmt ist ihm etwas passiert, er ruft mich immer an, wenn er unterwegs ist!" Odile beruhigte sie. „Das hat er auch früher schon mal gemacht, er blieb ein paar Tage von der Bildfläche verschwunden, hat wichtige Termine versäumt und Freundinnen versetzt, und dann tauchte er wieder auf, als wäre nichts gewesen. Warte noch zwei Tage, wenn er bis dahin nicht zurück ist, unternehmen wir etwas." Am übernächsten Abend hörte Natalie, wie die Wohnungstür aufgeschlossen wurde und Blaise hereinkam. Sie machte ihm eine Szene, weinte und schrie ihn an, was er sich dabei gedacht habe, aber er lächelte nur, zog ein Etui mit einem Brillantring aus der Tasche und lud sie zum Essen ins La Coupole ein. Das geschah noch zwei Mal, beim dritten Mal kam er nicht wieder. Natalie wartete zwei weitere Tage, dann sagte sie Odile Bescheid. Gemeinsam riefen sie alle Freunde und Bekannte an, telefonierten mit den Pariser Unfallkliniken, aber niemand hatte etwas von Blaise gehört.
Natalie war verzweifelt. Es war Anfang Oktober, der Vorlesungsbetrieb hatte begonnen und sie sollte an der Uni sein, aber sie konnte keinen klaren Gedanken fassen, irrte durch die Straßen in der Hoffnung, ihm zufällig irgendwo zu begegnen, zog durch alle Bars und Diskotheken, wo man ihn kannte, aber er war wie vom Erdboden verschluckt. Odile kümmerte sich um die unglückliche Natalie, versuchte, sie zum Essen zu bewegen und ließ sie in ihrer Wohnung übernachten. Ihr ging Blaises Verschwinden ebenfalls nahe. Da sie seinen Lebenswandel etwas besser kannte als Natalie,

rechnete sie mit dem Schlimmsten, schwieg aber von ihren Befürchtungen und redete ihrer Freundin Mut zu.

„Jemand hat ihn gesehen", rief Odile Natalie eines Abends, als sie von der Agentur nach Hause kam, „in der ‚Casbah' in Bobigny." Sie fuhren zusammen dorthin, mischten sich unter die Gäste der überfüllten Bar, redeten mit dem Barkeeper und einigen Stammgästen, aber es schien nur ein Gerücht gewesen zu sein, niemand hatte Blaise in den vergangenen Wochen in der „Casbah" gesehen. Natalie war den Tränen nahe. Schweigend saß sie in der Metro und starrte vor sich hin. „Komm, wir müssen aussteigen." Odile stand von ihrem Platz auf und wartete auf Natalie. „Geh ruhig nach Hause, ich muss mal wieder nach meiner Wohnung sehen. Vielleicht war er ja inzwischen dort und hat mir eine Nachricht hinterlassen." Odile sah sie zweifelnd an. „Bist du sicher, dass du nicht lieber mitkommen willst?" Natalie nickte und verabschiedete ihre Freundin mit einer Umarmung.
Zwei Stationen weiter stand sie ebenfalls auf und wartete am Ausgang, bis die Bahn an der Station zum Stehen kam. Der Wagen war fast leer, zwei Reihen hinter ihr saß ein einzelner Mann und ganz hinten drückten sich ein paar betrunkene Typen herum, aber sie achtete nicht darauf. Sie wollte nur nach Hause, sich hinlegen, in einen tiefen Schlaf fallen und alles vergessen.

Der Auftrag

Lux stand vor dem schmalen Haus in der Rue des Capucines und öffnete mit dem Sicherheitsschlüssel die schwere Eingangstür. Drinnen war es still. Die Tür fiel hinter ihm ins Schloss, und für einen Moment verwandelte ein abendlicher Sonnenstrahl, der zwischen den Dächern der gegenüberliegenden Häuser hindurch den Weg in das aus einem Mosaik farbiger Gläser bestehende Fenster über der Haustür gefunden hatte, den dämmrigen Flur in das von bunten Lichtreflexen erfüllte Innere eines Kaleidoskops. Dann verschwand das Licht, und er ging die Holzstiege hinauf zum Dachgeschoß. Mit einem langen, rostigen Schlüssel öffnete er die Tür und betrat seine Behausung.

Seit drei Monaten bewohnte er nun dieses Zimmer. Die Mitte des Raumes nahm ein Goldschmiedebrett mit drei Plätzen ein, darüber hingen als einzige Beleuchtung zwei Glühbirnen von der Decke. In einer Ecke stand sein Feldbett, daneben an der Wand ein paar übereinandergestapelte Obstkisten, in denen er seine Kleider aufbewahrte. An der Schmalseite des Zimmers befand sich eine Anrichte mit eingebautem Spülbecken. Neben Säurebehälter und Ultraschallgerät standen eine Kaffeemaschine und ein Wasserkocher, im Regal darüber ein paar Tassen und Teller und Besteck in einem Kaffeebecher. Es war keine Wohnung, sondern eine notdürftig bewohnbar gemachte Werkstatt, in der er lebte, am Spülbecken wusch er sich, reinigte darin die Stücke, an denen er arbeitete, und spülte seine Tassen darin, seinen Tee oder Kaffee trank er am Werkbrett, und wenn er, was selten vorkam, hier etwas aß, dann diente das Brett auch als Esstisch. Meistens jedoch ging er zum Essen in irgendein Bistro. Um zu duschen oder ein Bad zu nehmen suchte er eine öffentliche Badeanstalt ein paar Straßen weiter auf. Es störte ihn nicht, so zu leben, es passte zu seiner Situation, seinem Lebensgefühl oder besser zum Fehlen eines Lebensgefühls. Aber heute hatte sich etwas Grundlegendes geändert, und es hatte nicht nur mit dem Geld zu tun, das Petri ihm in einem geschlossenen Umschlag überreicht hatte - „ein Vorschuss auf Ihre Arbeit", hatte er gesagt und ihm dabei verschwörerisch zugezwinkert. Lux hatte einen Auftrag, er sollte einen Armreif anfertigen, der Kunde hatte ihm völlig freie Hand gelassen, das Einzige, was er erwartete, war, dass es ein Stück von ihm, Johann Lux, sein sollte, eines seiner in sich verschlungenen Objekte, einer seiner gegen jede Vernunft immer aufs Neue unternommenen Versuche, die Gesetze des Raumes zu überwinden. Er hatte seine Arbeit wieder, auch wenn sich dadurch seine äußere Situation nicht änderte, aber er war doch wieder er selbst, nicht mehr der aus seinem bisherigen Leben ausgestoßene Flüchtling, als der er an jenem strahlenden Junitag in Paris angekommen war. Sein Leben hatte wieder ein Zentrum bekommen, einen Fluchtpunkt, auf den sich alles zubewegte.

Während der letzten Monate war er oft in der Stadt umhergewandert. Anfangs versuchte er, sie systematisch nach der Karte zu erschließen wie ein Tourist, später, als er sich ein wenig auskannte und einen Begriff von ihren Hauptrichtungen und ihrer Ausdehnung bekommen hatte, ließ er sich scheinbar ziellos treiben. Um seine Expeditionen zu dokumentieren, kaufte er Skizzenblock und Bleistift. Seit Jahren hatte er nicht mehr nach der Natur gezeichnet, sondern nur noch Schmuckstücke skizziert. Jetzt entdeckte er, dass er die Gabe, sich ganz auf einen Gegenstand einzulassen, nicht verloren hatte. Seine Ausflüge nahmen nun mehr Zeit in Anspruch, weil er sich immer wieder von Dingen gefangen nehmen ließ. Meist waren es unscheinbare Gegenstände, ein halbvolles Wasserglas auf dem Tisch eines Bistros, ein zusammengeknülltes Papier am Bordstein, ein Blechstuhl im Jardin de Luxembourg. Aber er wagte sich auch an die Wasserspeier an der Fassade von Notre Dame und an die Figuren in Rhodins Garten. Wie ein Naturforscher sammelte er Eindrücke. Eines Tages geriet er durch Zufall ins Naturhistorische Museum, ein altes, scheinbar vergessenes Gebäude, in dem Schädel, Skelette, ausgestopfte Tierbälge und Präparate in Gläsern mit Formalin auf Regalen verstaubten. Es war still in den Räumen, nur selten verirrte sich ein Besucher hierher und ergriff meist schnell wieder die Flucht vor den versammelten Knochen. Stundenlang zeichnete er dort, versunken und wie aus der Zeit gefallen. In seinem Zimmer befestigte er die Zeichnungen mit Stecknadeln an den Wänden und hatte so stets seine Stadt vor Augen, das Paris, das sich nur ihm offenbarte.

Diese Streifzüge gab Lux nun auf und konzentrierte sich ganz auf seine Arbeit. Einen Armreif sollte er anfertigen, das schönste und ausgefallenste Stück, das er je gearbeitet hatte, ein Schmuckstück – Petri hatte ihm die Worte wiederholt, mit denen der Kunde beschrieben hatte, was er sich vorstellte - das „die ganze Welt widerspiegelt, die Gestirne und die Erde, die Flüsse, den Regen, die Jahreszeiten, die Städte, das Leben der Menschen" – war es nicht genau das, was er immer versucht hatte zu erreichen, ein Abbild der Welt? Wie kam es, dass ein Mensch, dem er nie im Leben begegnet war und sicher auch nie begegnen würde, so genau wusste, was ihn bei seiner Arbeit bewegte? Immer wieder nahm Lux die Visitenkarte in die Hand, die Petri ihm gegeben hatte. Der Namenszug war nicht zu entziffern, ja, je länger Lux versuchte, etwas daraus zu lesen, desto mehr erschien er ihm als ein bloßes Ornament ohne Bedeutung. Auf die Rückseite hatte der Unbekannte ein Datum und ein Monogramm geschrieben, die in den Reif eingravieren werden sollte, den 13.01.90, dahinter ein N und ein B, kunstvoll ineinander verschlungen. Die Schrift war schön und schwungvoll und das Monogramm akribisch gezeichnet, er würde versuchen, es so genau wie möglich wiederzugeben.

So sehr versuchte Lux, sich in den Auftraggeber hineinzudenken, dass er sich einzubilden begann, der Fremde sehe ihm zu, beobachte und kontrolliere auf geheimnisvolle Weise jede seiner Bewegungen. Nicht im Traum hätte er es für möglich gehalten, dass er noch einmal ein solches Stück machen durfte, dass er die Chance bekommen würde, sein verpfuschtes Leben mit einer solchen Arbeit zu krönen. Es war ein Auftrag, der genau seinen Vorstellungen entsprach, der von ihm verlangte, wonach er immer gesucht hatte, der ihn bis zum Letzten herausforderte – aber sein Gehirn war leer. Nicht die geringste Idee war darin zu finden, wie der Reif aussehen könnte, wie er diesen ungeheuren Anspruch in ein konkretes Ding, einen dreidimensionalen Gegenstand verwanden sollte. Er zeichnete Tag und Nacht, glaubte immer wieder mit heißem Glücksgefühl, die richtige Lösung gefunden zu haben und verwarf sie wieder und füllte den Papierkorb mit wütend zerknüllten Blättern. Dann gab er es irgendwann auf und verließ fluchtartig die Werkstatt, weil er fürchtete, den Verstand zu verlieren. Vielleicht musste er das Ganze vergessen, seine Wanderungen durch Paris fortsetzen, in der Hoffnung, dass ihm irgendwo in dieser Stadt die Lösung begegnen würde.

Von nun an wurden seine Ausflüge abenteuerlicher. Er fuhr bis zu den Metro-Endstationen und stieg stets in einer anderen, fremden Welt aus, als wäre er nicht mehr in Paris sondern in irgendeiner Stadt weit weg von Europa. Asiatische, afrikanische, arabische Gesichter eilten an ihm vorbei, meist ohne ihn zu beachten, nur manchmal streifte ihn ein freundlicher oder misstrauischer

117

Blick. Oft ließ er sich treiben, bis die Nacht anbrach, aß Reisnudeln an der Theke eines chinesischen Schnellrestaurants in Chinatown oder stark gewürztes Fleisch in einem afrikanischen Lokal oder warf einen Blick in die immer geöffneten Läden, wo Familien beim Essen saßen und eines der Kinder aufsprang, um ihm Reis oder Strümpfe oder eine in fremden Buchstaben gedruckte Zeitung zu verkaufen. Manchmal geriet er in menschenleere Straßen zwischen heruntergekommenen Wohnblocks, vor denen Gruppen von Jugendlichen herumlungerten, als warteten sie auf einen Fremden, an dem sie ihren Zorn auslassen konnten, aber niemand griff ihn an, und er beeilte sich, aus der Gegend wegzukommen. Seltsamerweise hatte er keine Angst, er fühlte sich unsichtbar, er spielte für diese Menschen keine Rolle, war weder Freund noch Feind, jemand, den man übersah und links liegenließ.

Manchmal glaubte er, sich endgültig verlaufen zu haben und nicht mehr nach Hause zu finden, aber hinter der nächsten Straßenecke erwartete ihn das vertraute Metroschild, er tauchte hinab in das unterirdische Netz, das jeden Ort mit jedem anderen verbindet und das einen irgendwann, vielleicht nach einigen Umwegen, aber mit hundertprozentiger Sicherheit nach Hause bringt. Oft blieb er stundenlang in dieser Unterwelt, stieg von einem Zug in den anderen, wusste bald, auf welchen Strecken neue Waggons eingesetzt wurden und wo die alten, schmutzigen, mit Graffity bemalten fuhren. Ohne auszusteigen erkannte er an den Gesichtern der Fahrgäste, an ihrer Kleidung und ihrer Haltung, in welcher Gegend der Stadt er sich befand.

Eines Abends saß er in einer Bahn von Bobigny in Richtung Innenstadt und wartete schläfrig darauf, dass die Namen der Stationen wieder vertrauter klangen. Es waren nicht mehr viele Fahrgäste im Wagen, eine junge Farbige stand an der Tür, anscheinend wollte sie an der nächsten Station aussteigen, im hinteren Teil des Wagens redeten drei offensichtlich betrunkene Jugendliche laut miteinander. Sie gehörten zu der Sorte, denen er auswich, wenn sie ihm begegneten, kahlgeschorene Köpfe, bis zu den Waden geschnürte Stiefel, mit Nieten gespickte Lederjacken. Er versuchte, sie zu ignorieren. Das Mädchen am Ausgang schien unruhig darauf zu warten, dass die Station erschien und die Tür sich öffnete, aber bevor das geschah, standen die drei Männer von ihren Sitzen auf, schlenderten betont harmlos zur Tür und stellten sich hinter das Mädchen.

Was nun geschah, erschien ihm später in der Erinnerung, als hätte es sich in Zeitlupe abgespielt, sodass sich ihm jede Einzelheit mit schmerzender Intensität einprägte. Einer der Männer rempelte die junge Frau an, sodass sie strauchelte, der zweite fing sie auf und stieß sie dem Dritten in die Arme. Sie wehrte sich und begann zu schreien, aber die drei fuhren immer heftiger mit ihrem Spiel fort, zerrten an ihren Kleidern, entrissen ihr die Umhängetasche und schleuderten sie zwischen den Bankreihen zu Boden. Anscheinend ging es ihnen nicht darum, die Frau zu berauben, sie wollten ihren Spaß mit ihr haben. Als sie ihr mit lauten Gegröle die Jacke auszogen und einer begann, ihre Jeans aufzuknöpfen, während ein anderer ihr die Arme auf dem Rücken festhielt, sprang Lux von seinem Sitz auf und ging auf sie zu. Er handelte automatisch, ohne Überlegung, in einer Art Trance, betäubt von Zorn und Angst, packte den, der mit dem Rücken zu ihm stand und mit den Händen in den Hosentaschen zusah, was die anderen trieben, von hinten an den Schultern und schleuderte den völlig Überraschten gegen eine Sitzbank, sodass er vor Schmerz aufheulte und sich das Knie hielt. Die beiden anderen hielten einen Augenblick inne und starrten den Angreifer fassungslos an, was dem Mädchen die Gelegenheit gab, sich ihren Peinigern zu entwinden und ans Ende des Wagens zu flüchten. Nun wandte sich die ganze Wut der Männer gegen Lux, dessen Kraft nach dem ersten Vorstoß erlahmte, sie stießen ihn zwischen sich hin und her wie einen Spielball, schlugen ihm immer wieder mit der Faust ins Gesicht und in den Magen, dann stellte einer ihm ein Bein, er prallte mit der Stirn an eine Haltestange und verlor das Bewusstsein.

Als er aufwachte, schwebte über ihm ein schmales, dunkles Gesicht, umgeben von einem Strahlenkranz. Er lag auf einer Bank in der U-Bahnstation, einige Leute standen um ihn herum, die junge Frau, die er anscheinend erfolgreich verteidigt hatte, beugte sich besorgt über ihn, wobei ihr Kopf nur halb das grelle Licht eines großen Scheinwerfers verdeckte, der den Bahnsteig erleuchtete. Als der Verletzte zu sich kam, zerstreuten sich die Leute. Die Frau half ihm, sich aufzurichten, und fragte etwas. Er verstand, dass sie einen Arzt rufen wollte, und winkte ab. In dieser Stadt führte er ein Schattendasein und wollte mit keiner Behörde oder anderen offiziellen Institution etwas zu tun bekommen. Sein Gesicht war blutverschmiert, sein Leib schmerzte, er krümmte sich auf der Bank und presste die Hände auf den Magen. Er konnte dort nicht sitzenbleiben, ohne dass sein Zustand die Aufmerksamkeit der Leute erregte. Die junge Frau wischte so gut es ging mit ihrem Taschentuch das Blut von seinem Gesicht, dann stand sie auf, ergriff seine Hände und zog ihn von der Bank hoch. Mit schmerzverzerrtem Gesicht erhob er sich, sie hakte ihn unter und führte ihn langsam den Bahnsteig entlang und die Treppen hinauf.
Ihre Wohnung lag ein paar Straßen weiter. Sie führte ihn ins Wohnzimmer, setzte ihn auf einen Stuhl und ging ins Bad, um Verbandszeug zu suchen. Er sah sich um. Ein hohes, schmales Fenster, das auf einen Hinterhof hinausging, davor bunt gewebte Vorhänge, ein Ess-

tisch mit zwei Stühlen, ein Schreibtisch, der unter einem Wust aufgeschlagener Bücher und beschriebener Blätter fast verschwand, daneben ein Regal, gefüllt mit Ordnern, Skripten und Büchern. Sie kam wieder herein und machte eine Ecke des Schreibtischs frei, indem sie die Bücher mit dem Unterarm zur Seite schob, wobei einige zu Boden fielen, und stellte eine Schüssel mit heißem Wasser darauf. Behutsam reinigte sie sein Gesicht und behandelte die schlimmsten Schrammen mit einem Sprühverband. Er zuckte zusammen, es brannte höllisch. Als sie fertig war, trug sie alles wieder hinaus und setzte sich dann auf die Bettkante. Eine Weile saßen sie sich schweigend gegenüber, dann sprang sie auf, als wäre ihr plötzlich etwas eingefallen, ging in die Küche und bereitete Tee zu.

Sein Magen schmerzte noch immer, er wollte nach Hause, aber gleichzeitig wollte er nicht von ihr fortgehen. Auf eine ganz neuartige Weise fühlte er sich wohl in ihrer Nähe. Einer plötzlichen Eingebung folgend blätterte er eine leere Seite in ihrem Kollegblock auf und schrieb in großen Buchstaben darauf: „LUNDI 12.00 NOTRE DAME" „Lundi" war der einzige Tag, dessen französischen Namen er kannte. Er schob den Block unter die Bücher. Sie kam mit dem Tee zurück, das heiße Getränk tat seinem Magen gut. Als sie ausgetrunken hatten, stand er auf. Sie begleitete ihn zur Tür und küsste ihn vorsichtig links und rechts auf die geschundenen Wangen. „Merci", sagte sie leise und sah ihm nach, bis die Haustür sich hinter ihm geschlossen hatte.

Am darauffolgenden Montag stand er schon um elf Uhr gut angezogen vor dem Portal von Notre Dame. Eine Weile ging auf dem Platz hin und her, dann setzte er sich auf die Bank, von der ihn damals der Polizist vertrieben hatte. Für Oktober war es ungewöhnlich warm, er war froh um den Schatten der Kastanie, an deren Zweigen sich die ersten Blätter gelb färbten. Kurz nach zwölf Uhr sah er sie über den Platz kommen. Sie hielt einen Augenblick inne, schaute sich um und kam dann auf ihn zu. Er stand auf und ging ihr entgegen. „Hallo Natalie!" Er konnte an ihrem Gesicht nicht ablesen, ob sie sich freute oder ob es ihr lieber gewesen wäre, er hätte sie versetzt. Aber immerhin war sie gekommen. „Bonjour Jean." Sie lächelte jetzt und hakte ihn unter wie auf dem Weg von der Metrostation zu ihrer Wohnung. „Ca va?" Er nickte und hielt ihr die fast abgeheilte Wange hin, während sie über den Platz in Richtung Pont-St.-Michel gingen.

Auf der Brücke ließ sie seinen Arm los, trat an die Brüstung uns sah ins Wasser. Wie sie da stand, die Hände auf die Mauer gestützt, schlank, schmalhüftig, mit geraden Schultern und kurz geschorenem Haar, sah sie aus wie einer der schlaksigen schwarzen Jungs aus den Vorstädten. Sie gingen den Boulevard St. Michel hinunter, bogen in den Boulevard Saint Germain ein und tauchten in das Straßengewirr des Quartier Latin. In einem Bistro zog sie zwei Korbstühle in den Schatten der Markise, ließ sich in den einen fallen und fächelte sich mit der Speisekarte Luft zu. „Tres chaud!" Er fand das auch. Sie bestellten Kaffee. Er überlegte fieberhaft, was er sagen sollte, anscheinend sprach sie kein Englisch, die einzige Sprache außer Deutsch, in der er so etwas wie eine Konversation zustande brachte. Sie schien seine Gedanken zu erraten, lächelte ihn an und sagte etwas, das er nicht verstand. Trotzdem wusste er, was sie meinte: „Es macht nichts, wir brauchen nicht zu reden." Also saßen sie schweigend beieinander, ihre Blicke folgten den Passanten, blieben hin und wieder an jemandem hängen, der etwas an sich hatte, das ihnen auffiel, worüber sie vielsagende Blicke tauschten, oder der sie amüsierte, sodass sie gemeinsam lachen mussten. Der Gegenstandsbereich ihrer wortlosen Unterhaltung war auf das beschränkt, was sie umgab und vor ihren Augen lag, und weil ihnen meist dieselben Dinge auffielen und sie darüber ähnlich dachten, empfanden sie ihr stummes Gespräch durchaus als interessant und anregend. Den ganzen Nachmittag streiften sie durch die Stadt, betrachteten die Schaufenster, ruhten sich im Schatten der Bäume aus und machten, weil Lux plötzlich Lust darauf hatte, eine Bootsfahrt auf der Seine. Als sie wieder das Ufer betraten, schaute Natalie auf die Uhr. Er begleitete sie zur Station Chatelet. Beim Abschied steckte sie ihm einen zusammengefalteten Zettel zu. Dann küsste sie ihn auf beide Wangen und ging die Treppe hinunter. Er blickte ihr nach, bis sie in einem der Gänge verschwunden war. Auf dem Zettel stand:

„SAMEDI 20.00 PLACE DE OPERA".

Von nun an änderte sich sein Leben. Sie führte ihn in das Herz von Paris. Überall hatte sie Zugang. An diesem Abend trug sie ein rotes Kleid mit tiefem Rückendekolleté und Ohrgehänge aus granatroten Steinen. Er nahm an, dass sie aus Glas waren, aber es störte ihn nicht. Sie besuchten eine Vernissage, wo teuer gekleidete Menschen gleichgültige Blicke auf riesige Bilder in dunklen Farbtönen warfen. Einige Gäste begrüßten Natalie mit Küsschen auf die Wangen. Aus ihrem Blick erfuhr er, was sie von ihnen hielt. Sie bewegte sich in ihrem knöchellangen Kleid mit den hochhackigen Sandalen elegant und selbstverständlich, als trüge sie nie etwas anderes. Das Jungenhafte an ihr war verschwunden, oder es hatte sich in die Blicke zurückgezogen, die sie ihm zwischen den Leuten hindurch zuwarf, und in ihr spöttisches Lachen. Wenn sie mit jemandem, Mann oder Frau, redete und ein bisschen flirtete, kam es ihm so vor, als spräche sie ununterbrochen nur zu ihm, durch

Blicke, Gesten, die Bewegung ihres Körpers. Er war ihr Schatten, er wusste, was sie dachte und empfand.

Während Natalie sich unterhielt, ging Lux in den angrenzenden Ausstellungsraum hinüber und sah sich die Bilder an. Die warme, stickige Luft stand unbeweglich und zum Schneiden dick in dem fensterlosen Saal. Kein Mensch hielt sich hier auf, um die ausgestellten Werke des jungen Malers zu betrachten, alle drängten sich im Eingangsbereich, wo es wegen der geöffneten Fenster einigermaßen erträglich war. So konnte Lux sich ungestört in die Bilder vertiefen, die ihn in ihrer schlichten, fast naiven Ausdruckskraft ansprachen. Sie stellten menschenleere, trostlose Orte dar, Tiefgaragen, in denen kein Auto stand, schmutzige Straßenecken, Bauruinen oder verlassene Zimmer, aber irgendwo durch einen Türspalt oder eine Fensteröffnung leuchtete ein brennendes Rot, ein luftiges Blau, ein unschuldiges Grün in die Trostlosigkeit herein, und diese reinen, strahlenden Farben, die nicht in die Umgebung passten, berührten ihn. Anscheinend waren die Straßenszenen und leeren, düstere Räume nur zu dem Zweck gemalt worden, um diese Farben zum Leuchten zu bringen.

Am Schluss der Veranstaltung waren alle Bilder verkauft, der Künstler war ein Geheimtipp, Entdeckung der Galeristin. Nach der Vernissage gingen sie in eine Bar und blieben bis zum frühen Morgen. Bevor sie sich trennten, steckte sie ihm einen Zettel mit der nächsten Verabredung zu.

Sie trafen sich jeden Tag, und jedes Mal trug sie ein anderes Kleid und anderen Schmuck. Er fragte sich, wie sie sich als Studentin die teure Garderobe leisten konnte, aber solche Fragen verblassten angesichts des Zaubers, der von ihr ausging. Eines Tages führte sie ihn zu einem teuren Herrenausstatter und suchte eine samtweiche schwarze Lederhose und einen seidenes schwarzes

Hemd für ihn aus. Zuerst kam er sich lächerlich vor in diesem Aufzug, aber er schien der Rolle zu entsprechen, die sie ihm zugewiesen hatte, und bald bewegte er sich darin ganz selbstverständlich.

Meistens waren sie zu irgendwelchen privaten Veranstaltungen eingeladen, Vernissagen, Lesungen, Partys. Manchmal führte sie ihn in Kneipen in den Vorstädten, in denen nur Schwarze verkehrten. Anfangs hatte er Angst, als einziger Weißer angefeindet zu werden, aber er stand unter ihrem Schutz und fand allmählich Gefallen an den harten Rhythmen, die wie Peitschenhiebe ins Publikum fuhren, oder am weichen Blues, den behäbige ältere Herrn mit ihren Bands zelebrierten. Am Tag war sie dann wieder das schlanke, knabenhafte Mädchen ihrer ersten Begegnung, Studentin der Literatur, trug Jeans, T-Shirts und weite, ausgewaschene Pullover. Sie nahm ihn mit in die Bibliotheque National, wo er sich zwischen endlosen Bücherregalen verlief und sich vergeblich fragte, wie ein Mensch das alles lesen konnte und in welcher Reihenfolge. Die schiere Masse der Bücher hätte verhindert, dass er auch nur ein einziges zu lesen angefangen hätte. Natalie wäre niemals auf die Idee gekommen, all diese Bücher zu lesen, sie ging, einen Zettel mit der Signatur in der Hand, zielstrebig durch die Reihen, ohne einen Blick auf Titel zu werfen, die sie gerade nicht interessierten, und kam mit dem gesuchten Band wie mit einer Jagdtrophäe zurück. Nur manchmal nahm sie sich Zeit, ziellos herumzuwandern, im Vorbeigehen die Buchrücken überfliegend. Ab und zu wurde sie von einem Buch festgehalten, nahm es aus dem Regal, wog es in der Hand und blätterte es respektvoll auf, überflog das Inhaltsverzeichnis, las die Anfänge einiger Kapitel, stellte es liebevoll wieder zurück oder nahm es mit zu einem der Lesetische. Er saß neben ihr und wartet, bis sie mit Lesen fertig war, beobachtete die Leute, die sich leise und ehrfurchtsvoll in dem ehrwürdigen Gebäude bewegten, das viele berühmte Leser beherbergt hatte. Das Geräusch, mit dem Natalie nach einiger Zeit das Buch zuklappte, war für ihn das Signal, dass es wieder hinaus in die Freiheit ging, und manchmal kam er sich vor wie ein Hund, der darauf wartet, dass die Wohnungstür aufgeht und er endlich wieder Straßenluft schnuppern darf. Noch immer hatte er keine Idee für den Armreif, er versuchte, nicht an den Auftrag zu denken. Mit Mühe schaffte er es, regelmäßig im Juweliergeschäft zu erscheinen, seine Arbeitstüten abzuholen und rechtzeitig wieder abzuliefern. Herr Petri sah ihn manchmal besorgt an, weil er die dunklen Ränder um seine Augen bemerkte, sagte aber nichts. Immer tiefer ließ Lux sich auf das Leben mit Natalie ein. Zusammen mit ihr war er nicht mehr Johann Lux, der Goldschmied, sondern jemand, von dem er kaum etwas wusste, ein Mann ohne Vergangenheit und Zukunft. Wenn er gegen Morgen in seinem Bett in einen erschöpften Schlaf fiel, träumte er, dass er Natalie im Arm hielt und mit ihr schlief, aber in ihrer Gegenwart erschienen ihm solche Träume abwegig.

Natalie zeigte ihm den Louvre. Zuerst führte sie ihn in die afrikanische Abteilung am Ende des Nordflügels. Vor einigen Schamanenmasken blieb sie stehen, legte ihre Tasche auf den Boden und begann, die Gesten und Tanzschritte der Schamanen vorzuführen. Als sie geendet hatte, ertönte Beifall. Erschrocken drehte Lux sich um, eine Gruppe Menschen hatte sich hinter ihm versammelt, um Natalie zuzusehen. Sie kannte sich aus in dem unendlich scheinenden Museum, das ihm so uferlos vorkam wie die Bücherfluchten der Bibliothek. Systematisch durchstreiften sie die verschiedenen Abteilungen, in denen, wie ihm schien, die gesamte Entwicklung der menschlichen Kultur und Kunst versammelt war, eine einzige große Erzählung, festgehalten in Skulpturen, Götterbildern, Gemälden und Alltagsgegenständen, von den Anfängen im Untergeschoß des riesigen Gebäudes, das die Altertümer beherbergte, bis zur Neuzeit unter den Dächern des Cour Carrée. Die Besucherströme, die sich vor der neu gebauten Glaspyramide am Eingang stauten und in die weitläufigen Gänge des Museum ergossen, waren Teil dieser globalen Erzählung, Reisegruppen aus aller Herren Länder, ihnen voran mit Fähnchen winkende Reiseführer, Menschen jeden Alters und jeder Hautfarbe, die hier, im ehemaligen Wohnsitz der französischen Könige, der nach der Revolution in ein Museum für das Volk umgewandelt worden war, in den Spiegel ihrer Geschichte und ihrer Herkunft blickten.

Wie in Trance folgte Lux seiner kundigen Führerin, überließ sich dem Fluss wechselnder Eindrücke, während sie sich nach einem inneren Lageplan ihrer Lieblingsstücke orientierte, den sie bei jedem Besuch erweiterte und vertiefte. Am Eingang hatte sie einen deutschsprachigen Museumsführer gekauft und gab ihm an Ort und Stelle die passenden Beschreibungen in die Hand, wobei sie versuchte, ihm ihre besondere Zuneigung zu dem jeweiligen Stück begreiflich zu machen. Trotzdem blieb ihm nur wenig im Gedächtnis haften aus der Flut der Gemälde und Skulpturen, Masken und Wandteppiche, Sarkophage und Schrifttafeln.

Nach drei Stunden war er erschöpft und konnte nicht mehr mit Natalie mithalten, die beinahe im Laufschritt die weiten Wege zurücklegte. Also kehrten sie um. Es war schon spät am Nachmittag, das Museum leerte sich allmählich. Natalie meinte, eine Abkürzung zum Ausgang zu kennen, aber dann verloren sie die Richtung und fanden sich plötzlich in einem Teil des Gebäudes wieder, den sie noch nie betreten hatten, in einem kleinen Saal unter dem Dach. Durch hohe Mansardenfenster fielen die schrägen Strahlen der Nachmittagssonne herein, ihr warmes Licht brachte die Bilder an den Wänden zum Leuchten.

Sie verharrten in der Mitte des Raumes und ließen ihre Blicke von einem der kleinformatigen Stillleben zum nächsten wandern. Dann traten sie näher und wurden gefangengenommen vom Zauber dieser stillen Welt. Es waren einfache Dinge, die der Maler in seinen Bildern festgehalten hatte, Flaschen, Gläser, Früchte, ein paar Knoblauchzwiebeln, ein Körbchen mit Pflaumen, zu einem rosigen Kegel gehäufte Walderdbeeren. All diese liebevoll gemalten Dinge standen in Augenhöhe des Betrachters auf einem groben Holztisch oder einem gemauerten Sims, wie zufällig dort versammelt, achtlos hingestellt während des Essens oder der Küchenarbeit. Ein warmer Lichtschein fiel in den Bildern von oben auf sie herab und hob sie aus der im Dunklen bleibenden Umgebung heraus. In ihrer Isolation begannen die Dinge ein geheimes Gespräch zu führen. Immer wieder erschienen dieselben Gegenstände in unterschiedlichen Ansichten und Zusammenhängen. Ein silberner Becher spiegelte auf verschiedene Weise das Rot der Früchte, die neben ihm lagen. Ein halb mit Wasser gefülltes Glas stand weiß und durchscheinend neben dem Körbchen mit prallen, bereiften Pflaumen, dann wieder neben einem braunen Tonkrug, vor dessen dunkler Silhouette sein Weiß auf die Tischplatte überfloss und sich in drei Knoblauchzwiebeln aufs Neue materialisierte. Die Dinge besaßen ein inneres Licht, das sie über ihre Alltäglichkeit hinauswachsen ließ. Lux empfand eine Ähnlichkeit zwischen diesen Bildern und denen, die er in der Galerie gesehen hatte, aber dort waren die reinen, leuchtenden Farben fremd gewesen in der düsteren Umgebung, etwas, das nicht dorthin gehörte. Hier lag das Licht in den Dingen selbst, sie waren erfüllt davon und teilten dem Betrachter mit, dass sie kostbar und einzigartig waren und der Augenblick, dessen Zeuge er durch das Bild wurde, unwiederbringlich vergangen.

Am folgenden Tag lag die Stadt im Nebel. Wie von einer Schiffsbrücke blickte er aus seinem Fenster in ein graues Meer hinaus, das die Straße unter ihm mitsamt ihren Geräuschen verschluckte und die gegenüberliegenden Häuser verschwimmen ließ wie ein in der Ferne vorüberziehendes Ufer. Die Stadt war verschwunden. Lux öffnete den Umschlag und nahm zwei Scheine heraus. Er hatte vor, ein paar Dinge zu kaufen. Als sich Natalie und er gestern vor dem Louvre getrennt hatten, hatte er ihr einen Zettel zugesteckt, darauf stand „DE-MAIN 20.00" und seine Adresse. Sie war noch nie bei ihm gewesen, er hoffte, sie würde die Einladung annehmen. Auf der Straße hüllte der Nebel ihn ein wie ein weiches Kissen und ließ alles unwirklich erscheinen, die Passanten, die plötzlich auftauchten, ohne dass er das Geräusch von Schritten gehört hatte, und ebenso geräuschlos wieder verschwanden, die Autos, die sanft vorbeirollten und mit ihren Scheinwerfern das Weiß verdichteten anstatt es zu durchdringen. Er ging die Rue de Capucines und die Rue de Caumartin entlang bis zum Boulevard Haussmann, wo die großen Kaufhäuser sind. Eine farbige Aura entfaltete sich im Nebel über den beiden erleuchteten Glaskuppeln der Galerie Lafayette und des Printemps. Er entschied sich für das Lafayette. Staunend ließ er seine Augen über die Balkonbrüstungen, die mehr an ein Opernhaus als an ein Kaufhaus erinnerten, nach oben wandern. Auf dem Weg durch die Abteilungen streifte sein Blick die teuren Jacketts und eleganten Hosen, die feine Tisch- und Bettwäsche, das Geschirr und die Badezimmerutensilien. Erst auf dem Rückweg entschloss er sich zum Kauf.

Das Personal der Herrenabteilung war um diese Zeit noch mit dem Einordnen neu angelieferter Waren beschäftigt, sodass er in Ruhe auswählen und anprobieren konnte. Mit einem hellgrauen Anzug aus seidig glänzender Baumwolle, einem weißen Hemd und einem leichten Regenmantel ging er schließlich zur Kasse, ließ sich von einer ihn befremdet ansehenden Dame die abgetragene Hose, den löchrigen Pulli und den speckigen Mantel in eine vornehme Tragetasche mit der Aufschrift „Lafayette" packen und fühlte sich nun für die folgenden Einkäufe gewappnet. Mit Bedacht wählte er zwei weiße Teller und versilbertes Besteck und ließ sich dazu eine Tischdecke aus weißem Damast mit zwei passenden Servietten einpacken. Dann war sein Geld fast aufgebraucht. Auf dem Weg zum Ausgang kam er im Erdgeschoß an einem Stand mit Stofftieren vorbei und blieb unwillkürlich davor stehen. Zwischen lebensgroßen Hunden und bunten Kaninchen schaute ihn ein kleiner Teddy erwartungsvoll an, er nahm ihn aus dem Regal und ging zur Kasse. Die Verkäuferin lächelte freundlich, „fille ou garcon?" Er stutzte einem Augenblick und antwortete dann: „fille". „Combien ans?" fragte die Frau mit warmer Stimme. Er streckte ihr die fünf Finger seiner rechten Hand entgegen. Sie nickte und reichte ihm die Tüte mit dem Bären.

Auf dem Nachhauseweg kaufte Lux sechs Austern, ein Stück Gänseleberpastete, Räucherlachs, ein paar Sorten Käse, zwei frische Baguettes, eine Flasche Champagner und eine Flasche Rotwein. Früher hatte er gern gekocht, wenn Gäste kamen, oder auch nur für sich und Margot. Aber in seiner jetzigen Behausung hatte er keine Möglichkeit, etwas zuzubereiten, also blieb es bei kalter Küche. Als er mit den Tüten in der Wohnung stand, merkte er, dass etwas Wichtiges fehlte: ein Tisch und zwei Stühle. Noch einmal verließ er das Haus und erstand in der eleganten Gartenabteilung des Kaufhauses

Printemps einen Klapptisch und zwei passende Stühle. Im Vorbeigehen nahm er noch ein paar Kerzen mit. Er schleppte die Möbel zu Fuß nach Hause, probierte verschiedene Plätze aus und entschied sich schließlich dafür, sie zwischen Werkbrett und Küchenanrichte zu stellen. Der kleine Tisch verschwand beinahe unter der weißen Fülle der Tischdecke, Lux stellte Geschirr und Gläser darauf und war zufrieden mit dem Ergebnis. Kurz vor acht zündete er die Kerzen an und verteilte sie im Raum. Den Teddy setzte er ins Regal, von wo er freundlich schaute. Nun gefiel ihm seine Wohnung, sie wirkte wie ein Zuhause, nicht wie eine bewohnte Werkstatt. Punkt acht Uhr ertönte zum ersten Mal, seit er hier lebte, die Türglocke.

Natalie trug Jeans und Pullover, begrüßte ihn mit Küsschen auf die Wangen, legte ihre Tasche auf sein Bett und begann, sich umzuschauen, während er das Essen bereitete. Sie nahm den Teddy aus dem Regal und strich ihm über den Kopf. Als sie ihn wieder hinsetzte, entdeckte sie das Foto des kleinen Mädchens im roten Kleid, fragte ihn aber nicht danach. Dann ging sie zum Werkbrett, nahm eine Zange in die Hand und hängte sie wieder an ihren Platz. Sie entdeckte seine Zeichnungen, trat davor hin und betrachtete sie lange. „Une artiste", sagte sie mehr zu sich selbst als zu ihm. „Mais, personne est la", bemerkte sie dann und sah ihn an. Er verstand, dass sie auf seinen Bildern die Menschen vermisste.

Er stellte die Austern auf den Tisch, schenkte Champagner in die Gläser und bat sie, sich zu setzen. Sie aßen schweigend. Zum ersten Mal war es ihm unangenehm, dass er nicht mit ihr sprechen konnte, es berührte ihn peinlich, ihr stumm gegenüberzusitzen. Fieberhaft versuchte er, sich einen französischen Satz zurechtzulegen, aber ihm fehlten die Worte für das, was er sagen wollte. Sie bemerkte seine Verlegenheit und prostete ihm zu.

„Santeé!" Sie aßen die Austern, den Lachs, die Paté und den Käse, tranken den Champagner und die Flasche Rotwein. Irgendwann hielt er es nicht mehr aus und legte seine Hand auf ihre, aber sie entzog sich ihm. Nach dem letzten Glas stand sie auf, nahm ihre Tasche vom Bett und küsste ihn auf beide Wangen. „Mercí, bonne nuit." Er blieb an der Tür stehen, bis er sie aus dem Haus gehen hörte. Dann räumte er den Tisch ab, spülte Teller und Gläser und legte sich allein ins frisch bezogene Bett.

Ein paar Tage danach kamen sie spät in der Nacht aus einer Diskothek. Natalie hatte ihn abgeholt, sie hatte zweimal an der Tür geklingelt, ohne heraufzukommen, und er hatte sich angezogen und war hinuntergegangen. Zuerst besuchten sie eine Lesung. Er musste nichts von dem verstehen, was der junge Autor mit dem schönen, ausdruckslosen Gesicht vortrug, um zu wissen, dass es sich nicht lohnte, zuzuhören. Viele Leute begrüßten Natalie, küssten sie auf die Wangen oder drückten sie an sich, und zum ersten Mal ärgerte er sich darüber, weil er sah, dass diese Leute in Wahrheit nichts für sie empfanden. Oder war er einfach nur eifersüchtig?

In der Diskothek herrschte höllischer Lärm, seltsame Gestalten drängten sich auf der Tanzfläche. Natalie zog ihn zwischen die Tanzenden und begann, sich sanft zur Musik zu wiegen. Er wollte weg, aber sie schlang die Arme um seinen Hals und hielt ihn fest. Er versuchte, seinen Körper im Rhythmus zu bewegen, und nach einer Weile fiel er in eine Art Trance, seine Glieder folgten eigenmächtig der Musik. Sie tanzten mehrere Stunden lang, unterbrochen von Pausen der Erschöpfung oder wenn die Musik sie kaltließ, dann standen sie an der Bar und tranken etwas. Er verlor das Zeitgefühl. Erst früh am Morgen machten sie sich auf den Heimweg durch die schlafende Stadt.

Natalie trug das rote Kleid, das sie an ihrem ersten gemeinsamen Abend angehabt hatte, darüber ihre Studentenjacke, und war nun eine irritierende Mischung aus dem jungen Mädchen und dem Nachtwesen. Er fühlte keine Müdigkeit und registrierte mit allen Sinnen diese seltsame Nacht. Der Mond stand über den Häusern und erfüllte die Straßen mit weißem Licht, sodass die Laternen gelblich und trüb erschienen. Plötzlich ergriff sie seine Hand. Das hatte sie in all der Zeit noch nie getan. Er hätte für immer so weitergehen können, aber zog ihn in eine Einfahrt, öffnete eine Tür, und sie standen im Flur eines kleinen, altmodischen Hotels. An der Rezeption saß der Nachtportier vor dem Fernseher, ein freundlicher älterer Mann, und gab Natalie einen Zimmerschlüssel. Lux hatte das Gefühl, dass sie sich kannten, aber vielleicht war es nur Einbildung. Leise gingen sie die Treppe in dem schlecht beleuchteten Flur hinauf. Das Zimmer war klein, Natalie durchquerte den dämmrigen Raum, ohne Licht zu machen, zog die Gardinen zurück und öffnete das Fenster. Milchige Helligkeit strömte herein und sammelte sich auf dem weißen Bettzeug. Sie zog sich aus, schlug die Decke zurück und legte sich hin. Er hängte seine Kleidungsstücke eins nach dem anderen sorgfältig über eine Stuhllehne und legte sich neben sie. Die unterschiedlichsten Gefühle bedrängten ihn, und auf einmal fühlte er gar nichts mehr außer Müdigkeit. Als Natalie merkte, was mit ihm los war, küsste sie ihn zärtlich auf den Mund, drehte ihm den Rücken zu, zog die Decke über sie beide und schlief gleich ein. Er lag noch eine Weile wach, sank dann in einen schweren Schlaf, erwachte aus wirren Träumen, nun alles andere als gefühllos. Er weckte sie, und sie liebten sich, während der Mond am Fenster vorbeiwanderte und ihnen mit seinem ewig freundlichen Lächeln zuschaute.

Am Morgen war sie in aller Frühe auf und hatte es plötzlich eilig. Vor dem Hotel küsste sie ihn flüchtig auf den Mund und ging mit langen, ausgreifenden Schritten die Straße hinunter, als wäre ihr jemand auf den Fersen. Er sah ihr nach, ihr rotes Kleid leuchtete wie ein Signal aus dem grauen Dämmerlicht. An der Kreuzung blieb sie stehen, drehte sich um und winkte ihm zu. Dann war sie verschwunden. Er beschloss, zu Fuß zu gehen, obwohl er nicht genau wusste, in welchem Teil der Stadt er sich befand, aber er hatte das Bedürfnis nach Bewegung, um dem Widerstreit seiner Gefühle zu entkommen. Warum hatte sie mit ihm geschlafen? Sie war nicht in ihn verliebt, das wusste er, aber seine Gefühle für sie konnten ihr nicht verborgen geblieben sein. War sie einer spontanen Laune gefolgt, die sie nun bereute, weil ihre Beziehung nun nicht mehr so sein konnte wie zuvor? Plötzlich hatte er ein flaues Gefühl im Magen. Er betrat ein Bistro, trank eine Tasse heißen Kaffee und aß ein Croissant. Danach ging es ihm besser, und er setzte seinen Heimweg durch die erwachende Stadt fort. Ladentüren wurden aufgeschlossen, Lieferanten luden ihre Waren aus, auf den Marktplätzen wurden Stände aufgebaut. Eine Marktfrau legte liebevoll silbrig glänzende Fische auf zerstoßenes Eis. Am Stand nebenan kaufte er ein paar Äpfel. Das stumpfe Grau der Morgendämmerung wich weißem, herbstlichem Licht, die Sonne stieg am blassen Himmel empor, ihre ersten Strahlen fielen blendend durch das dünn gewordene Laub der Parkbäume. Auf einmal fühlte er sich grundlos glücklich, der Tag gehörte ihm, Paris war seine Stadt, er schlenderte durch die Straßen, lächelte den Leuten zu, die ihm begegneten, betrachtete die Auslagen in den Schaufenstern und hatte es nicht eilig, nach Hause zu kommen.

Da plötzlich sah er es, im Fenster eines Antiquariats. Er hätte es nicht entdeckt, wenn die Sonne nicht ein kleines Rechteck auf der mit Stichen, Drucken und alten Fotos vollgepflasterten Wand beleuchtet und aus der Umgebung herausgeschnitten hätte, und dort hing ein Holzschnitt von M.C.Escher. Er zeigte erschreckend große, naturalistisch dargestellte Ameisen, die auf einem gerasterten, in sich verschlungenen Band entlangkrochen, gefangen in der Schleife, die sie von der Außen- auf die Innenfläche des Bandes führte und immer wieder denselben Weg gehen ließ, während sie glauben mochten, einer endlosen Berg- und Talbahn zu folgen. Das war sein Armreif, eine Endlosschleife, die immer wieder in sich zurückführt, eine in sich verschlungene unbegrenzte Fläche, die Realisation der Unendlichkeit im dreidimensionalen Raum. Er musste sich gewaltsam von dem Bild losreißen, damit sein Blick sich nicht gleich den Ameisen in der Endlosschleife verfing. Nun hatte er es doch eilig mit dem nach Hause Kommen, er durfte keine Zeit mehr verlieren sondern musste sofort mit der Arbeit beginnen.

Schnee

Es war früh am Morgen, ein trüber Wintertag, der Himmel hing tief über den Dächern. Vielleicht würde es im Lauf des Tages anfangen zu schneien. Natalie hatte noch nie Schnee gesehen. Paris im Schnee - das wäre doch ein schönes Geschenk zu ihrem morgigen einundzwanzigsten Geburtstag, an den sicher niemand denken würde.

Sie heftete die letzten Blätter ihrer Hausarbeit in den Ordner und klappte ihn zu. Ihr Professor hatte heute seine Sprechstunde für Studenten, sie wollte ihm das Referat persönlich abgeben, dann war das Semester für sie zu Ende. Zum ersten Mal, seit sie mit dem Studium begonnen hatte, war sie zufrieden mit sich und hatte nicht mehr das Gefühl, hilflos vor einem unüberwindlichen Wissensgebirge zu stehen. Sie hatte einen Weg für sich gefunden, um in die grenzenlose Welt der Literatur vorzudringen. Vielleicht war der Professor schuld, er war neu an der Uni und seine Vorlesungen unterschieden sich von allen, die sie bisher gehört hatte. Er las nur im großen Hörsaal, denn der Zulauf der Studenten war groß, viele saßen auf den Treppenstufen oder schrieben im Stehen mit. Natalie kam stets früh genug, um noch einen Sitzplatz zu finden, und legte Stift und Kollegblock bereit. Meist fing der Vortrag ganz harmlos an, ein paar Worte über das Wetter oder ein Scherz über die neuesten Schlagzeilen der Boulevardpresse, und plötzlich war man mitten im Thema und hatte nicht gemerkt, dass man aus der Gegenwart ins Neunzehnte Jahrhundert zu einem der großen französischen Klassiker gewechselt war.

Für den Professor war große Literatur nie Vergangenheit, ihre Themen blieben brisant und ihre Sprache hatte nichts von ihrer Eindringlichkeit und Schönheit verloren. Es ging um Gustave Flauberts Roman „Madame

Bovary". Natalie hatte einige Zeit gebraucht, um sich einzulesen, anfangs hatten die beschriebenen Charaktere sie abgestoßen, keine einzige sympathische Figur, mit der man sich identifizieren konnte, nur engstirnige, mittelmäßig intelligente oder auch ganz grobschlächtige Menschen bevölkerte Flauberts Welt. Zwar war ihr die romantische Verträumtheit der Heldin nicht fremd, ihre Sehnsucht nach Paris, ihre imaginierten Spaziergänge durch die Straßen dieser Stadt, während der Finger über die Landkarte streift, aber was Emma Bovary erträumte und ersehnte, schien ihr unendlich platt und oberflächlich. Ein Leben im Luxus, schöne Kleider, die Bewunderung der Männer, etwas anderes kam in ihrer Phantasie nicht vor, sie saß fest in der Falle ihrer Eitelkeit. Eine trostlose Geschichte war das, die Gefangenschaft einer ehrgeizigen und gefallsüchtigen Frau in einem elenden Provinznest, bei einem ungeliebten Mann, in einem falschen Leben, und ihre Befreiungsversuche führten unausweichlich in die Katastrophe.

Beim zweiten Lesen blieb Natalie schon auf den ersten Seiten an einer Beschreibung hängen. Sie las die Stelle immer wieder, ohne sich die Faszination erklären zu können, die die dargestellte Szene auf sie ausübte. Emma, die noch in ihrem Elternhaus wohnt, begleitet ihren Verlobten Charles Bovary vor die Tür. „Sie stand auf der Schwelle; sie ging hinein und holte ihren Sonnenschirm, sie spannte ihn auf. Der Schirm war aus taubenhalsfarbener Seide; das Sonnenlicht drang hindurch und bildete tanzende Reflexe auf ihrer weißen Gesichtshaut. Sie lächelte darunter in die laue Wärme, und man hörte die Wassertropfen einen nach dem anderen auf das straff gespannte Moiré fallen." War es die „taubenhalsfarbene" Seide, ein Wort, das sie noch nie gehört hatte, das aber einen so genauen Eindruck vom Farbton des Stoffes vermittelte, dass man ihn vor Augen zu haben meinte? Oder der Widerspruch, der darin lag, dass das

Sonnenlicht durch den Schirm dringt und zugleich Regentropfen darauf fallen, deren Aufprallen man beim Lesen hören konnte? Das Bild war klar und prägnant, es zeigte eine realistische, alltägliche Szene, und zugleich schien etwas Anderes hindurch, etwas schwer Fassbares, so wie man durch die Spiegelung in der Wasseroberfläche hindurch in die Tiefe blickt. Plötzlich wusste Natalie, wie sie schreiben wollte.

Bevor sie hinausging, warf sie einen Blick in die Wohnung. Es sah unordentlich aus, wieder einmal hatte sie sich nicht die Zeit genommen, aufzuräumen. Das Bett war zerwühlt, wie sie es verlassen hatte, die Wäsche lag überall herum, im Wohnzimmer neben ihrem Schreibtisch waren Bücher und Ordner auf dem Boden verteilt, in der Küche sah es nicht besser aus, die Spüle quoll über vor schmutzigem Geschirr. So war es nur, wenn Jean nicht da war. Er hielt den Haushalt in Ordnung, ihr selbst war das nicht so wichtig, vor allem dann nicht, wenn sie schrieb. Jean hatte die letzten Nächte in seiner Werkstatt verbracht, auch er saß an einer Arbeit, die fertig werden musste. Es war ein großer Auftrag des Juweliergeschäftes, ein aufwendiges Stück für einen reichen Kunden, an dem er schon seit längerem arbeitete. An seinen wechselnden Stimmungen hatte sie ablesen können, wenn es ihm gut von der Hand ging oder wenn er unzufrieden mit seiner Arbeit war. Der Armreif war sein eigener Entwurf, eine Herausforderung, während er sonst nur Reparaturen und kleine Anfertigungen auf den Tisch bekam. Natalie wusste, dass Jean ein guter Goldschmied war, sie hatte ihm einmal bei der Arbeit zugesehen und war erstaunt gewesen über die Präzision, mit der er seine Werkzeuge zu handhaben verstand. Außerdem konnte er wunderbar zeichnen, seine Skizzen hatte sie schon bei ihrem ersten Besuch in seiner Behausung in der Rue des Capucines bewundert, damals, bevor sie ein Paar geworden waren. Es waren liebevoll beobachtete, akribisch ausgeführte Stillleben, gleichgültige Gegenstände, denen er durch seine Aufmerksamkeit und seine Hingabe Bedeutung verlieh, die er gewissermaßen lebendig machte. Aber sein eigentliches Metier war die Bearbeitung des Goldes. Er konnte sich in dieses Material hineindenken, er wusste, wann es Widerstand leistete und wann es nachgab, kannte seine Glutfarben, wenn er es erhitzte, und verstand es, seiner Oberfläche einen warmen, matten Glanz zu verleihen, so seidig wie lebendige Haut.

Bevor er nach Paris gekommen war, hatte er irgendwo in Deutschland eine eigene Firma besessen, einmal zeigte er ihr in einer Modezeitschrift das Foto eines Schmuckstücks, das aus seiner damaligen Werkstatt stammte. Sie erzählten einander nie etwas aus ihrer Vergangenheit, es gab keine Sprache, die sie beide gut genug beherrschten, um darin ausführliche Gespräche zu führen. Die paar Worte Französisch, die sie ihm beibrachte, und das bisschen Deutsch, das sie von ihm aufschnappte, reichten gerade fürs Alltägliche. Aber vielleicht war es ganz gut, einander manches nicht erzählen zu können.

Nach dem Erlebnis in der Metro Anfang Oktober hatte Natalie bei dem seltsamen Mann, der sie gerettet hatte und sie wiedersehen wollte, Halt gefunden. Sie verbrachte viel Zeit mit Jean, wie sie ihn nannte, führte ihn in die Museen und in die Bibliothek und gewöhnte sich an das schweigende Zusammensein mit ihm. Er verlangte nichts, war stets für sie da und begleitete sie, wenn sie jemanden brauchte. Noch immer suchte sie Blaise. Ohne dass Jean es ahnte, benutzte sie ihn als Lockvogel, zeigte sich mit ihm auf Partys und Vernissagen, wo Bekannte von Blaise verkehrten. Anfangs fragte sie noch nach ihm, aber als sie merkte, dass man ihr reserviert begegnete, gab sie es auf. Sicher war er mit einer Frau zusammen. Sie hoffte, dass ihm von irgend jemandem zugetragen würde, sie sei mit einem anderen Mann gesehen worden, vielleicht konnte die Eifersucht seine Liebe zu ihr neu entfachen. Was dagegen Odile ihr irgendwann anvertraute, konnte sie nicht glauben. Ein Mensch, dem sie so nahe gewesen war, konnte unmöglich ein ganz Anderer sein als der, für den sie ihn hielt! „Er handelt mit Kokain", hatte sie behauptet. „Vielleicht ist er aufgeflogen und sitzt im Gefängnis, oder er hat sich ins Ausland abgesetzt, oder..." Natalie ahnte, was sie sagen wollte, aber an eine solche Möglichkeit mochte sie nicht denken. Lieber war sie wütend auf Blaise, weil er sie betrog.

In einem der Geschäfte, deren Inhaberinnen Blaise stets mit Küsschen begrüßt hatten – auch solche scheinbar harmlosen Dinge gewannen nun im Rückblick für Natalie eine andere Bedeutung – suchte sie für ihren neuen Begleiter ein schwarzes Seidenhemd und eine schwarze Lederhose aus. Anfangs sträubte sich Jean gegen das ungewohnte Outfit, das aus ihm einen Anderen machte, einen geheimnisvollen Nachtschwärmer. Vielleicht hatte er Angst vor seiner eigenen dunklen Seite, die nun sichtbar wurde. Ein paar Tage später bewegte er sich in den Sachen, als hätte er nie etwas anderes getragen. Sein Auftreten wurde sicherer, sein Ausdruck selbstbewusster. Niemals ließ er sich von ihr etwas schenken, die teuren Kleidungsstücke, zu denen sie ihn überredete, zahlte er immer aus eigener Tasche. Anscheinend verdiente er mit seiner Arbeit genug, um sich ab und zu etwas Kostspieliges zu leisten. Je länger sie das Pariser Nachtleben durchstreiften, desto mehr fanden sie Gefallen an ihrer Inszenierung. Inzwischen war es Natalie gleichgültig, was die Leute von ihr dachten, auch der Gedanke an Blaise verfolgte sie nicht mehr mit der gleichen Ausschließlichkeit wie zuvor. Sie und Jean waren ein auffälliges Paar, eine schwarze Frau, jung, schön und eigenwillig, und ein großer, hagerer weißer Mann, sichtbar älter als sie, der ihr unbeirrbar folgte, nie ein Wort redete, aber durch einen eindringlichen Blick aus seinen blassen Augen jederzeit zu verstehen gab, dass er bereit war, sein Leben für sie aufs Spiel zu setzen. Das war romantisch, die Pariser flogen auf solche außergewöhnlichen Erscheinungen, die ein Geheimnis bargen und dadurch die Gerüchteküche anheizten. Die Beiden wurden herumgereicht, man erzählte sich hinter vorgehaltener Hand, sie sei eine Prinzessin aus Uganda, Tochter des märchenhaft reichen Königs von Toro, er dagegen stamme aus einem verarmten ungarischen Adelsgeschlecht. Natalie zeigte Jean ein Foto von ihnen beiden in der Klatschspalte des Paris Match, übersetzte mit Händen und Füßen, was darunter stand, und noch Tage später konnte er, indem er mit beiden Händen eine Krone über seinem Kopf andeutete, ein glucksendes Lachen bei ihr auslösen, das sich nicht selten zu einem gemeinsamen Lachanfall steigerte.

Es dauerte lange, bis sie begriff, dass Jean sie liebte. An dem Abend in seiner Wohnung wurde es ihr klar. Es war nicht nur Verliebtheit, sondern ein tiefes, ernsthaftes Gefühl. Er wagte kaum, sie zu berühren, aber als er seine Hand auf ihre legte, spürte sie eine so große, verhaltene Leidenschaft, dass sie erschrak und fluchtartig die Wohnung verließ. Auf dem Heimweg überlegte sie, wie sie diese Beziehung beenden könnte, ohne Jean zu verletzen. Mir ihm zu schlafen schien ihr unmöglich, sie gehörte zu Blaise, er war der Mann, den sie liebte. Aber war sie für Blaise denn mehr als ein Abenteuer gewesen? Sie rief sich manches in Erinnerung, das sie an ihm befremdet hatte, sein Wegbleiben ohne Erklärung, die Art, wie er oft durch sie hindurchsah, als hätte er ihre Existenz vergessen, und hatte nicht der Nachtportier in dem Hotel ihn wie einen alten Bekannten begrüßt? Solange sie Blaise mit glücklich gewesen war, hatte sie solche Dinge schnell wieder vergessen, aber nun erschienen sie ihr als Beweise für seine Untreue. Wie oft mochte er mit einer anderen Frau in dem Bett gelegen haben, in dem sie sich zum ersten Mal geliebt hatten, vielleicht sogar während der Zeit, in der sie zusammen waren? Warum sollte sie ihm jetzt noch treu sein, nachdem er sie ohne ein Wort verlassen hatte?

Dann ergab sich die Situation beinahe zufällig. Nach einer Lesung im Grand Palais hatte sie mit Jean die halbe Nacht in einer Diskothek verbracht. Sie genoss es, zu tanzen, aber Jean stellte sich so unbeholfen an, dass sie ihn lachend umarmte, ihn an beiden Händen fasste und im Rhythmus mitzog. Allmählich fand er in die Musik und begann bald, sich wie in Trance zu bewegen. Nach ein paar Stunden waren sie beide erschöpft, verließen mit dröhnenden Ohren das Lokal und genossen die schon herbstliche, aber noch angenehm milde Luft dieser mondhellen Oktobernacht. Obwohl es nach Belleville zu weit für einen nächtlichen Fußmarsch war, gingen sie einfach weiter, durch kleine verschlafene Straßen und Boulevards, auf denen fast nur noch Taxis unterwegs waren. Plötzlich erkannte Natalie das Hotel, in das Blaise sie damals geführt hatte – es kam ihr so vor, als läge jene Nacht unendlich weit zurück. Ohne zu überlegen nahm sie Jean bei der Hand und ging hinein. Der Nachtportier erkannte sie und drückte ihr lächelnd einen Schlüssel in die Hand. Das Zimmer war unverändert, auf dem Bett leuchteten die weißen Kissen. Sie zog die Gardinen zurück, öffnete das Fenster und ließ das Mondlicht herein. Dann zog sie ihr rotes Kleid aus und warf es über die Lehne des altmodischen Plüschsessels, genau wie damals.

Als sie am Morgen neben Jean erwachte, erschrak sie über sich selbst. Schnell schlüpfte sie in das Kleid, das ihr bei Tageslicht plötzlich halbseiden und gewöhnlich vorkam. Zum Glück hatte sie ihre Jeansjacke dabei. Auch Jean war aufgewacht und zog sich an. Vor der Tür des Hotels drückte sie ihm einen flüchtigen Kuss auf den Mund, lief zur nächsten Metrostation und war froh, als sie endlich die Tür ihrer Wohnung hinter sich zumachen und das Kleid auszuziehen konnte. Sie warf sich aufs Bett und vergrub ihr Gesicht im Kopfkissen. Was war nur über sie gekommen? Niemals hätte sie mit Jean schlafen dürfen! Sie liebte ihn nicht! Aber war es nicht beglückend, so heftig geliebt und begehrt zu werden? Und wenn sie ehrlich war, musste sie zugeben, dass sie es genossen hatte. Anfangs sah es so aus, als wäre Jean zu müde vom Tanzen oder zu überrascht, so plötzlich mit ihr im Bett zu liegen. Sie war ein wenig erleichtert, Blaise nun doch nicht untreu zu werden, drehte sich zur Seite und schlief ein. Aber spät in der Nacht weckte Jean sie auf, und dann sprang seine Leidenschaftlichkeit auf sie über.

Eine Woche lang versuchte Natalie, nicht an Jean zu denken. Sie vertiefte sich in „Madame Bovary", deren Affären sie nicht von ihrer eigenen ablenken konnten, begann, Notizen für ihre Hausarbeit zu machen, besuchte Vorlesungen und Seminare und verbrachte viel Zeit in der Bibliothek. Einmal sah sie Charlotte an einem Regal stehen, zog sich schnell zurück und beobachtete sie eine Weile zwischen den Büchern hindurch. Ihre frühere Freundin sah nicht glücklich aus, die ehemals wilden blonden Locken hatte sie zu einem engen Knoten zusammengesteckt und neben ihrem streng geschlossenen Mund, dessen volle Lippen Natalie nur lachend in Erinnerung waren, hatten sich zwei tiefe Falten eingegraben. War ihre Liaison mit dem Sohn aus reichem Haus schon zu Ende und sie musste sich wieder auf das ungeliebte Studium besinnen, oder hatte sie inzwischen am eigenen Leib erfahren müssen, mit welcher Art Mann sie sich eingelassen hatte? Natalie sprach sie nicht an, es gab nichts mehr zwischen ihnen, das es wert war, die damalige Enttäuschung zu vergessen und die Freundschaft zu erneuern.

Dann kam der Montag, und Natalie hielt es nicht mehr aus, nichts von Jean zu hören. Hatte er sie vergessen? War ihm eine Nacht genug gewesen, seine Leidenschaft zu befriedigen, hatte er nur das von ihr gewollt? Oder wartete er auf ein Zeichen von ihr, das ihm zeigte, dass es ihr ernst war mit ihrer Beziehung? LUNDI 12.00 NOTRE DAME, ihre erste Verabredung, ob er sich daran erinnerte? Kurz nach zwölf stieg sie an der Station Cité aus der Metro, überquerte die Place Parvis Notre Dame und näherte sich der Kirche. Auf einer Bank unter einem der großen Kastanienbäume, deren Laub in herbstlichem Gelb leuchtete, saß Jean und schien nicht überrascht zu sein, sie zu sehen. Sie umarmten sich, dann hakte sich Natalie bei ihm unter, und sie schlenderten am Seineufer entlang bis zur Pont Neuf, schauten lange gemeinsam ins davonfließende Wasser, während Jean seinen Arm um sie legte, überquerten den Boulevard des Grands Augustins und tauchten wieder ins Menschengewimmel des Quartier Latin ein wie damals bei ihrer ersten Verabredung, aber nun waren sie ein Liebespaar, eng umschlungen an einem sonnigen Oktobertag in der Heimatstadt der Verliebten. In dieser Nacht blieb Jean bei ihr. Während sie die Wohnung in Ordnung brachte, kaufte er ein und bereitete in ihrer kleinen Küche ein köstliches Abendessen zu.

Als sie am späten Morgen nebeneinander erwachten, kam es ihr so vor, als wären sie schon lange zusammen. Jean deckte liebevoll den Frühstückstisch – ab sofort übernahm er alle Arbeiten in ihrem kleinen Haushalt – und als sie aus dem Bad kam, empfing sie der Duft von

frischem Kaffee. Sie hatte noch nie so ausführlich ge-
frühstückt, normalerweise trank sie auf dem Weg zur
Uni irgendwo einen Milchkaffee und aß ein Croissant
dazu, nun ließ sie sich ein weichgekochtes Ei schmecken, dazu ein knuspriges Baguette, Paté und Confitüre.
Als sie fertig waren, verließen sie zusammen die Wohnung, nahmen die Metro in Richtung Innenstadt, Jean
stieg an der Station Opera aus und ging zu Fuß zur
Place Vendome, sie fuhr weiter bis Cluny La Sorbonne.
So hielten sie es jeden Tag. Abends trafen sie sich im
Café des Flores oder verabredeten sich in einer Brasserie irgendwo im Marais, aßen eine Kleinigkeit und kehrten in ihr gemeinsames Zuhause zurück. Später gab sie
Jean einen Schlüssel zu ihrer Wohnung, und wenn sie
von einer späten Vorlesung nach Hause kam, hatte er
das Geschirr vom Morgen gespült, die Wohnung aufgeräumt und erwartete sie am gedeckten Tisch. Zum ersten Mal, seit sie in Paris lebte, hatte Natalie das Gefühl,
zuhause zu sein. Manchmal kam sie früher von der Uni
zurück und versäumte einige Vorlesungen, um Jean
nicht die ganze Arbeit zu überlassen, putzte und wusch
die Wäsche, aber Einkaufen und Kochen war Jeans
Metier, das sie ihm gern überließ. Sie brauchten über
solche Dinge nicht zu reden, es ergab sich von selbst,
welche Aufgaben jeder von ihnen übernahm und ihr
gemeinsames Leben entwickelte einen selbstverständli-
chen Rhythmus. Manchmal war es Natalie fast unheimlich, wie gut sie einander verstanden, ohne sich mit
Worten verständigen zu können, oft hatten sie denselben
Gedanken zur selben Zeit und lachten, weil sie beide
nach der Kaffeekanne griffen, um dem anderen einzu-
schenken, spontan denselben Weg einschlugen oder im
Lokal dasselbe Menu bevorzugten. Als wären wir Zwillinge, dachte sie oft, dabei wissen wir doch kaum etwas
voneinander.

Am Weihnachtsabend brachte Jean einen kleinen Tannenbaum in die Wohnung und schmückte ihn mit Kugeln und Strohsternen. Er überreichte Natalie ein Päckchen, darin lag ein seidenes Schaltuch, sie schlang es um den Hals, beschämt darüber, nicht an ein Geschenk für ihn gedacht zu haben. Er schien zerstreut und bedrückt, und nach dem festlichen Abendessen, das er vorbereitet hatte, versuchte er ihr zu erklären, dass er mit der Anfertigung des Armreifs im Verzug sei und der Geschäftsführer des Juwelierladens ihn zur Rede gestellt habe. Sie verstand ungefähr, worum es ging, und sie vereinbarten, eine Weile für sich zu bleiben. Ihr war es ganz recht, denn auch sie war mit ihrer Hausarbeit über Flaubert in der letzten Zeit nicht weitergekommen. So hatten sie sich zwei Wochen lang nicht gesehen. An manchen Tagen, wenn Natalie von der Uni nach Hause kam, merkte sie, dass Jean dagewesen war, er hatte aufgeräumt und etwas zu Essen eingekauft, ab und zu standen frische Blumen auf dem Tisch.

Natalie versorgte Butter und Käse im Kühlschrank und stellte das Frühstücksgeschirr in die Spüle, irgendwie hatte sie das Gefühl, dass Jean heute vorbeikommen würde. Vielleicht wusste er, dass sie morgen Geburtstag hatte, sie hatten nie darüber gesprochen, aber sie traute ihm zu, dass er es herausgefunden hatte. Der dreizehnte Januar 1990, ihr einundzwanzigster Geburtstag! Das vergangene Jahr war ereignisreicher gewesen als ihr ganzes bisheriges Leben, sie war nach Paris gekommen, hatte Blaise getroffen – der Gedanke an ihn schmerzte sie noch immer – war als Model erfolgreich geworden und hatte in ihr Studium hineingefunden. Dann war sie Jean begegnet, der sie liebte und an den sie sich immer mehr angeschlossen hatte – wer konnte wissen, wie sich alles weiterentwickeln würde? Noch einmal überflog sie den Anfang ihrer Hausarbeit und steckte dann zufrieden

den Ordner in ihre Tasche. Sie zog die warme Winterjacke über, die sie zusammen mit Jean ausgesucht hatte, und verließ die Wohnung. Während sie die Tür abschloss, hatte sie das Gefühl, beobachtet zu werden. Unangenehm berührt drehte sie sich um. Auf der Treppe, die Ellenbogen auf die Knie gestützt, das Kinn in der linken Hand, in der Rechten eine Zigarette, saß Blaise und lächelte sie an.

Abschied

Der Tag war heiß gewesen. Nun kam etwas Wind auf und bewegte die Sonnenschirme und die Tischdecken und die Kleider der Frauen, die an den Gartentischen saßen, gegrillte Shrimps in den Mund steckten und an ihren Sektgläsern nippten. Ein voller, dunkelgelber Mond stieg hinter den Bäumen empor und schickte sein Licht durch die Zweige, aber niemand beachtete ihn. Den ganzen Tag über hatten sie das Fest vorbereitet, Tische hin und her getragen, Fackeln in den Rasen gesteckt und das Buffet dekoriert. Das Essen wurde von einem Catering-Service geliefert, Geld spielte keine Rolle.

Seit sie in ihrem Haus wohnten, veranstalteten sie in jedem Sommer ein Fest, das stets mit Spannung erwartet wurde und hinterher Stadtgespräch war. Margot war die geborene Gastgeberin, an einem Abend wie diesem konnte sie alle ihre Talente zur Geltung bringen. Jedes Fest stand unter einem Motto, dieses Mal lautete es „Südsee", und die Gäste kamen in farbenfrohen Verkleidungen, die Männer trugen Batik-Hemden zu Bermuda-Shorts, die Frauen tiefe Dekolletés und Blumen im Haar. Die meisten waren Bekannte von Margot. Jeden, der das Haus betrat, begrüßte sie überschwänglich, als hätte sie gerade auf ihn ganz besonders gewartet. Niemand fühlte sich je von ihr übergangen, mit allen unterhielt sie sich auf ihre charmante und mitreißende Art. Lux bewunderte sie dafür, hielt sich im Abseits und überließ ihr das Feld.

Er stand auf dem Balkon, fotografierte und beobachtete die Gäste, die durch den Garten flanierten, sich am Buffet bedienten und der Musik aus den beiden großen Lautsprechern lauschten, die er am Haus hatte anbringen lassen. Alle waren gespannt, womit die Gastgeber sie heute überraschen würden, denn am späteren Abend fand stets etwas Besonderes statt.

Lux hatte einen thailändischer Schattenspieler engagiert, der mit seinen Figuren hinter einer durchscheinenden Leinwand einige traditionelle Geschichten aufführen sollte. Der Vertreter in Singapur hatte ihn entdeckt und samt Bühne und Holzpuppen für diesen Abend nach Deutschland fliegen lassen, auf Kosten der Firma. Nach der Vorstellung würde eine Südsee-Combo spielen, und wer wollte, konnte auf der Terrasse tanzen bis zum frühen Morgen. Lux liebte diese Feste, auch wenn er im Hintergrund blieb, er genoss den Anblick des geschmückten Gartens, über den sich die Dämmerung senkte und die Bewegungen der Menschen zu verlangsamen schien, während ihre Schatten länger wurden und sich schließlich auflösten. Das Ganze erschien ihm wie ein Kunstwerk, eine Bühne, auf der ein sorgfältig einstudiertes Stück aufgeführt wurde. Jeder Mitspieler tat die vorgeschriebenen Schritte, sprach und gestikulierte, wie es seine Rolle verlangte, und das Licht der Fackeln und der kleinen Kerzen, die auf der Wasseroberfläche des Pools schwammen und im Wind schaukelten, beleuchtete die Szenerie wirkungsvoll.

Wie er so von oben das Geschehen überblickte, überkam ihn ein Gefühl der Macht, er war der Regisseur, der die Leute dort unten beherrschte und ihre Gefühle in der Hand hatte. Ihre Rollen kannte er in- und auswendig, er wusste, was sie antrieb, konnte ihre Gedanken lesen. Ihn dagegen kannte niemand, auch wenn er das Spiel mitspielte und so tat, als wäre er einer von ihnen. Was ihn bewegte, diese Suche nach etwas, von dem er nicht genau wusste, was es war, konnte er keinem erklären, schon gar nicht seiner Frau.

Wo Laura steckte? Mit ihren fünf Jahren war sie alt genug, um eine Weile dabeizusein, und sie lief schon den ganzen Abend aufgedreht zwischen den Gästen hin und her, ließ sich von den Männern auf den Schultern herumtragen und von den Frauen über die Locken streicheln, was sie sonst von Fremden nicht duldete. Wahrscheinlich saß sie gerade auf irgendeinem in bunten Südsee-Stoff gehüllten Knie und ließ sich mit Leckerbissen füttern.

Als die ersten Gäste kamen, hatte er sie in ihrem neuen roten Kleid fotografiert, an der Hand ihrer Mutter, im Hintergrund der in nachmittägliches Licht getauchte Garten mit den bunten Tischen und Sonnenschirmen. Es war ein gutes Bild von ihr geworden, da war er sicher. Sie hatte die Hand nach ihm ausgestreckt und etwas gesagt, er wusste jetzt schon nicht mehr, was. Er würde das Bild vergrößern und rahmen lassen und in seinem Büro aufhängen.

Lux schoss ein paar letzte Fotos vom Balkon herab, bevor es dafür zu dunkel wurde, und machte sich auf den Weg zurück zu seinen Gästen. Er konnte nicht alles Margot überlassen, die von Tisch zu Tisch ging, sich um jeden kümmerte und bestimmt noch nichts gegessen hatte. Die Kerzen im Pool waren eine gute Idee von ihr gewesen, dachte er, während er die Treppe hinunterging, sie waren wie Irrlichter, wie kleine lebendige Wesen, die auf dem schwach phosphoreszierenden Wasser in der Strömung der Umwälzanlage kreisten. Aber was war das Dunkle dort in der Mitte der Wasserfläche? Jemandem musste beim Sektempfang unbemerkt die Jacke von der Schulter gerutscht und ins Wasser gefallen sein. Lux näherte sich dem Becken, die vorbeitreibenden Lichter ließen roten Stoff aufleuchten. Margot kam von der anderen Seite, erreichte vor ihm den Pool, beugte sich über den Beckenrand und begann zu schreien.

Schweißnass wachte Lux auf. Dieser Traum hatte ihn schon lange nicht mehr heimgesucht. Nach dem Tod seiner Tochter hatte er ihn jede Nacht geträumt, so real und deutlich, als wäre er in die Situation zurückversetzt und müsste sie immer und immer wieder durchleben, ohne das Ende verhindern zu können. In dem Augenblick, als sie das Kind im Wasser entdeckten, wurde die Zeit angehalten, der Abend begann immer wieder von vorn wie das endlose Lied einer Spieluhr.

Später, als sie genug Abstand hatten, um sich die Situation wieder vor Augen zu rufen und sich zu fragen, wie es passiert war, kamen sie zu dem Schluss, dass Laura versucht hatte, eines der schwimmenden Lichter zu ergreifen, die der abendliche Wind auf der Wasseroberfläche umhertrieb, und dabei vom Beckenrand gerutscht war. Die Kleine musste lautlos ins Wasser geglitten sein, keiner hatte es bemerkt. Sie konnte noch nicht schwimmen, Lux hatte es ihr in jenem Sommer beibringen wollen. Warum sie nicht geschrien oder geräuschvoll versucht hatte, sich über Wasser zu halten, konnte niemand erklären. Fast schien es so, als wäre sie damit einverstanden gewesen, hinunterzusinken, von den Lichtern angelockt, deren Reflexe über den Beckenboden tanzten. Die Strömung hatte ihren Körper dann wieder nach oben gebracht.

Lux schlug die Decke zurück, erhob sich von der niedrigen, unbequemen Liege, die er nicht mehr gewohnt war, und trat ans Fenster. Der Morgen stand grau über den Dächern. Während irgendwo hinter den Wolken die Sonne aufging, schien sich das Licht nicht zu verändern, alles blieb stumpf und eindimensional, ohne Konturen. Auf dem Werkbrett lag der Armreif, er war beinahe fertig, nur zwei Teile mussten noch miteinander verbunden werden. Bevor er sie zusammenfügte, war die Gravur anzubringen, die der Auftraggeber bestellt hatte: das Datum 13.01.90 und das Monogramm aus den beiden ineinander geschlungenen Buchstaben N und B. Mit frisch geschliffenem Stichel gravierte Lux die Zahlen ein, auch das geschwungene N gelang ihm gut, dann versuchte er sich am großen B, und es passierte: er rutschte aus, quer über die Goldfläche verlief eine tiefe Schramme. Mit dem Polierstahl rieb er sie zu und verschmirgelte die Stelle, sodass kaum etwas zu sehen war, aber er wagte nicht, den Stichel wieder anzusetzen. Das Gravieren war nicht seine Stärke, in der Firma war Herr Stein dafür zuständig gewesen. Vielleicht lag es aber auch an dem schlechten Licht, er musste sich eine stärkere Lampe kaufen, bevor er es noch einmal versuchte.

Seit zwei Wochen hatten er und Natalie sich nicht gesehen. Am Weihnachtsabend hatten sie vereinbart, eine Weile getrennt zu bleiben, damit sie sich beide auf ihre Arbeit konzentrieren konnten. Nach den gemeinsamen Wochen brachte er nun wieder seine Nächte in der Werkstatt zu, aber da es ein vorübergehender Zustand war, litt er nicht unter der Einsamkeit. Ein paar Mal war er in ihre Wohnung gegangen, um nach dem Rechten zu sehen und sich zu vergewissern, dass es sie gab und er sich ihre Liebe nicht nur eingebildet hatte. Er kannte ihren Hang zur Unordnung und wusste, dass sie sich keine Zeit fürs Essen nahm, wenn sie mit Schreiben beschäftigt war. Auf dem Weg zum Montmartre, wo er einen Antiquitätenhändler kannte, der ausgefallene Lampen führte, wollte er etwas zu Essen für sie einkaufen und außerdem eine besonders schöne langstielige Rose in eine Vase auf den Tisch stellen, denn morgen hatte sie Geburtstag. Das Datum hatte er bei einem Blick in ihre Studienunterlagen gelesen, ohne dass sie es gemerkt hatte. Einundzwanzig wurde sie morgen, so jung, ein noch ganz neues, unverbrauchtes Leben. Nicht, dass er sie ausspionierte, aber manchmal blätterte er fast unabsichtlich und mit anderen Gedanken beschäftigt in den Zeitschriften und Ordnern, die auf ihrem Schreibtisch herumlagen. So hatte er entdeckt, dass sie Model war. Beinahe erkannte er das Gesicht nicht, das die Titelseite eines Modejournals schmückte, so stark geschminkt war sie, aber auf den zweiten Blick erschien ihm das feine, spöttische Lächeln vertraut, das auch auf dem Foto ihren besonderen Reiz ausmachte, und er vergewisserte sich im Impressum, wo ihr Name stand.

So verdiente sie also ihr Geld. Einen Augenblick lang schwindelte ihn bei dem Gedanken, dass er nichts von ihr wusste und dass sie, wenn er nicht mit ihr zusammen war, ein ihm völlig unbekanntes Leben führte. Ob er der einzige Mann in ihrem Leben war, wie er es sich erhoffte? Sie verhielt sich ihm gegenüber völlig offen und unbefangen, nicht wie jemand, der etwas zu verheimlichen hat. Ohne viele Worte waren sie so vertraut miteinander, wie er es noch mit keinem Menschen zuvor erlebt hatte, selbst nicht mit seiner Frau Margot. Seltsam, dass zwei Menschen, die aus so unterschiedlichen Lebenswelten stammten, einander so ähnlich sein konnten, beinahe wie Zwillinge. Oft hatte er das Gefühl, in sie hineinsehen und ihre Gedanken lesen zu können, und er selbst kam sich ihr gegenüber auch manchmal vor wie ein offenes Buch.

Sie nannte ihn „Jean", und inzwischen war ihm die französische Form seines Namens vertrauter und lieber als das gewichtige „Johann". Im Lauf der letzten Wochen hatte sie ihm genug Französisch beigebracht, damit sie sich über Alltägliches verständigen konnten, sie hatte auch ein paar Brocken Deutsch gelernt, aber ein wirkliches Gespräch war zwischen ihnen nicht möglich. Er vermisste das nicht, im Gegenteil, sie lebten dadurch in einer ungetrübten Gegenwart, keiner fragte den Anderen, was er erlebt hatte oder wer er gewesen war, bevor sie einander begegneten. Beinahe führte er also wieder ein normales, bürgerliches Leben, wenn auch als Exilant und Flüchtling in einer fremden Stadt. Mit Natalie zusammenzusein tat ihm gut, auch sie schien sich in seiner Gegenwart wohlzufühlen. Was sie voneinander wussten, ergab sich aus Gesten und Berührungen und aus der Art, wie sie zusammen lebten. Ihre Zukunft umfasste nicht mehr als die nächsten Tage.

Nach jener ersten Nacht mit Natalie hatte Lux plötzlich genau gewusst, wie der Armreif aussehen sollte. Die Grundform des Möbiusbandes war klar, sie barg ein Geheimnis, dem er auf der Spur war. Aber alles, was er in den Wochen danach aus Papier oder Metall realisierte, war plump und langweilig gewesen, nichts als ein starres, totes Ding. Er wollte, dass die Ameisen darauf erschienen, dass es zu leben begann! Erst wenn die festgefügte Struktur sich löste, wenn Licht und Schatten ihren Tanz zwischen den ineinandergeschlungenen Flächen begannen, würde er sehen können, ob sein Vorhaben gelang. Immer weiter fächerte er den Reif auf, legte Lamelle neben Lamelle, fügte eine Endlosschleife an die andere, aber sie wurden nicht zu einem Ganzen. Er baute immer neue Modelle und verwarf sie wieder, bis er plötzlich die Lösung hatte: er musste die Spirale in sich zurückführen, das Ende mit dem Anfang verbinden.

Das zu erreichen erforderte großen technischen Aufwand und würde die Grenzen seines Könnens herausfordern. Er musste alle Flächen durchtrennen und eine Gegenbewegung in sie hineinsetzen, aus der Spirale musste ein Labyrinth von ineinandergefügten Räumen werden, ähnlich einer Wabe, in deren Zellen sich das Licht verfing, aber zugleich fließend, zwei gegenläufige Spiralen, die sich ineinander und gegeneinander zu bewegen schienen. Zwei Wochen nach der theoretischen Lösung des Problems hatte er ein Modell hergestellt, das die Wirkung des zukünftigen Reifs ahnen ließ, trotz des leblosen Materials und der grob verklebten und an manchen Stellen auseinanderklaffenden Flächen. Nun musste er das Modell nur noch in Gold nachbauen. Aber es gelang ihm nicht. Sein eigener Entwurf forderte ihn heraus wie die Aufgabe eines Meisters. Er entwickelte ein Eigenleben, widersetzte sich ihm. Zwei Tage vor Weihnachten kam Petri in die Werkstatt, um nach dem Armreif zu fragen. Noch lagen die Stücke unverbunden auf dem Tisch und es sah aus, als könnten sie nie zusammenpassen.

Petri war aufgebracht, wie er ihn noch nie erlebt hatte. Der Auftrag war wichtig für ihn, ein neuer, finanzkräftiger Kunde, den er zufriedenstellen wollte, und Lux hatte sich anscheinend in etwas verrannt, das nicht zu realisieren war. Aber es gelang Lux, Petri zu beruhigen, er versicherte ihm, dass der Reif so gut wie fertig sei und versprach hoch und heilig, ihn rechtzeitig vorbeizubringen. „Am dreizehnten Januar um siebzehn Uhr steht der Kunde vor der Tür. Wenn ich das Stück eine Minute vorher in der Hand habe, ist alles in Ordnung."

Sein Gönner und Retter in der Not schien wieder etwas versöhnt zu sein, das Vertrauen, das er in ihn setzte, der Glaube an seine Fähigkeiten als Goldschmied waren offensichtlich unerschütterlich, ganz im Gegensatz zu Lux' Glauben an sich selbst. Er brauchte jetzt absolute Ruhe, musste sich ganz auf diese Arbeit konzentrieren, die ihm doch eigentlich so wichtig war, die letzte Chance, seine Fähigkeiten unter Beweis zu stellen. Aber seine Liebe zu Natalie hatte alles andere in den Schatten gestellt.

Mit der Metro fuhr Lux von der Place de l'Opera zum Gare du Nord und ging zu Fuß zum Stadtteil Belleville hinüber. Unterwegs kaufte er in einem kleinen Supermarkt Milch, Brot und Käse, etwas anderes würde Natalie sowieso nicht essen, wenn er nicht für sie kochte. Bei einem Floristen suchte er aus einem Strauß Baccararosen die schönste aus. Dann betrat er ihre Wohnung.

Wie immer herrschte Chaos, er sammelte Kleidungsstücke vom Boden auf und steckte sie in die Waschmaschine, spülte das Geschirr und nahm den überquellenden Müllbeutel aus dem Eimer. Dann stapelte er die überall herumliegenden Bücher auf ihrem Schreibtisch. Der Ordner mit ihrer Hausarbeit lag nicht mehr dort, sicher war sie unterwegs zur Uni, um ihn ihrem Professor abzugeben.

Natalie schien zufrieden zu sein mit dem, was sie geschrieben hatte, überhaupt war sie in der letzten Zeit, die sie zusammen verbracht hatten, heiter und entspannt gewesen. Vielleicht hatte die Regelmäßigkeit ihres gemeinsamen Lebens ihr Rückhalt für ihre Arbeit gegeben. Wenn er ihr auch nicht helfen konnte – ganz abgesehen von der fremden Sprache war ihm überhaupt alles Theoretische fremd – so war es ihm doch gelungen, sie mit einfachen Dingen wie gutem Essen und einer aufgeräumten Wohnung zu unterstützen. Es machte ihm Freude, für sie zu sorgen, er bewunderte ihre Arbeit, ihre Fähigkeit, Gedanken und Gefühle auf dem Papier auszudrücken, auch wenn er keinen Satz von dem lesen konnte, was sie schrieb. Er hatte bemerkt, dass sie nicht nur Texte für ihr Studium verfasste, sondern sich an Gedichten und kleinen Erzählungen versuchte. Irgendwann würde sie als Schriftstellerin erfolgreich sein, davon war er überzeugt.

Die Wohnung war fertig aufgeräumt, noch einmal schaute er sich um, dann füllte er Wasser in eine leere Weinflasche, deren Inhalt sie am Weihnachtsabend genossen hatten, und stellte die Rose mitten auf ihren Schreibtisch.

In dem Trödelladen am Montmartre fand Lux die Lampe, die er suchte. Der Inhaber erklärte ihm ausführlich die Vorzüge der etwas seltsam aussehenden Konstruktion, er verstand kaum etwas von seinem Redeschwall, nur dass die Lampe aus den zwanziger Jahren stammte und für die neueste Technik ausgerüstet war. Was ihn überzeugte, war der gleichmäßige, warme Lichtkegel, den die kleine Birne durch einen als Linse geschliffenen Vorsatz aus Glas warf. Die Lampe erinnerte ihn an eine Schusterkugel, das war ein mit Wasser gefüllter, kugelförmiger Glasbehälter, der in den alten Goldschmiedewerkstätten benutzt worden war, um das Licht einer dahinter stehenden Kerze zu fokussieren. Der Verkäufer hielt zur Demonstration verschiedene Gegenstände in den Lichtkegel, und sie schienen plötzlich deutlicher zu werden, nicht nur, weil die Helligkeit sie aus dem umgebenden Dämmerlicht heraushob, sondern weil das Licht die Eigenschaft hatte, die Konturen schärfer zu machen und die Flächen klarer umgrenzt hervortreten zu lassen. Im Lichtkreis der Lampe schienen die Dinge plötzlich das zu sein, was sie eigentlich waren, ihr Charakter zeigte sich, sie wurden von beliebigen Gegenständen zu etwas Besonderem, Einzigartigem.

Er stoppte den Monolog des Händlers, indem er nach dem Preis fragte, handelte ein bisschen, aber weil er die Lampe unbedingt haben wollte, zahlte er schließlich mehr, als sie vermutlich wert war. Als er sie endlich in der Hand hielt, in Packpapier gewickelt und verschnürt – sie war schwerer als gedacht, und die Schnur, die zu einer Trageschlinge gebunden war, schnitt ihm in die Finger – fühlte er sich so leicht und glücklich, als hätte der Kauf alle seine Probleme gelöst.

Es fing an zu schneien, als er den Laden verließ und auf die Straße hinaustrat. Lux schulterte das Paket und folgte der Rue Caulaincourt in Richtung Place de Clichy. Der Schnee fiel immer dichter, auf den kahlen Zweigen der Bäume und Sträucher im dem Friedhof Montmartre blieb er bereits liegen. Er hatte Paris noch nie im Schnee gesehen. Je dicker die weiße Schicht auf Fenstersimsen und Autodächern wurde, desto größer war seine kindliche Freude an dem ungewohnten Schauspiel. Die Stadt war wie verwandelt. Langsam, mit vorsichtigen Schritten, um nicht auf der glitschigen ersten Schneeschicht auszurutschen, bewegten sich die Menschen durch die unwirkliche Szenerie. Man lachte einander zu, statt aneinander vorbeizuschauen, wies mit den Augen vielsagend zum Himmel und zuckte mit den Schultern. Die harten Konturen wurden verwischt, wo Ecken und Kanten gewesen waren, wölbten sich sanfte Rundungen, Straßen und Bürgersteige verschwanden unter der weißen Fläche, die alle gewohnten Orientierungslinien ausradierte.

Lux bog in eine Seitenstraße ein, wo noch niemand gegangen war, und zog begeistert eine frische Spur, trampelte Muster und begann, ein großes „N" in die unberührte Schneedecke zu schreiben. Als es fertig war, flocht er ein „J" hinein, machte einen großen Schritt aus der zur Spirale geschlungenen Linie und bewunderte sein Werk. Kurz darauf kamen Leute vorbei und zerstörten ohne es zu merken die Buchstaben mit ihren Schritten.

Plötzlich merkte er, dass er falsch gegangen war, er hätte längst am Place de Clichy sein müssen. Der Schnee machte die Stadt zum Irrgarten. Er fragte einen Passanten nach dem Weg, der musste auch kurz überlegen und wies ihm dann die Richtung zur Metrostation. Auf der Place Vendome lag der Schnee knöcheltief, und es war noch kein Ende abzusehen. Am Brunnen bauten Kinder einen Schneemann, er schaute ihnen eine Weile zu. Auf der anderen Seite des Platzes bewarfen sich zwei junge Leute mit Schneebällen, sie waren ausgelassen wie die Kinder, lachten und jagten einander durch den Schnee. Er ging auf sie zu in Richtung Rue des Capucines. Ihre Freude und Unbekümmertheit wirkte ansteckend, er wünschte sich, noch einmal so jung zu sein wie die Beiden, noch einmal anfangen zu können, ohne die Last der vergangenen Zeit, ohne die unerbittlichen Erinnerungen, eine Zukunft vor Augen, so leer und rein wie klares Wasser.

Als er sich dem Pärchen näherte, fiel die Frau ihrem Freund lachend um den Hals und küsste ihn. Sie sah zu Lux hinüber, aber sie sah ihn nicht, hatte nur Augen für den jungen Mann, in den sie sehr verliebt zu sein schien. Er sah ihr Gesicht, ganz deutlich wie ein gestochen scharfes Foto inmitten der wirbelnden Schneeflocken, ein schönes, vertrautes Gesicht – es war Natalie.

Begegnungen

Die Inhaberin des Hotels de l'Abbaye begrüßte Renée herzlich und ließ es sich nicht nehmen, sie zum Zimmer zu begleiten. Im Aufzug entschuldigte sie sich wortreich dafür, dass sie ihr wegen der kurzfristigen Reservierung nicht das kleine Appartement anbieten konnte, in dem sie jedes Jahr im März logierte, sondern nur ein Doppelzimmer mit Fenster zum Innenhof, „mais c'est tres joli et tres tranquille, vous aimeras la chambre, je suis sur!"

Wirklich war es ein helles, freundliches Zimmer mit gelb gestrichenen Wänden, einer geblümten Tagesdecke über dem breiten französischen Bett und dazu passenden Vorhängen an den Fenstern, durch die man in den kleinen, von efeubewachsenen Mauern umgebenen Garten hinunterblickte. Das Wetter war noch sommerlich, die Tische auf der gepflasterten Terrasse zwischen gepflegten, mit Lorbeer und Azaleen bepflanzten und von einer niedrigen Mauer eingefassten Beeten waren gedeckt, ein paar Gäste tranken Kaffee. Leinene Tischdecken leuchteten weiß vor dem schattigen Hintergrund, und das Plätschern des dünnen Wasserstrahls, der aus dem Mund eines Satyrs in eine steinerne Brunnenschale fiel, war vor dem gedämpft in diese Idylle hereindringenden Straßenlärm deutlich zu hören.

Renée ließ das Fenster offenstehen und packte ihre Sachen aus. Nun war es doch September geworden, ehe sie Zeit gefunden hatte, ihre Suche nach dem verschwundenen Goldschmied Johann Lux fortzusetzen. Nach ihrem Besuch in Pforzheim hatte sie bei den drei Juweliergeschäften in Paris, die auf der Kundenliste der Firma Lux aufgeführt waren, angerufen. Der erste Anschluss existierte nicht mehr, unter der zweiten Nummer meldete sich ein Friseurgeschäft, also blieb nur der große Juwelier an der Place Vendome übrig. Sie entschied sich, ihr Anliegen, das ja etwas ungewöhnlich war, dort nicht telefonisch vorzubringen, sondern bei nächster Gelegenheit nach Paris zu fahren.

Das war Ende Mai gewesen. Dann war etwas dazwischengekommen, und sie hatte Johann Lux für eine Weile ganz vergessen, bis der Inhaber des Juweliergeschäftes an der Königsallee eines Tages bei ihr anrief, um sich nach dem Stand ihrer Nachforschungen zu erkundigen. Sie berichtete, was sie herausgefunden hatte, gestand, sie habe momentan den Kopf voll ganz anderer Dinge, aber die Suche nach Lux sei keineswegs aufgegeben.

„Dann habe ich Sie ja zum richtigen Zeitpunkt wieder daran erinnert. Es hat natürlich keine Eile, denn wenn er bereits vor so langer Zeit verschwunden ist, dann kann Lux Ihnen ja sozusagen nicht mehr weglaufen. Aber seine Geschichte interessiert mich wirklich, und jetzt noch viel mehr, da ja wohl ein Geheimnis hinter diesem Armreif zu stecken scheint. Bitte bleiben Sie dran und halten Sie mich auf dem Laufenden!" Noch am selben Tag buchte Renée eine Reise nach Paris, dieses Mal mit dem Zug.

Zuoberst im Koffer lag ein unberührter Skizzenblock, dazu ein Kästchen mit Bleistiften in verschiedenen Härtegraden. Reneé hatte sich vorgenommen, wieder mit Zeichnen anzufangen, und Paris schien ihr der geeignete Ort dazu. Eine Woche wollte sie bleiben und versuchen, etwas über Lux zu erfahren, aber es sollte zugleich ein Urlaub sein, sozusagen die Wiedergutmachung der etwas missglückten Woche im März. Dieses Mal wollte sie kein Museum betreten, sondern nur die Tage genießen und herausfinden, ob sie noch mit dem Zeichenstift umgehen konnte. Ganz unten im Koffer lag das Etui mit dem Armreif. Sie hatte ihn nicht mehr in der Hand gehabt, seit sie von Basel zurückgekommen war und ihn im Bankschließfach deponiert hatte. Im

Kleiderschrank befand sich ein kleiner Tresor, sie legte das Etui hinein und verschloss ihn sorgfältig, bevor sie das Zimmer verließ, um wie immer in der kleinen Brasserie an der Ecke zu Abend zu essen.

Am nächsten Morgen betrat Renée das Juweliergeschäft an der Place Vendome. Nachdem die schwere Glastür hinter ihr ins Schloss gefallen war, umgab sie samtene Stille. Das Licht aus den Vitrinen, vervielfältigt vom Funkeln kostbarer Steine, korrespondierte mit dem Kristallgeglitzer eines prächtigen Leuchters, der von der Decke hing. Der Raum war in kühlen Farbtönen gehalten, eine Verkaufstheke aus grauem Naturstein schwang sich vom Eingang bis zu einer Tür, die in die Nebenräume führte. Aus ihr trat nun eine perfekt gestylte junge Frau, begrüßte sie freundlich und fragte nach ihrem Anliegen. Renée streifte den Armreif ab, legte ihn behutsam auf ein mit Leder bezogenes Vorlagetablett und erzählte in groben Zügen die Vorgeschichte ihres Besuchs. Die Geschäftsführerin hörte ihr aufmerksam zu. „Johann Lux, sagten Sie? Ich werde mal nachsehen." Sie suchte im Computer die Namen der Lieferanten durch, fand ihn aber nicht. „Es muss schon lange her sein, dass wir seine Ware geführt haben, in den Computerlisten kann ich den Namen nicht finden. Aber ich werde in die alten Ordner sehen. Bitte entschuldigen Sie mich einen Augenblick."
Sie verschwand in der Seitentür und kam mit einem Ordner wieder. „Tatsächlich, hier habe ich ihn, Johann Lux, feine Goldwaren, aus Pforzheim. Im Jahr 1989 wurde das letzte Stück von ihm gekauft, das war unter meinem Vorgänger Herrn Petri. Inzwischen haben wir nichts mehr von ihm am Lager."
„Herr Petri?" „Ja, er war viele Jahre Geschäftsführer und ist inzwischen im Ruhestand. Er stammt aus Deutschland, aber er lebt immer noch hier in Paris. Ein

ruhiger, sympathischer Mensch, ich habe ein Jahr lang mit ihm zusammengearbeitet. Sicher kann er Ihnen mehr über Lux erzählen. Warten Sie, ich rufe ihn einfach an, vielleicht haben wir Glück und er ist zuhause!" Sie nahm das umfangreiche Pariser Telefonbuch zur Hand und blätterte die Seiten um. „Hier ist er, Petri, Etienne, Rue des Capucines."

Renée hatte Glück, Petri meldete sich und schien erfreut, nach langer Zeit wieder etwas von seiner ehemaligen Kollegin zu hören, die er vor seiner Pensionierung ein Jahr lang eingearbeitet hatte. Sie berichtete ihm kurz, worum es ging, und gab Renée der Hörer. „Petri?", meldete sich eine warme, sympathische Stimme. Renée bemühte sich, ihr Anliegen in ein paar Sätze zusammenzufassen.

„Sie besitzen einen Armreif von Johann Lux?", fragte Petri ungläubig, nachdem sie geendet hatte. Sie bejahte und beschrieb das Stück so gut es ging. „Das muss er sein, ich kann es kaum glauben ... wir müssen uns unbedingt treffen! Haben sie Zeit – sagen wir, in einer halben Stunde?" Natürlich hatte sie Zeit. Erstaunt über Petris Reaktion legte sie den Hörer auf.

„Und, weiß er etwas über diesen Lux?" „Ja, er war sehr interessiert, als ich ihm von dem Armreif erzählte, seltsamerweise scheint er das Stück zu kennen. Sie haben mir sehr geholfen, herzlichen Dank!"

Renée ließ sich den Weg zur Rue des Capucines beschreiben, die ganz in der Nähe lag, und verabschiedete sich. Eine halbe Stunde später stand sie vor einem schmalen, grauen Haus und drückte den obersten Klingelknopf, neben dem auf einem polierten Messingschild der Name „E. Petri" eingraviert war.

Stefan Petri gehörte zu den Männern, die man sich beim besten Willen nicht in Jeans oder Jogging-Anzug vorstellen kann. Dem warmen Wetter angemessen trug er eine weiße Hose und weiße Schuhe aus geflochtenem

Leder, dazu ein weißes Polo-Shirt und einen dunkelblauen Blazer im Marine-Stil mit goldfarbenen Knöp-
fen, und er wirkte darin so normal und lässig, als gäbe
es ganz einfach keine andere Art, sich zu kleiden. Mit
ausgesuchter Höflichkeit begrüßte er seine Besucherin
und stellte sich vor, wobei er die Französisierung seines
Vornamens entschuldigte. „Seit ich in Paris bin, benutze
ich die französische Form ‚Etienne', um mich nicht
gleich als Deutscher zu erkennen zu geben." Renée gab
zu, dass in ihrem Pass auch ein anderer Name stand.
„'Renate' fand ich mit zwanzig einfach zu spießig,
außerdem wollte ich damals einen Abschnitt meines
Lebens auch nach außen hin beenden, sozusagen eine
Andere werden – heute ist das alles nicht mehr wichtig,
aber der Name ‚Renée' ist mir geblieben."
Petri sah sie aufmerksam an. „So habe ich das noch gar
nicht betrachtet, aber Sie haben recht, als ich vor vielen
Jahren Deutschland der Rücken kehrte, ist aus mit auch
ein Anderer geworden. Da haben wir ja gleich etwas
Wichtiges gemeinsam!"
Er bat sie ins Wohnzimmer. „Willkommen in meinem
bescheidenen Zuhause! Nehmen Sie bitte Platz und
entschuldigen Sie mich einen Moment, ich bereite gera-
de Tee für uns. Sie trinken doch Tee? Ich habe mir das
Kaffeetrinken vor ein paar Jahren abgewöhnt – der
Blutdruck, wissen Sie. Man ist eben nicht mehr der
Jüngste."
Während er in der Küche hantierte, betrat Renée einen
schmalen, langgezogenen Raum mit großen Fenstern,
vor denen weiße Markisen die Mittagssonne abhielten.
Im Innenhof des Häuserkarrees streckte eine alte Plata-
ne die Äste aus, das durch ihre Blätter gefilterte Sonnenlicht tauchte das kostbar eingerichtete Zimmer in kühle
Helligkeit. Renée kannte sich mit Möbeln nicht beson-
ders gut aus, aber sie unterschied einen Sekretär im
Empire-Stil mit Intarsien aus unterschiedlichen Hölzern

und eine Vitrine aus dem Biedermeier, in der Kerzenhalter aus mundgeblasenem Glas in allen Farben leuchteten. Auf der herausgeklappten Schreibplatte des Sekretärs stand eine seltsam unpassende Lampe mit klobi-
gem Fuß und einem gläsernen Froschauge, um das Licht
zu fokussieren, wohl ein Stück aus den zwanziger Jahren. Mit den Antiquitäten harmonierten ein paar moderne Klassiker, und im Bücherregal stand wie ein archai-
sches Götzenbild ein iPod auf seiner Lautsprecherbox,
der Bachs Oboenkonzert hören ließ.

Gerade wollte sich Renée auf dem kleinen schwarzen
Ledersofa von le Corbusier niederlassen, da fiel ihr
Blick auf eine Reihe von Zeichnungen an der den Fenstern gegenüberliegenden Wand. Es waren Ansichten
von Paris, Straßenmotive, kleine Dinge, die man für
gewöhnlich nicht beachtet, ein Wasserglas oder zer-
knülltes Papier, auch Naturstudien, eine Szene aus dem
Jardin de Luxembourg und verschiedene Wasserspeier
aus der Fassade von Notre Dame. Petri, der mit einem
Tablett voll Teegeschirr wieder ins Zimmer kam und es
auf dem Couchtisch abstellte, trat neben sie.

„Ich habe mir erlaubt, die Zeichnungen aufzuhängen.
Sie sind von Johann Lux, er muss sie in den paar Monaten gemacht haben, die er in Paris verbrachte. Wir haben die Blätter bei seinen Sachen gefunden." Er goss
Tee ein, und sie setzten sich einander gegenüber. „Nun
bin ich aber auf den Armreif gespannt. Haben Sie ihn
dabei?" Renée schob den Reif unter ihrem Jackenärmel
hervor und gab ihn Petri in die Hand. Der starrte einen
Moment lang ungläubig darauf. Dann drehte er ihn
behutsam hin und her und betrachtete wie versunken das
Spiel der Lichtreflexe, während die Oboe in der Stille
verschlungene Linien und Arabesken in die Luft zeichnete. „Ich hätte nicht gedacht, dass ich ihn doch noch
irgendwann zu sehen bekomme", sagte Petri nach einer
Weile, „und dabei war er die ganze Zeit in Paris, ver-

graben bei diesem Trödler, unter wertlosem Mode-schmuck. Ich kenne den Laden vom Vorbeigehen. Wäre ich nur ein einziges Mal hineingegangen!" Er gab Renée der Reif zurück.

„Ich will der Reihe nach erzählen. Im Juni 1989 tauchte Lux plötzlich bei mir auf. Wir kannten uns schon lange, einmal von den Messen, wo ich regelmäßig Schmuck bei ihm kaufte, aber ich habe ihn auch in Pforzheim besucht. Da war er auf dem Höhepunkt seines Ruhmes, er besaß ein schönes Haus, hatte eine attraktive Frau und eine süße Tochter. Ich bewunderte seine Arbeit, er war der genialste Goldschmied, der mir je begegnet ist. Und dann stand er irgendwann vor mir, seine Reiseta-sche in der Hand. Ich sehe ihn noch, als wäre es gestern gewesen. Er muss auf mich gewartet haben und sprach mich an, als ich aus dem Geschäft kam. Ich erkannte ihn sofort, obwohl er seltsam verändert wirkte, das Gesicht verhärmt, wie eingefallen. Hierher zu kommen, um mich um Hilfe zu bitten – darauf lief es hinaus – schien ihn Überwindung gekostet zu haben, er stand ganz un-beholfen vor mir und wusste nicht, was er sagen sollte. Ich nahm seinen Arm, ging mit ihm in ein Bistro und bestellte Kaffee für uns beide.

Es hatte kurz zuvor Gerüchte gegeben über einen Kon-kurs, daran erinnerte ich mich nun wieder. Dann erzähl-te er mir seine Geschichte, vom Unfalltod seiner kleinen Tochter bis zum Konkurs der Firma und seiner Flucht aus Pforzheim. Er tat mir unendlich leid, so ein Schick-sal hatte er nicht verdient, und ich überlegte, wie ihm zu helfen sei. Dann fiel mir die Werkstatt ein, die seit Jah-ren leer stand, und ich führte ihn hierher – ja, hier in diesem Raum hat Lux ein halbes Jahr lang gelebt und gearbeitet. Ich habe die Dachwohnung der Firma vor einiger Zeit abgekauft und sie für mich ausgebaut, nachdem meine Frau mit den Kindern nach Hamburg zurückgekehrt war. Damals, als Lux hierher kam, stand an dieser Stelle das Werkbrett" – er erhob sich und trat vor das mittlere der drei Fenster – „ein schönes altes Hanauer Brett mit drei Werkplätzen. Sonst gab es nur eine Küchentheke und ein Feldbett. Lux hat nichts verändert, so lange er da war, nur ein paar Kisten als Regal aufgestellt, es hat ihm genügt, Arbeit und ein Dach über dem Kopf zu haben. Von uns hat er regelmäßig Reparaturaufträge und kleine Anfertigungen bekommen, er hat sie alle paar Tage abgeholt und kam wieder vorbei, wenn sie fertig waren. Dafür durfte er hier wohnen und bekam ein kleines Taschengeld, von dem er leben konnte. Seine Zeit konnte er selbständig einteilen, wir haben ihm da viel Freiheit gelassen.

Womit er seine Tage verbrachte, wenn er nicht für uns am Brett saß, hat mich nicht gekümmert. Er scheint durch Paris gewandert zu sein, seine Zeichnungen beweisen es. Eine Zeitlang hatte er, glaube ich, eine Freundin, einmal begegnete mir eine junge dunkelhäutige Frau, sie verließ gerade das Haus, als ich zu ihm ging – was selten geschah, nur wenn ein Kunde es besonders eilig hatte und ich nicht warten wollte, bis Lux zu uns kam. Er besaß kein Telefon, das war manchmal etwas kompliziert, ich habe ihm angeboten, einen Anschluss legen zu lassen, aber er wollte es nicht."

Petri nahm einen Schluck aus der Teetasse, und Renée versuchte sich den kahlen Raum vorzustellen, in dem Lux gehaust hatte, was ihr angesichts der luxuriösen Einrichtung nicht recht gelingen wollte. Dann setzte Petri seine Erzählung fort.

„Eines Tages Anfang Oktober betrat ein junger Farbiger den Laden, ein schöner, eleganter Mann, perfekt gekleidet, höflich und offensichtlich gut betucht. ‚In Ihrer Auslage habe ich eine Brosche gesehen, die mich interessiert', sagte er und bat mich, ihm das Stück zu zeigen. Es war eine Brosche von Lux, eine geschwungene,

167

perspektivische Welle aus Gold. Der Mann bewunderte die Arbeit und fragte nach dem Namen des Künstlers. Ich antwortete ausweichend, machte ein Geheimnis daraus, erzählte von einem genialen Goldschmied, der aber menschenscheu sei und im Verborgenen lebe und nur ab und zu eines seiner wunderbaren Stücke arbeite – er hörte ganz interessiert zu und fragte dann, ob dieser Goldschmied eventuell einen Armreif anfertigen könnte. Als ich bejahte, fing er an, das Stück zu beschreiben, das ihm vorschwebte, es war geradezu poetisch, was er sagte, ich will versuchen, es in etwa wiederzugeben: ,Ich möchte, dass dieser Goldschmied den außergewöhnlichsten Armreif für mich anfertigt, den es je gegeben hat. Es soll ein Stück sein, das die ganze Welt widerspiegelt, die Gestirne und die Erde, die Flüsse, den Regen, die Jahreszeiten, die Städte, das Leben der Menschen - ich bin sicher, Sie verstehen, was ich meine, es soll leben. Er scheint mir der einzige Goldschmied zu sein, der ein solches Schmuckstück machen kann. Morgen um dieselbe Zeit werde ich wieder hier sein, bitte erstellen Sie mir ein Angebot, ich werde den Reif im voraus bezahlen.'

Er verabschiedete sich höflich, und ich dachte bei mir, das Angebot werde ich wohl umsonst machen, der redet nur gern und meint es nicht ernst. Aber am nächsten Tag stand er wieder im Laden, ließ sich den Kostenvoranschlag zeigen und legte das Geld auf den Tisch, ohne mit der Wimper zu zucken. Ich hatte den Reif ziemlich hoch kalkuliert, weil ich Lux freie Hand lassen wollte. Dann nahm er eine Visitenkarte aus dem Portemonnaie und schrieb etwas auf die Rückseite, ein Datum und zwei ineinandergeschlungene Buchstaben, die in den Reif graviert werden sollten. Das Datum weiß ich noch genau, es war der 13. Januar 1990, er wollte am späten Nachmittag vorbeikommen und den Armreif abholen."

Petri unterbrach seinen Bericht, um Tee nachzuschenken. Renée setzte ihre Brille auf und suchte die Gravur, die Herr Lorenz ihr gezeigt hatte. „Hier, sehen Sie, da ist die Gravur, schlecht zu erkennen, ein N und ein J, daneben das Datum." Sie hielt Petri den Reif hin. Der nahm eine Lupe aus der Schublade des Sekretärs, trat ans Fenster und nickte. „Da ist auch die Punzierung, die ‚Goldlinie', an der man Lux' Stücke erkennt. Er scheint seinen Stempel bei sich gehabt zu haben! Als hätte er geahnt, dass er noch einmal die Chance bekommen würde, ein großes Schmuckstück zu machen. Und dieser Armreif ist ohne Zweifel sein schönstes und wichtigstes Stück, die Quintessenz seines Könnens. Das hat er diesem geheimnisvollen Kunden zu verdanken, den von seiner Arbeit so begeistert war, dass er buchstäblich jeden Preis bezahlte. Bevor er ging, bat er mich, die Brosche noch einmal aus dem Schaufenster zu nehmen. Er wog sie in der Hand und drehte sie im Licht hin und her. ‚Sie bewegt sich, als wäre sie lebendig, wie eine Schlange!", schwärmte er und fragte, ob er sie fotografieren dürfe. Ich hatte nichts dagegen einzuwenden, und er zog eine merkwürdige Kamera aus der Manteltasche, ein flaches graues Ding ohne Objektiv oder sonst etwas, das an eine gewöhnliche Kamera erinnerte. Als ich mich dafür interessierte, gab er sie mir in die Hand, es war eine Apple QuickTake, eine der ersten Digitalkameras, die auf den Markt kamen. Nur Profis haben so etwas damals benutzt. Wahrscheinlich war er Fotograf, jedenfalls ein Künstler. Ich habe ihn nie mehr gesehen." Renée sah Petri fragend an. „Ja, Sie haben richtig gehört. Aber ich will nicht vorgreifen.

Lux war glücklich über den Auftrag, er blühte geradezu auf. Kein Wunder, denn was er sonst bei uns zu tun bekam, entsprach bei weitem nicht seinen Fähigkeiten. Um ihn noch zusätzlich anzuspornen gab ich ihm einen großzügigen Vorschuss von dem Geld, das der Kunde bezahlt hatte. Ich fand, dass es ihm zustehe, denn letztlich hatte ich den schönen Umsatz nur ihm zu verdanken. Außerdem tat er mir leid in seinen beschränkten Lebensverhältnissen, die ja im Grunde keine Perspektive mehr boten.

Drei Monate hatte er Zeit, genug, dachte ich, um ein aufwendiges Stück anzufertigen. Anfangs ließ ich ihn ganz in Ruhe, später besuchte ich ihn ab und zu, um das Fortschreiten der Arbeit zu beobachten, aber ich drängte ihn nicht. Irgendwann bekam ich den Eindruck, dass er nicht mehr weiter wusste, eine Art Schaffenskrise. Es war die Zeit, in der mir die junge Frau vor dem Haus begegnete. Allmählich rückte der Termin näher, und immer noch lagen die Einzelteile des Armreifs auf Lux' Werkbrett, unverändert, soweit ich es beurteilen konnte. Kurz vor Weihnachten stellte ich ihn zur Rede, aber er beruhigte mich, er wisse jetzt einen Weg, das Stück zu vollenden. Ich vertraute ihm und überließ es ihm, in den Laden zu kommen, wenn der Reif fertig sein würde. Danach hörte ich nichts mehr von ihm, und im Weihnachtstrubel habe ich den Auftrag ganz vergessen, weil ich mich darauf verließ, dass Lux den Armreif rechtzeitig abliefern würde.

Am Morgen des dreizehnten Januar ging ich zu ihm. Ich klingelte unten an der Haustür, aber er öffnete nicht, also holte ich den zweiten Schlüssel aus dem Laden. Solange Lux hier wohnte, betrat ich nie die Werkstatt, wenn er nicht da war, aber dies war eine Ausnahmesituation, der Kunde würde in ein paar Stunden vor mir stehen und nach seinem Armreif fragen. Die Werkstatt war leer, der Armreif lag nicht mehr auf dem Werkbrett, und Lux war verschwunden, samt seiner Reisetasche und seinen Kleidern, wie ich feststellte, als sich meine erste Verwirrung gelegt hatte. Sie können sich vorstellen, wie ich mich fühlte, irgendwo zwischen Panik und hilflosem Zorn, er hatte mich hintergangen, mein Vertrauen missbraucht, und der Kunde würde wahrscheinlich das Geschäft verklagen, zumindest aber sein Geld zurückverlangen.

Nichts von alledem geschah. Der Kunde erschien nicht zum angegebenen Zeitpunkt, auch nicht am nächsten Tag und nicht in der folgenden Woche. Ich wählte die Nummer, die er angegeben hatte, aber der Anschluss existierte nicht, und der Name, den ich notiert hatte, stand nicht im Telefonbuch. Nach einem Monat heftete ich die Unterlagen in einem Ordner unter ‚erledigt' ab. Weder Johann Lux noch der geheimnisvolle Auftraggeber sind mir je wieder begegnet."

Stefan Petri lehnte sich in seinem Sessel zurück, schlug die Beine übereinander und kostete die Wirkung seiner Erzählung aus. „Das ist wirklich die seltsamste Geschichte, die ich je gehört habe," sagte Renée. „Und es gibt keinen Hinweis darauf, was aus Lux und aus dem geheimnisvollen Kunden geworden ist?"

„Nichts. Nachdem Lux nicht mehr auftauchte, habe ich die Sachen, die er zurückgelassen hat, in einen Karton gepackt und bis heute aufgehoben. Die Zeichnungen haben Sie ja gesehen, ich fand, sie sind zu schön, um im Verborgenen zu bleiben. Sonst war nichts Besonderes dabei, ein wenig Geschirr, ein paar Bücher – wollen Sie es sich anschauen?"

„Wenn es Ihnen nicht zu viel Mühe macht? Nun bin ich Lux schon so nahe gekommen". Petri ging hinaus und kam nach einer Weile mit einem Karton wieder. Lux' Hinterlassenschaft bestand aus zwei edlen Porzellantellern, zwei langstieligen Weingläsern, einer weißen Damasttischdecke - seltsame Requisiten in einer ansonsten kargen Behausung, dachte Renée. Dann ein Teddybär, zwei Kinderbücher und ein altes Fotoalbum. Als Renée es in die Hand nahm, fiel ein Foto heraus, das Bild eines

Mädchens, etwa fünf Jahre alt, in einem roten Kleid, an der Hand einer Frau, in der sie Margot erkannte. Im Hintergrund ein sommerlicher Garten, Sonnenschirme, gedeckte Tische - in Renées Brust zog sich etwas zusammen. Sie legte das Foto zurück und nahm eines der Bücher zur Hand. Zwischen den Seiten steckte eine Visitenkarte mit eingeprägtem Namenszug. Auf der Rückseite war von Hand geschrieben: 13.01.90 NB, die Buchstaben kunstvoll ineinandergeschlungen. „Tatsächlich", stellte Petri überrascht fest, „das ist die Karte, die der Kunde mir gegeben hat. Aber eines ist seltsam", fügte er nachdenklich hinzu, nachdem er die Karte eingehend betrachtet hatte. „In den Armreif wurden ein N und ein J graviert, aber der Kunde hatte NB bestellt. Ob Lux ein Fehler unterlaufen ist?"

Renée hatte noch etwas gefunden. „Sehen Sie mal, ist das die junge Frau, die Ihnen begegnet ist?" Sie reichte Petri das Foto einer schönen dunkelhäutigen Frau mit knabenhaft kurzen Haaren, vielleicht Anfang zwanzig. Das Bild war auf der Pont Neuf aufgenommen worden, die junge Frau lehnte rücklings an der Umfassungsmauer in einem der halbrunden Vorsprünge über den Stützpfeilern und blickte lächelnd in die Kamera. Sie trug Jeans und ein weißes, kurzärmliges T-Shirt. Hinter ihr ragten die Dächer des Louvre über sommerlich grüne Baumkronen. „Das könnte sie sein; es ist allerdings sehr lange her, und ich habe sie nur kurz gesehen." Er drehte das Foto um. „Hier steht ein Name: ‚Natalie'."
Petri betrachtete noch einmal das Bild. Plötzlich sprang er auf. „Sehen Sie sich das an!", rief er aus, während er die Literaturseite des Figaro auf dem Tisch glattstrich. Er wies auf das Bild einer farbigen Frau mittleren Alters und las: „‚Natalie Chardin, die bekannte Autorin aus Dakar, stellt ihren zweiten Roman vor.' Und darunter steht: ‚Nachdem sie vor drei Jahren mit ihrem Debüt-

Roman ‚Etranger' einen Überraschungserfolg erzielt hatte, war es eine Weile still geworden um Natalie Chardin. Heute stellt sie ihr zweites Buch ‚Dakar mon Amour' der Presse vor, eine autobiografische Erzählung aus der Stadt ihrer Kindheit'. Das ist doch dieselbe Frau, oder nicht?" Er legte das Foto neben das Zeitungsbild. Renée war überrascht, es waren tatsächlich dieselben Gesichtszüge. „Und dazu noch derselbe Name, Natalie. Morgen wird sie ihr Buch in der Librairie Delamein in der Rue St. Honoré signieren."

Renée reihte sich in die Schlange der Wartenden ein. An einem kleinen Tisch im Eingangsbereich der Librairie Delamein, einer alteingesessenen Buchhandlung in der Rue St. Honoré, saß Natalie, umgeben von Stapeln ihres gerade erschienenen Buches. Die Schlange rückte nur langsam vorwärts, weil Natalie sich für jeden Einzelnen Zeit ließ, fragte, was für eine Widmung sie in das Buch schreiben solle und ihrerseits auf Fragen ihrer Leser einging, und Renée hatte Zeit, sie zu beobachten. Kein Zweifel, sie war die Frau auf der Fotografie, und die Jahre, die inzwischen vergangen waren, hatten ihrer Schönheit nichts anhaben können. Der jungenhafte Charme der Zwanzigjährigen war einer freundlichen, aufmerksamen Distanziertheit gewichen, sie sah den Menschen offen ins Gesicht und wahrte zugleich Abstand zu ihnen.
Als die Reihe an Renée war, reichte sie der Autorin ihr Exemplar von „Dakar mon Amour". Das Foto lag darin. Natalie nahm es in die Hand, betrachtete es kurz, las ihren Namen auf der Rückseite, legte es wieder in das Buch und klappte es zu. Dann gab sie Renée den Band zurück. „Ich nehme an, es steckt eine Geschichte hinter diesem Foto", sagte sie, indem sie Renée ansah. „Oder besser gesagt zwei: eine, die ich nicht kenne, und eine, die Sie nicht kennen. Vielleicht sollten wir sie austau-

schen? In zwei Stunden bin ich hier fertig. Treffen wir uns im Café de Flores?" Renée nickte. „Ich werde da sein." Natalie reichte ihr über den Büchertisch hinweg die Hand.

Die beiden Cafés Le Deux Magots und Café de Flores am Boulevard Saint Germain mitten im Verlagsviertel St. Germain des Pres sind ein Muss für jeden Paris-Reisenden. Obwohl sie nur ein paar Straßen von ihrem Hotel entfernt lagen, war Renée seit Jahren nicht mehr dort gewesen. Sie verabscheute den Rummel, die Jahrmarktatmosphäre, die Touristen in kurzen Hosen und karierten Hemden, die noch nie etwas von Simon de Beauvoir und Jean-Paul Sartre gehört hatten. Während der Kriegsjahre hatten sie ihren Arbeitsplatz aus ungeheizten Wohnungen hierher verlegt und damit den Mythos der Literatencafés begründet.
Heute war Renée hier mit einer Schriftstellerin verabredet, was dem Mythos neue Realität verlieh. Sie setzte sich auf die Terrasse des Café des Flores an einen frei gewordenen Tisch, bestellte einen Café Creme, schlug Natalies Buch auf und begann zu lesen.

„Nun wissen Sie ja schon etwas über mich!" Renée fuhr zusammen. So versunken war sie in den Roman gewesen, dass sie Natalie nicht bemerkt hatte, die neben ihr stand. Sie begrüßten sich, aber dann musste Renée noch eine Weile warten, denn an einem der anderen Tische erkannte man die Autorin und zückte alle möglichen beschreibbaren Unterlagen, um ein Autogramm zu ergattern.
„Wie oft haben Sie in den letzten Wochen Ihren Namen geschrieben?", fragte Renée, als Natalie endlich neben ihr saß. „Ich habe es nicht gezählt", lachte sie. „Am schlimmsten war es nach der Sendung des Literaturmagazins ‚Apostrophes', sie brachten ein langes Interview

mit mir, und danach konnte ich buchstäblich nicht mehr über die Straße gehen, ohne erkannt zu werden. Das hat sich inzwischen gelegt, zum Glück vergessen einen die Leute schnell wieder." Sie winkte sie den Kellner herbei und bestellte auch einen Café Creme. „Der ist besonders gut hier. Möchten Sie auch noch einen? Dieses Foto", kam sie dann gleich zur Sache, „haben Sie es dabei? Kann ich es noch einmal sehen?"

Eine Weile betrachtete sie das Bild. „Bitte behalten Sie es," sagte Renée, „es gehört ja Ihnen." „Es kommt mir vor wie eine Botschaft aus der Vergangenheit. Wie jung ich damals war – so voller Erwartung – ist das wirklich dieselbe Frau, die jetzt hier mit Ihnen hier im Café de Flores sitzt?" Sie schüttelte den Kopf. „Blaise hat das Foto aufgenommen, an dem Tag, als wir uns kennengelernt haben. Er schenkte mit diesen Abzug - später habe ich ihn Jean gegeben – wo haben Sie es her?"

Renée erzählte von ihrer Begegnung mit Stefan Petri, und wie der Kauf des Armreifs sie auf die Spur des Goldschmieds Johann Lux brachte.

„Ein Armreif?" fragte Natalie fast erschrocken. Renée hatte sich aus irgendeinem Grund gescheut, den Reif bei dieser Begegnung zu tragen und ihn in die Handtasche gesteckt. Sichtlich um Fassung bemüht nahm Natalie ihn nun entgegen.

Um die Stille zu überbrücken, berichtete Renée von ihrer Suche nach Lux, ihrem Besuch in seiner Heimatstadt Pforzheim und davon, was Stefan Petri ihr erzählt hatte. Als sie die Wohnung in der Rue des Capucines erwähnte, lächelte Natalie. „Ich habe Jean ein paar Mal dort besucht, es war alles andere als luxuriös. Wie er es in diesem kahlen Raum aushalten konnte, war mir ein Rätsel. Später kam er dann abends zu mir und hielt sich nur noch zum Arbeiten dort auf."

Sie gab Renée den Armreif zurück. „Wo, sagten Sie, haben Sie ihn entdeckt?" Renée beschrieb das Geschäft.

„Natürlich, das war Odiles Lieblings-Trödler, er hat immer die schönsten Stücke für sie besorgt. Irgendwann muss es ihr schlecht gegangen sein, sonst hätte sie den Reif bestimmt nicht verkauft. Odile war die Inhaberin der Model-Agentur, bei der ich unter Vertrag war. Damals schwamm sie in Geld, und als ich sozusagen am Tiefpunkt meiner Karriere angekommen war, habe ich ihr den Armreif angeboten. Sie zahlte einen guten Preis dafür, überhaupt war sie immer fair zu mir – schade, dass wir uns irgendwann aus den Augen verloren haben. Ja, der Armreif hat mir gehört", erklärte Natalie, als sie Renées Überraschung bemerkte, „Jean hat ihn mir geschenkt, an dem Tag, an dem er Paris verließ – Jean Lux, der Goldschmied – oder Johann, wie es auf deutsch heißt. Für mich war er Jean. Haben Sie ein wenig Zeit? Ich möchte Ihnen gern meine Geschichte erzählen."

„Als ich Anfang März 1989 am Flughafen Charles de Gaulle ankam, regnete es in Strömen. Den Flug hatte ich in einer Art Ausnahmezustand verbracht, endlich unterwegs in die Stadt meiner Träume, mit einem Stipendium für ein Literaturstudium an der Sorbonne in der Tasche – noch konnte ich nicht glauben, dass es Wirklichkeit war, dass ich gegen alle Widerstände mein Ziel erreicht hatte. Paris, das schien ein ewiger Frühling zu sein, ein Ort nicht von dieser Welt. Und dann empfing mich so ein Wetter, dazu die missmutigen Gesichter der Menschen im Flughafen. Warum hatten sie so schlechte Laune, sie verbrachten doch ihr Leben im Paradies? Ich war ziemlich ernüchtert, und zum ersten Mal, seit ich den Gedanken gefasst hatte – oder besser, seit dieser Traum von mit Besitz ergriffen hatte – nach Paris zu gehen, kamen mir Zweifel, ob es das Richtige war. Aber als ich dann aus dem Taxi stieg – ich ließ michdirekt vor dem Louvre absetzen – und endlich

Pariser Luft atmete – der Regen hatte aufgehört, ein paar Sonnenstrahlen schossen durch die Wolken und ein Geruch nach Erde und feuchtem Rasen lag in der Luft, ganz anders als in Dakar – da packte mich plötzlich ein solches Freiheitsgefühl, dass mir schwindlig wurde. Die Weite des Platzes vor dem Louvre, die gläserne Pyramide, in der sich der Himmel spiegelte, die Menschen, die vor dem Eingang des Museums warteten – ich werde das Bild nicht vergessen. Von diesem Moment an wusste ich, dass ich am richtigen Ort war, und das hat sich bis heute nicht geändert.

Zum Stipendium gehörte ein Zimmer im Studentenwohnheim, zwölf Quadratmeter, ein Bett, ein Schrank, ein Schreibtisch, Kochnische, ein winziges Bad. Dort wohnte ich die ersten Monate, besuchte fleißig Seminare und Vorlesungen und verbrachte viel Zeit in der Bibliothek. Schon als kleines Mädchen haben mich Bücher unwiderstehlich angezogen, voll Ehrfurcht stand ich vor den Regalen in der Librairie aux Quatre Vents, meiner Lieblings-Buchhandlung in Dakar, und konnte mich nicht entscheiden, welches Buch ich zuerst lesen wollte. Und nun diese unüberschaubare Menge von Büchern, in denen, so dachte ich damals, das ganze Wissen und die ganze Weisheit der Welt aufbewahrt ist – wo sollte ich anfangen?

Es dauerte ziemlich lange, bis ich lernte, die Bibliothek richtig zu nutzen, alle Bücher links liegen zu lassen auf der Suche nach dem einen, das mich gerade interessierte und das ich für meine Arbeit brauchte. Mit den Seminaren ging es mir ähnlich: der Tag hatte nicht genug Stunden, um alle zu besuchen, die mir spannend erschienen, die Universität war eine unerschöpfliche Schatzkammer, angefüllt mit Wissen, und so lief ich ziemlich orientierungslos durch die Gänge und hörte mir alles Mögliche an, ohne es recht zu verstehen. Zwischendurch machte ich Streifzüge durch Paris, um die Stadt kennenzulernen, von der ich seit meiner Kindheit geträumt hatte.

Eines Tages sprach mich vor dem Louvre ein Mann an und fragte, ob er mich fotografieren dürfe. Beim ersten Wort wusste ich, dass er aus Dakar kam. Erst dachte ich, er will mich anmachen, aber irgendwie hatte ich trotzdem Vertrauen zu ihm, er war höflich, nicht zudringlich, und wirkte dabei so jungenhaft und ansteckend fröhlich, dass ich mit ihm ging. Sein Name war Blaise. Er machte ein paar Fotos vor der Pyramide, dann gingen wir hinüber zur Pont Neuf, und er nahm das Foto auf, das Sie bei Jeans Sachen gefunden haben – es ist das schönste Bild, das er von mir gemacht hat! Ein paar Tage später unterschrieb ich einen Vertrag bei der Model-Agentur, mit der er arbeitete.

Blaise war einer der besten Modefotografen damals, er arbeitete für Vogue und Harpers Bazar, einmal schaffte ich es sogar auf die Titelseite. Natürlich blieb es nicht beim Fotografieren, wir wurden ein Paar. Ich zog aus meiner Studentenbude in eine kleine Wohnung im Stadtteil Belleville, Blaise bezahlte die Miete, obwohl ich als Model schon gut verdiente, und wohnte bei mir. Er kleidete mich ganz neu ein, zog mit mir durch die noblen Läden, die ich allein nie gewagt hätte zu betreten. Geld spielte keine Rolle, er schien unermesslich viel davon zu haben, und ich machte mir keine Gedanken darüber. Erst später erfuhr ich, dass er seine Kasse ab und zu mit Drogengeschäften aufbesserte.

Es war ein unruhiges Leben mit ihm, ich hatte kaum Zeit für mich. Manchmal verschwand Blaise für ein paar Tage. Anfangs machte ich mir Sorgen, weil ich nichts von ihm hörte, aber irgendwann stand er dann wieder in meiner Wohnung, als wäre nichts gewesen, lachte nur, wenn ich ihn zur Rede stellte und meinte, jeder Mann brauche ab und zu Erholung von den Frauen. Mit der Zeit gewöhnte ich mich an seine Eskapaden und wartete einfach, bis er wieder auftauchte, was nie länger als drei Tage dauerte.

Aber Anfang Oktober blieb er verschwunden. Nachdem eine Woche vergangen war, wusste ich, dass etwas nicht stimmte und begann, nach ihm zu suchen. Ich rief seine Freunde und Bekannten an, klapperte unsere Stammlokale ab, fragte in den Hotels, in denen er früher gewohnt hatte – nichts. Auch von den Modeleuten wusste niemand, wo Blaise abgeblieben war. Eines Tages erzählte mir Odile, jemand hätte Blaise in einer Diskothek in Bobigny gesehen. Ich fuhr mit ihr zusammen hin, natürlich ohne Ergebnis. Auf dem Heimweg wurde ich kurz vor der Station Gare de l'Est von drei Skinheads angegriffen. Die Kerle saßen ganz hinten im Wagen, ich hatte sie nicht bemerkt, und als ich zur Tür ging, um auszusteigen, stellten sie sich um mich herum, einer rempelte mich an, sodass ich beinahe hinfiel, ein anderer fing mich auf und stieß mich dem dritten in die Arme – ich fing an zu schreien, versuchte, mich zu wehren, aber ich hatte keine Chance.

Da kam plötzlich ein Mann auf uns zu, ein schmaler, hagerer Mensch, der ihnen gewiss keine Angst machte. Sie achteten gar nicht auf ihn, er aber packte plötzlich mit ungeahnter Kraft einen meiner Peiniger von hinten bei den Schultern und schleuderte ihn zu Boden. Die anderen beiden ließen vor Überraschung von mir ab, wandten sich dem Angreifer zu und hätten ihn wahrscheinlich zu Tode geprügelt, wenn der Zug nicht in diesem Moment an der Station gehalten hätte. Die drei Typen verschwanden, ich lehnte mich aus dem Wagen und rief um Hilfe. Zwei Passanten halfen mir, meinen bewusstlosen Retter auf eine Bank zu legen.

Nach kurzer Zeit wachte er auf. Er sprach kein Wort französisch, aber irgendwie machte er mir verständlich, dass er keinen Arzt wollte, und so nahm ich ihn mit in meine Wohnung, reinigte seine Verletzungen und kochte ihm Tee. Wir nannten unsere Namen, er hieß Johann, Johann Lux. Dann saßen wir eine Weile schweigend nebeneinander. Er war ein seltsamer Mann, mit schmalem, zerfurchtem Gesicht und hellen Augen, die mich die ganze Zeit fixierten, während er seinen Tee trank. Ein komischer Heiliger, dachte ich. Sein Alter ließ sich schwer schätzen, vielleicht Ende dreißig. Nachdem er gegangen war, fand ich in meinem Kollegblock auf dem Schreibtisch mit unbeholfener Handschrift die Worte geschrieben: ‚LUNDI 12.00 NOTRE DAME'. Das musste er hinterlassen haben, anscheinend wollte er mich wiedersehen.

An den folgenden Tagen überlegte ich, ob ich hingehen sollte. Sicher, er hatte mir geholfen, aber er war mir, ehrlich gesagt, ein bisschen unheimlich. Am Montag entschloss ich mich dann, ihn zu treffen, ich dachte, er hat es verdient, dass ich mich noch einmal bei ihm bedanke - und außerdem wusste er ja, wo ich wohne, und wäre vielleicht sowieso irgendwann bei mir aufgetaucht. Er wartete schon auf mich und kam mir über den Platz entgegen. Es war ein warmer Oktobertag, wir spazierten über die Pont-St.-Michel und setzten uns ins Deux Magots. Keiner von uns beiden wusste etwas zu sagen, und wir schwiegen gemeinsam.
So begann meine Zeit mit Jean. Von da an trafen wir uns fast jeden Tag. Ich zeigte ihm mein Paris, den Louvre, die Bibliotheque National, und abends schleppte ich ihn durch die Kneipen und auf die Vernissagen, wo man mich in Begleitung von Blaise kannte. Die Blicke der Leute störten mich nicht, im Gegenteil, ich hoffte, Blaise würde irgendwann erfahren, dass ich mit einem anderen Mann gesehen worden war, und sich aus Eifersucht melden. Aber nichts geschah.

Jean wurde mein ständiger Begleiter, und ich ignorierte, dass er in mich verliebt war. Eines Tages lud er mich zu sich nach Hause ein. Bis zum letzten Moment war ich nicht sicher, ob es richtig war, diese Einladung anzunehmen, aber dann ging ich doch hin. Ich war nie zuvor in seiner Behausung gewesen. Er hatte den kahlen Raum mit Kerzen geschmückt und einen kleinen Tisch für uns gedeckt, mit feiner Damastdecke und kostbarem Geschirr. Ich bin sicher, dass er das alles extra für diesen Abend besorgt hat." Renée dachte an die Sachen, die Petri ihr gezeigt hatte. Nun erhielten sie einen Sinn.

Der Kellner brachte Wein und Quiches, die Natalie bestellt hatte, und sie unterbrach ihre Erzählung, bis sie mit Essen fertig waren. „Haben Sie Lust, weiter zuzuhören?" fragte sie dann. Renée nickte. Der Wein hatte sie in eine angenehm euphorische Stimmung versetzt.

„Während Jean das Essen vorbereitete", setzte Natalie ihren Bericht fort, „schaute ich mich in seiner Wohnung um, betrachtete die Goldschmiedewerkzeuge, bewunderte seine Zeichnungen, die er an die Wand gepinnt hatte. Er konnte gut zeichnen, aber mir fiel auf, dass in seiner Welt keine Menschen vorkamen. Im Regal neben seinem Bett saß ein Plüschbär, darunter lag das Foto eines kleinen Mädchens an der Hand der Mutter. Ich wusste sofort, dass es seine Tochter war, und zugleich ahnte ich, dass dieses Kind nicht mehr lebte. Nun verstand ich ihn besser, er tat mir leid. Aber das genügt nicht, um sich in jemanden zu verlieben. Als er nach dem Essen meine Hand ergriff, entzog ich sie ihm und verabschiedete mich so bald wie möglich. Ein paar Tage später habe ich dann doch mit ihm geschlafen, in dem Hotel, in dem ich mit Blaise die erste Nacht verbrachte, im selben Zimmer. Die Situation hat sich irgendwie ergeben, vielleicht hatte ich auch das Bedürfnis, mich an

Blaise zu rächen und mich zugleich von ihm zu befreien. Es war eine seltsame Nacht.

Danach lebten wir zwei Monate lang zusammen. Jean schlief bei mir und besorgte vormittags den Haushalt, während ich Seminare besuchte oder in der Bibliothek arbeitete. Später fuhr er in die Rue des Capucines und arbeitete an einem Auftrag für das Juweliergeschäft. Diese Arbeit schien sehr wichtig für ihn zu sein. Ich genoss das geregelte Leben mit ihm, mein Studium machte Fortschritte, und Jean verwöhnte und umsorgte mich, deckte abends für uns beide den Tisch und bereitete das Essen vor. Unser Nachtleben führten wir nicht weiter, ich hatte aufgegeben, nach Blaise zu suchen – und dann stand er eines Tages plötzlich vor mir, am zwölften Januar, dem Tag vor meinem einundzwanzigsten Geburtstag.

Er sah verändert aus, abgemagert, das Gesicht schmal und mit einem harten Zug, den ich nicht an ihm kannte. Aber das fiel mir eigentlich erst später auf, als alles vorbei war. In dem Moment, als er vor meiner Tür auf der Treppe saß, sah ich nur meinen Geliebten, den ich vermisst und um den ich getrauert hatte, der mich verletzt und wütend gemacht und beinahe zerbrochen hatte, als er mich ohne ein Wort verließ. Ich brach in Tränen aus und fiel ihm um den Hals. Alles war vergessen, meine Verzweiflung, seine Untreue, die Zeit mit Jean – er war wieder da!

‚Komm, Kleines, wir machen eine Runde durch die Stadt!' Das war alles, was er sagte, keine Erklärung, keine Entschuldigung für sein Verschwinden! Wir verbrachten einen Tag wie im Traum. Vor dem Haus stand ein roter Porsche Cabrio – woher er den hatte, mochte ich lieber nicht fragen – er ließ mich einsteigen und wir fuhren durch Paris. Am Eiffelturm hielten wir an, die Frau an der Kasse ließ uns durch die Hintertür gehen und wir kletterten die schmale Stiege hinauf wie bei unserem ersten Fotoshooting. Der Wind blies heftig an diesem Wintertag, aber wir blieben auf der kleinen Plattform stehen, hielten uns eng umschlungen und betrachteten unsere Stadt.

‚Bereust du es, hierher gekommen zu sein?', fragte er. Ich schüttelte den Kopf und küsste ihn. Dort oben war es bitter kalt, wir froren trotz unserer warmen Jacken, und als wir wieder unten waren, begann es zu schneien. Blaise öffnete das Verdeck des Wagens und wir fingen die Schneeflocken mit den Händen. Langsam bedeckten sich die Straßen mit einer dünnen weißen Schicht. Paris wurde zu einer Märchenstadt, nicht von dieser Welt. Ich legte den Kopf in den Nacken und sah die Flocken vor dem grauen Himmel herumwirbeln, aus dessen Tiefe sie lautlos und unaufhörlich herabschwebten. Es war seltsam still in der Stadt, als schluckten die Schneekristalle alle Geräusche. Auf der Place Charles de Gaulle umrundeten wir ein paar Mal den Arc de Triomphe, dann bogen wir in die Champs Élysées ein. So leer hatte ich diese Straße noch nie gesehen. Auf den Bürgersteigen lag der Schnee wie ein weißes Tuch, auf dem sich die Spuren einzelner Fußgänger abzeichneten. Auf der Place Vendome parkte Blaise den Porsche vor dem Hotel Ritz, wir stiegen aus, der Portier, der frierend an der Tür stand, nickte uns freundlich zu als wären wir Stammgäste, und dann schlenderten wir an den teuren Läden vorbei und betrachteten die Auslagen der Juweliergeschäfte. Für welches Jean arbeitete, wusste ich nicht, sicher saß er in diesem Moment in seiner Werkstatt in der Rue des Capucines an seinem großen Auftrag. Mir war kalt geworden, ich wollte nach Hause, vielleicht auch, um nicht in Jeans Nähe zu sein. Da begann Blaise, mich mit Schneebällen zu bewerfen, und wir alberten herum wie die Kinder, bis uns wieder warm war. Anschließend fuhren wir weiter kreuz und quer durch Paris, bis es dunkel wurde und der Schnee die

Stadt in ein unwirkliches Licht tauchte. Im Quartier Latin aßen wir in einer kleinen Brasserie zu Abend.

Als wir in die Wohnung zurückkamen, sah ich, dass Jean da gewesen war, alles war ordentlich aufgeräumt und auf dem Schreibtisch stand eine wunderschöne langstielige Rose. Blaise warf einen Blick darauf, sagte aber nichts. Er blieb über Nacht bei mir. Am nächsten Morgen war er schon früh auf und weckte mich, um mir zum Geburtstag zu gratulieren und sich zu verabschieden. ‚Ich habe eine Überraschung für dich', sagte er geheimnisvoll, ‚aber erst heute Abend! Komm um acht Uhr ins La Coupole, ich erwarte dich dort!' Er küsste mich und verschwand.

Ich blieb noch eine Weile im Bett liegen und machte mir dann ein schönes Geburtstagsfrühstück. Obwohl ich keine Ahnung hatte, was aus der Situation werden sollte, fühlte ich mich glücklich. Draußen schneite es noch immer, alles war weiß, der Verkehr brach zusammen und auf den Straßen lieferten sich erwachsene Leute Schneeballschlachten. Gegen Mittag rief Jean an. Ich freute mich, seine Stimme zu hören, wir hatten uns ja einige Tage nicht gesehen, aber er klang irgendwie merkwürdig. ‚Bitte komm zu unserem Treffpunkt Notre Dame, in einer Stunde, ich warte auf dich.'

In den Straßen war es still, kaum ein Auto war zu sehen, der Schnee fiel immer dichter, die Stadt verwandelte sich in eine gespenstische Winterlandschaft. Trotzdem kam die Metro pünktlich, und so war ich zum verabredeten Zeitpunkt am Portal von Notre Dame. Jean war nirgends zu sehen, und ich ging hinein. Er stand an einem der Pfeiler, in seiner Sommerjacke, die gepackte Reisetasche neben sich. ‚Was ist los?', fragte ich, und dabei schlugen mir plötzlich die Zähne vor Kälte aufeinander.

‚Ich gehe weg von Paris, heute noch. Das wollte ich dir geben', er drückte mir ein in Zeitungspapier gewickeltes Päckchen in die Hand. ‚Ich habe ihn nur für dich gemacht. Leb wohl.'

Er nahm seine Tasche und ging durch das Kirchenportal hinaus. Einen Moment war ich wie vor den Kopf geschlagen, dann rannte ich hinter ihm her, aber in dem Schneegestöber konnte ich ihn nicht mehr sehen, ich lief über den Platz, fiel beinahe hin auf dem rutschigen Schnee, rief ‚Jean! Jean!', aber er war verschwunden. Ich ging dann zu Fuß nach Hause, inzwischen fuhr auch keine Metro mehr, die Stadt versank im Schnee. Zuhause schnürte ich das Päckchen auf, der Armreif lag darin.

Irgendwie schaffte ich es, abends um acht Uhr im La Coupole zu sein, und wartete auf Blaise, aber er kam nicht. Wahrscheinlich steckt er irgendwo fest, dachte ich, trank ein Glas Wein und machte mich nach einer Stunde wieder auf den Heimweg. Zum Glück erwischte ich ein Taxi, das sich bei dem Wetter auf die Straße gewagt hatte. Blaise erschien auch am nächsten Tag nicht, und nicht in den folgenden Wochen. Ich habe ihn nie wieder gesehen. Später erzählte mir jemand, er sei an jenem Tag bei einem größeren Drogengeschäft verhaftet worden.

Nun begann eine schlimme Zeit. Nach einem Monat merkte ich, dass ich schwanger war. Ich entschloss mich, das Kind zur Adoption freizugeben. Solange mein Zustand noch nicht sichtbar war, bekam ich weiterhin Aufträge als Model, aber dann hörte das auf, und ich begann, nach und nach alle Schmuckstücke zu verkaufen, die Blaise mir geschenkt hatte. Zuletzt trennte ich mich von Jeans Armreif.

Immer wieder rief ich mir die Ereignisse jenes Tages in Erinnerung und fragte mich, was in Jean vorgegangen war. Ich fand keine andere Erklärung, als dass er mich mit Blaise zusammen gesehen haben musste.

Ende August brachte ich mein Kind auf die Welt, ein Mädchen. Man nahm es mir sofort nach der Geburt weg, ich durfte es nicht einmal ansehen. Im Nebenzimmer wartete die neue Mutter, um meine Tochter in Empfang zu nehmen. Sie ist jetzt siebzehn Jahre alt, wahrscheinlich lebt sie hier irgendwo in Paris."

Über Natalies Erzählung war es Nachmittag geworden, die Sonne war um die Häuser gewandert und hatte ihren Tisch erreicht. Als zwei Plätze im Schatten der Markise frei wurden, setzten sie sich dorthin. Seit sie im Café des Flores saßen, waren alle Tische um sie herum schon mehrfach neu besetzt worden, keiner der Gäste, die anfangs dort gesessen hatten, war noch da, und der Kellner nickte ihnen im Vorbeigehen zu, als wären sie alte Bekannte. Natalie bestellte zwei Tassen Kaffee und eine Auswahl Petit Fours, und sie redeten nun von anderen Dingen. Renée beschrieb ihrer Arbeit als Galeristin, und Natalie hörte so aufmerksam zu, als wollte sie ihre Schilderung für einen neuen Roman verwenden. Zuletzt bestand sie darauf, die Rechnung zu bezahlen.

„Dieses Gespräch war sehr wichtig für mich, bis jetzt bin ich der Erinnerung an diese Zeit immer ausgewichen. Ich hoffe, wir werden uns wieder einmal begegnen. Wenn Sie mich erreichen wollen, rufen Sie im Verlag an, ich werde Ihre Karte dort hinterlegen. Im Moment muss ich mich ein bisschen vor den Menschen zurückziehen, ich hoffe, Sie verstehen das. Ach, fast hätte ich es vergessen, ich möchte Ihnen gerne etwas in mein Buch schreiben."

Renée gab ihr das Buch, sie schrieb einen Satz auf das Titelblatt und reichte es geschlossen wieder zurück. „Lesen Sie es später. Adieu."

Die restliche Zeit ihres Aufenthalts verbrachte Renée mit Stefan Petri. Er zeigte ihr Paris, wie sie es noch nicht kannte, das moderne Viertel La Defense mit der Grand Arche, deren Maße dem quadratischen Cour Carrée des Louvre entsprechen und unter der Notre Dame mit ihren beiden Türmen Platz fände, die neue Nationalbibliothek mit den vier Hochhäusern in Form aufgeschlagener Bücher. Er führte sie in das afrikanische Paris in den Vierteln Goutte d'Or und Belleville – sie fragte sich, ob Natalie hier noch wohnte, erwartete beinahe, ihr zu begegnen. In Chinatown an der Avenue d'Ivry unter den hässlichen Hochhäusern rund um den Place d'Italie aßen sie in einem der zahllosen asiatischen Restaurants und bestaunten das Angebot im riesigen chinesischen Supermarkt Tang-Frères.

Sie kamen sich nahe in diesen Tagen, aber abends, wenn sie in einem von Stefans Lieblingslokalen gut gegessen und getrunken hatten, ließ Renée sich von ihm stets wieder zurück ins Hotel bringen. Am letzten Abend führte er sie ins La Coupole aus, und angesichts einer Platte Fruites de Mer wie auf einem Stillleben von Paul Cézanne bedauerte Renée, dass sie ihren Skizzenblock schon in den Koffer gepackt hatte, statt ihn mitzunehmen. Aus ihrem Vorsatz, zu zeichnen, war nichts geworden, er war noch genauso unberührt, wie sie ihn bei ihrer Ankunft in Paris ausgepackt hatte.

Der Zug fuhr kurz vor Mitternacht, sie hatte ein Schlafwagenabteil reserviert, und Stefan brachte sie zum Gare du Nord. „Versprich mir, dass du bald wieder kommst", bat er, als sie am Bahnsteig standen, „im Januar gibt es eine große Ausstellung von Gustave Courbet, die ist nicht nur wegen des einstigen Skandalbildes ,Der Ursprung der Welt' interessant. Oder zieh doch einfach gleich nach Paris", schlug er lachend vor, und sie wusste, dass er es ein bisschen ernst meinte.

Warum eigentlich nicht? Agnes wartete nur darauf, die Galerie zu übernehmen, was hielt sie noch in Düsseldorf? Vielleicht würde sie hier in Paris doch wieder anfangen können, zu zeichnen, sich womöglich noch einmal an die Malerei wagen. Der Zug fuhr ein, und sie küssten sich zum Abschied. „Ich komme wieder", versprach Renée, „vielleicht sogar für immer – nun schau nicht so erschrocken, du hat es ja gerade selbst vorgeschlagen!" Sie winkte ihm durch die geschlossene Scheibe hinterher, bis er nicht mehr zu sehen war.

Um drei Uhr morgens wurde Renée unsanft aus dem Schlaf gerissen, als der Zug mit kreischenden Bremsen irgendwo auf freier Strecke zum Stehen kam. Sie öffnete einen Spalt breit das Rouleau vor dem Fenster. Heftige Windböen peitschten mit Hagelkörnern vermischten Regen gegen die Scheibe. In der Finsternis draußen kämpften sich ein paar Männer mit Taschenlampen durch den Hagelguss und leuchteten unter den Zug. Vielleicht hatte der Sturm ein Hindernis auf die Schienen geweht, zum Glück war nichts Schlimmeres passiert.
Da sie nun einmal wach war, beschloss Renée, in Natalies Buch weiterzulesen, wozu sie in Paris keine Gelegenheit mehr gefunden hatte. Sie kuschelte sich unter die Bettdecke und schlug es auf. „Pour l'âme soeur Renée. Merci!", hatte Natalie hineingeschrieben, bevor sie sich im Café des Flores getrennt hatten.

Die Erzählung entführte sie wieder in die fremde Welt von Natalies Kindheit in Dakar, und sie war ganz versunken in diese ferne, vom Meer umschlossene Stadt, als der Zug leise ruckelnd wieder anfuhr. Anscheinend hatten die Männer das Hindernis beseitigt. Es war kurz vor vier, Renée war nun doch wieder müde geworden, und das gleichmäßige Rattern der Schienen tat ein übriges, um sie einzuschläfern. In ihrer Handtasche suchte sie nach etwas, das sie als Lesezeichen verwenden konnte, und hielt die Visitenkarte in der Hand, die in Lux' Kinderbuch gelegen hatte, sie musste sie aus Versehen zusammen mit Natalies Foto eingesteckt haben. Sie betrachtete den eingeprägten Namenszug, aber es schienen keine Buchstaben zu sein, sondern ein sinnloses Ornament. Auf der Rückseite das handgeschriebene Datum und das Monogramm für die Gravur - ein B und ein N ineinandergeschlungen - plötzlich war Renée hellwach. Natürlich, so musste es gewesen sein, auf einmal fügte sich alles zusammen! Dass es ihr nicht gleich aufgefallen war, Stefans Beschreibung des eleganten Afrikaners, der den Armreif in Auftrag gegeben hatte, sie hätte es merken müssen, als Natalie von ihrer Begegnung mit Blaise erzählte, es war derselbe Mann! Das Datum im Reif war Natalies Geburtstag, der 13. Januar 1990, das Monogramm - B und N - Blaise und Natalie! Der geheimnisvolle Auftraggeber war Blaise gewesen, der Reif war die Überraschung, von der er gesprochen hatte, das Geschenk, das er Natalie am Abend im La Coupole überreichen wollte. Ohne es zu wissen, hatte Johann Lux sein letztes und schönstes Schmuckstück für Natalie gemacht. Als er glauben musste, die Frau, die er liebte, habe ihn hintergangen, beschloss er, ihr den Reif zum Abschiedsgeschenk zu machen und änderte zuvor die Gravur: N und J, Natalie und Jean.

Im Frühjahr 2008 fuhr Renée noch einmal nach Pforzheim. Frau Lorenz erwartete sie am Bahnsteig, gemeinsam gingen sie durch die Bahnhofshalle, dieselbe, in der Johann Lux vor langer Zeit auf den Nachtzug nach Paris gewartet hatte.
Auf der Fahrt zum Schmuckmuseum gestand Frau Lorenz, dass sich die Übergabe des Armreifs, zu der sie

unterwegs waren, nun doch zu einer offiziellen Angelegenheit entwickelt hatte, die im Beisein der Oberbürgermeisterin, hochrangiger Vertreter aus Wirtschaft und Gesellschaft und natürlich der Presse stattfinden würde.

„Als ich der Leiterin des Schmuckmuseums erzählte, dass Sie der Stadt eine Arbeit von Johann Lux zum Geschenk machen wollen, war sie gleich Feuer und Flamme. ‚So eine Gelegenheit, das Schmuckmuseum ins Gespräch zu bringen, bietet sich nicht allzu oft, wir machen einen Event daraus, das ist Werbung für uns – und für die Stadt Pforzheim und die Schmuckindustrie obendrein!' Ich fürchte, sie hat sogar das Fernsehen eingeladen, der Regionalsender sei an so etwas immer interessiert, meinte sie, zumal eine spannende Geschichte dahinterstecke."

Renée war nicht ganz wohl in ihrer Haut, öffentliche Auftritte jeder Art waren ihr verhasst, bei den Vernissagen in ihrer Galerie ließ sie Agnes sprechen. Zum Glück hatte sie nicht schon vorher gewusst, was auf sie zukam, so war nicht viel Zeit für Lampenfieber. Herr Lorenz erwartete die beiden am Eingang des Museums. „Ich habe sogar Frau Simon überreden können, herzukommen", berichtete er stolz, „nur Herr Stein wollte nicht, sonst wäre die Belegschaft der Firma Lux vollständig gewesen!"

Die Cafeteria war schon voller Menschen, man hatte die Tische zu einer U-förmigen Tafel zusammengestellt, an deren Kopfende drei Plätze mit Mikrofonen ausgestatten waren. Renée dachte an die kleine Rede, die sie vorbereitet hatte, sie war für eine eher private Zusammenkunft gedacht gewesen, nun schien ihr der Text zu knapp und zu persönlich zu sein. Aber sie hatte keine Zeit, darüber nachzugrübeln, was sie sagen sollte, denn Frau Lorenz stellte sie nun der Oberbürgermeisterin und einigen Honoratioren der Stadt vor, sie musste Hände schütteln und lächeln, während die Blitze der Pressefotografen durch den Raum wetterleuchteten. Frau Simon trat herzu und begrüßte sie freundschaftlich, stolz darauf, dass sie einen kleinen, aber entscheidenden Abschnitt zur Geschichte von Johann Lux beigetragen hatte. Dann setzten sich alle auf die ihnen zugedachten Plätze, die Oberbürgermeisterin ergriff das Wort, bedankte sich für das großzügige Geschenk der Galeristin und Schmucksammlerin Renée Weiß aus Düsseldorf und sprach von Pforzheims großem Sohn, dem genialen Schmuckkünstler Johann Lux, der nun, zwar nicht in persona, aber in Gestalt einer seiner glänzendsten Kreationen in seine Heimatstadt zurückgekehrt sei. Dann gab sie Frau Lorenz das Wort, die berichtete kurz, wie sie Renèe auf der Baseler Messe getroffen und ihr Mann als ehemaliger Mitarbeiter der Firma Lux sofort die Herkunft des Armreifs erkannt habe.

Dann war Renée an der Reihe. Sie warf einen Blick auf ihre Notizen, steckte das Blatt weg und begann zu erzählen. Ausführlich schilderte sie den düsteren Trödelladen in Paris, wo ihr im Dämmerlicht der Armreif ins Auge gefallen war, das Handeln um den Preis und die Freude des Trödlers daran, das Glas Wein, das sie zum Abschied tranken. Dann ihr Besuch bei dem Düsseldorfer Juwelier, der erste Hinweis auf Johann Lux, die Schmuckmesse in Basel, wo sie Frau Lorenz begegnet war, das Treffen im Schmuckmuseum, Frau Simons Kundenliste, und zuletzt wieder Paris, ihre Begegnung mit Stefan Petri und Natalie Chardin. Alles stand ihr so deutlich vor Augen, dass sie nur zu beschreiben brauchte, was sie sah.

Ihr Bericht war farbig und spannend, sie kam immer mehr in Schwung und die Zuhörer hingen gebannt an ihren Lippen. Bis jetzt hatte sie nicht gewusst, dass sie Talent zum Erzählen hatte. Manches ließ sie weg, anderes schmückte sie aus, und zuletzt ließ sie Lux dramatisch im Schneegestöber auf dem Platz vor Notre Dame verschwinden. Als sie geendet hatte, klatschten die Leute Beifall. Dann erhoben sich alle und gingen in den Museumsraum hinüber, wo eine Vitrine für den Reif vorbereitet war. Zum letzten Mal nahm Renée ihn aus dem Etui und stellte ihn in die dafür vorgesehene Halterung. Dann verschloss die Museumsleiterin feierlich den Glaskasten, in dem ein Messingschild die Namen des Künstlers und der Spenderin verewigte.

„Nun bin ich in die Annalen der Stadt Pforzheim eingegangen," stellte Renée fest, als die Versammlung sich aufgelöst hatte. „Ja, wirklich", bestätigte Herr Lorenz, „und Ihr Name ist für immer mit dem Namen Johann Lux verbunden." Zu dritt spazierten sie durch eine Ausstellung des Kunstvereins mit Zeichnungen von Studierenden der Fachhochschule für Gestaltung, die unter dem Motto stand: „Nulla Dies sine Linea - die Zeichnung als unterschätzte Kunstgattung".

Das Ehepaar Lorenz hatte Renée eingeladen, ein paar Tage in Pforzheim zu verbringen, die Stadt anzusehen und, wie versprochen, in ihrer Firma das Goldschmieden auszuprobieren. Sie freute sich auf diesen kleinen Urlaub, denn in Düsseldorf wartete Arbeit auf sie: die Übergabe der Galerie an Agnes musste über die Bühne gehen, ein Käufer für ihre Wohnung gefunden und der Umzug nach Paris organisiert werden. Bis Jahresende wollte sie sich provisorisch eingerichtet haben und dann zusammen mit Stefan in Ruhe eine Wohnung suchen.

Bevor sie das Museum verließen, kehrten sie noch einmal zu der Vitrine zurück. Auf dem Armreif lag ein Strahl der Nachmittagssonne, Lichtpunkte tanzten auf den ineinandergeschlungenen Goldlinien, sodass er zu leben und sich zu drehen schien. „Hier ist er am richtigen Ort", sagte Renée zufrieden. Dann gingen sie zusammen hinaus.